UNION GÉNÉRALE D'ÉDITIONS
8, rue Garancière - Paris VIe

Du même auteur
dans la même série

MERCI, JEEVES, *n° 1496*
JEEVES, AU SECOURS! *n° 1497*
BONJOUR, JEEVES, *n° 1498*
ÇA VA, JEEVES? *n° 1499*
ECLAIR DE CHALEUR, *n° 1533*
L'INIMITABLE JEEVES, *n° 1534*
ALLEZ-Y, JEEVES! *n° 1535*
MR MULLINER RACONTE, *n° 1573*
SOUS PRESSION, *n° 1574*
LE PLUS BEAU COCHON DU MONDE, *n° 1642*
BARONNETS ET BARS HONNÊTES, *n° 1644*

BRAVO, ONCLE FRED!

PAR

P.G. WODEHOUSE

Roman traduit de l'anglais
par Charles THIOLLIER

10|18

Série « Domaine étranger »
dirigée par Jean-Claude Zylberstein

Titre original:
Uncle Fred in The Springtime

ISBN - 2-264-00616-1

CHAPITRE I

La porte s'ouvrit brusquement, et un jeune homme vêtu d'un tweed de bonne coupe descendit le perron du *Drones-Club* et s'éloigna vers l'ouest. Un passant quelque peu psychologue n'eût pas manqué de déceler dans son regard l'attention et l'intensité que l'on remarque dans les yeux du chasseur africain à l'affut d'un hippopotame. Il ne se serait pas mépris. Pongo Twistleton, car c'était lui, se dirigeait vers le domicile d'Horace Pendlebury-Davenport dans le dessein de le taper de deux cents livres.

Pour aller chez Horace Pendlebury-Davenport en venant du « Drones » vous descendez Hay-Hill, traversez Berkeley Square, suivez Mount Street et arrivez par Park Lane aux nouveaux immeubles d'appartements luxueux que l'on a construits sur l'emplacement de Bloxham House ; il ne fallut pas à Pongo un temps considérable pour parvenir au terme du voyage. Ce fut peut-être dix minutes plus tard que Webster, le valet de chambre d'Horace, ouvrit la porte en réponse au coup de sonnette du jeune homme.

— Comment va, Webster ? M. Davenport est chez lui?

— Non, monsieur, Monsieur est sorti pour prendre une leçon de danse.

— Bon, il ne tardera pas trop, je pense ? Puis-je entrer ?

— Certainement, monsieur. Monsieur voudra bien attendre dans la bibliothèque. Il y a pour l'instant un peu de désordre dans le salon.

— Nettoyage de printemps ?

— Non, monsieur. M. Davenport a reçu à déjeuner son oncle, le duc de Dunstable, et, au moment du café, Sa Grâce a brisé la plupart des meubles du salon à coups de tisonnier.

On peut avancer sans crainte que cette information surprit Pongo. Il serait toutefois exagéré d'affirmer qu'elle l'étonna. Les excentricités de l'oncle Alaric étaient le thème favori de ses conversations avec Horace Davenport, qui avait trouvé en Pongo un confident compréhensif car il avait lui-même un oncle assez loufoque. Cependant, en entendant Horace parler de son oncle Alaric tandis qu'il pensait à son oncle Fred, il ressentait les impressions qu'eût éprouvées Noé en entendant quelqu'un faire une histoire à propos d'une averse.

— Qu'est-ce qui l'a poussé à faire cela?

— J'ai idée, monsieur, que quelque chose a contrarié Sa Grâce.

Cela semblait plausible et, à défaut d'information plus précise, Pongo se contenta de celle-ci. Il entra dans la petite pièce pompeusement qualifiée de bibliothèque et s'approcha de la fenêtre d'où il se mit à contempler Park Lane.

C'était une bien morne perspective qui s'offrait à ses yeux. Comme tous les printemps anglais, celui qui venait de faire son apparition à Londres semblait absolument incapable de décider sa tête de linotte à opter entre la douceur éthérée chantée par les poètes et un temps convenable pour les skieurs abandonnés par l'hiver. Quelques instants plus tôt le soleil avait brillé avec un éclat extraordinaire, mais maintenant une sorte de blizzard faisait rage et ce spectacle eut le don de briser tout ressort dans l'âme de Pongo.

Sa sœur Valérie était fiancée à Horace, mais même pour secourir un futur beau-frère, pouvait-on amener un homme sain d'esprit à cracher deux cent mille balles? La réponse, à son sens, ne pouvait être que négative et, d'un air lugubre, il se détourna de la fenêtre pour se mettre à marcher de long en large.

Si vous traversez la bibliothèque du numéro 52 de Bloxham Mansions en partant de la fenêtre pour filer tout droit devant vous, votre trajet passe par le bureau. Et comme Pongo passait près de ce bureau, quelque chose attira son regard. Sous le buvard, un bout de papier dépassait sur lequel on pouvait lire ces mots énigmatiques :

signé Claude Pott
(détective privé).

Ils le firent tressaillir comme s'il avait vu un baronnet étendu sur le plancher avec, planté dans le dos, un coupe-papier oriental de forme antique, et il fut envahi du désir irrésistible d'en savoir plus long. Il n'avait pas l'habitude de lire les lettres d'autrui, mais il y avait là de quoi faire hésiter l'homme le plus chatouilleux en matière de scrupules.

L'affaire, écrite sous forme de récit, était, découvrit-il à l'examen, une sorte de « saga » dont le personnage principal — un premier rôle s'il en fut un — était désigné sous le vocable de « Le sujet ». Claude Pott ne semblait pas pouvoir s'arracher aux activités de cet individu.

Le sujet, qui devait se trouver quelque part au delà des mers car on faisait de fréquentes allusions à un casino, était évidemment une de ces personnes qui ne vivent que pour le plaisir. Jamais le « sujet » ne faisait du bien à un pauvre, ni ne s'adonnait à une étude approfondie de la situation politique locale. Quand Il — ou Elle — n'entrait pas au Casino en compagnie d'amis (deux mâles et une femelle) à 23 heures 17, Il ou Elle (car il manquait le fil indiquant si l'histoire avait un héros ou une héroïne) jouait au tennis ou au golf, montait à cheval, déjeunait avec trois F., allait à Montreuil en compagnie d'un M., ou dansait avec une bande composée de quatre M., d'autant de F., jusqu'au petit jour. Pongo connaissait bien l'expression « rôtir le balai »; elle dépeignait exactement la conduite du « sujet » telle qu'elle apparaissait à chaque phrase du récit.

Mais ce qu'il se déclarait impuissant à deviner, c'était la cause déterminante du récit lui-même. Claude Pott avait un joli style pétillant mais imprégné de ce même hermétisme qui a valu tant de critiques au poète Browning.

Il avait commencé à relire le rapport pour la troisième fois dans l'espoir d'en tirer quelque lumière, quand le bruit d'une clef frappa ses oreilles et, tandis qu'il remettait promptement le papier à sa place, la porte s'ouvrit et un jeune homme de taille élevée mais manquant de la largeur d'épaules et de la musculature qui rendent impressionnante une haute stature, entra dans la pièce. La nature, en ébauchant Horace Davenport, avait oublié de dessiner les côtés et on aurait très bien pu imaginer Euclide s'il l'avait rencontré poussant du coude un de ses amis pour lui dire : « Ne regarde pas tout de suite, mais le type qui s'approche confirme exactement ce que je viens de te dire à propos de la ligne droite qui a une longueur et pas de largeur ».

Loin au Nord, sur cette ligne interminable, apparut un visage orné de lunettes d'écaille et reflétant une telle aménité que Pongo se retrouva de nouveau plein d'optimisme.

— Comment va, Horace? dit-il presque avec exubérance.

— Tiens Pongo! C'est toi? Est-ce que Webster t'a raconté la dernière de mon oncle?

— Oui, vaguement. Son hypothèse était que le cher homme avait éprouvé une contrariété. Sa théorie correspond-elle à la réalité?

— Tout-à-fait. Il a été contrarié par pas mal de choses. Tout d'abord, il allait à la campagne, aujourd'hui, et comptait sur ce Baxter, son secrétaire, pour l'accompagner; il veut toujours avoir quelqu'un sous la main quand il voyage en chemin de fer.

— Sans doute pour le faire danser devant lui et jouer le rôle de bouffon ?

— Et au dernier moment Baxter déclara qu'il voulait rester à Londres pour achever au British Museum quelques travaux concernant l'Histoire de la Famille dont l'Oncle Alaric depuis quelques années a fait un beau gâchis. Cela l'avait déjà embêté. Il semblait penser qu'on le faisait exprès.

— L'esprit de contradiction y était peut-être en effet pour quelque chose.

— Avant de venir ici, il avait été voir mon cousin Ricky, et Ricky avait trouvé le moyen de le mettre hors de lui ; de sorte qu'il était déjà dans un état d'esprit inquiétant en arrivant. Nous nous étions à peine assis pour déjeuner qu'apparut un soufflé qui ressemblait à une crème tournée, ce qui ne contribua pas à détendre l'atmosphère. Après le café, quand vint le moment d'aller prendre son train, il me demanda de l'accompagner; lorsque je lui dis que je ne le pouvais pas, cela sembla le jeter hors de ses gonds: il s'empara du tisonnier et se mit à l'ouvrage.

— Pourquoi n'as-tu pas voulu aller à la gare avec lui ?

— Je ne le pouvais pas. J'étais en retard pour ma leçon de danse.

— Je voulais justement t'en parler. Quelle mouche t'a piqué tout-à-coup pour que tu prennes des leçons de danse ?

— Valérie l'a exigé. Elle prétend que je danse comme un dromadaire pris de vertige.

Pongo ne put qu'approuver sa sœur. En vérité, en comparant son bien-aimé à un dromadaire pris de vertige, elle avait été, pensait-il, plutôt indulgente.

— Comment t'en tires-tu?

— Je crois que je fais des progrès; Polly me l'assure. Elle affirme que je pourrai aller au bal demain soir. Le bal costumé de l'Albert Hall. J'y vais déguisé en boy-scout. Je veux y amener Valérie et lui faire une surprise. Polly pense que je m'en tirerai très bien.

— Mais Val n'est-elle pas au Touquet?

— Elle revient aujourd'hui en avion.

— Ah bon. Dis-moi: quelle est cette Polly à laquelle tu as fait allusion?

— C'est la jeune fille qui me donne des leçons. Je lui ai été présenté par Ricky, c'est une de ses amies. Elle s'appelle Polly Pott. C'est une gentille fille, compréhensive. Aussi, quand cette histoire de dromadaire pris de vertige vint sur le tapis, lui ai-je demandé de me donner quelques leçons.

Une vague de pitié envers cette héroïne submergea Pongo. Il était lui-même stagiaire au Barreau et s'était parfois senti brisé par cette épreuve, mais il comprit que, à côté de Polly, il baignait dans une douce euphorie. Il y avait une différence substantielle entre essayer de trouver quelque sens aux écrits insanes de Messieurs Coke et Littleton et apprendre à danser à Horace Davenport, et la personne qui portait cette dernière croix pouvait être considérée comme celle qui avait tiré la courte paille. La difficulté, pensa-t-il, était qu'Horace fût si grand. Un type de cette taille ne pouvait réellement savoir ce que faisaient ses pieds qu'avec cinq minutes de retard. Ce qu'il aurait fallu faire, évidemment, c'est le couper en deux et faire deux Horaces.

— Polly Pott, eh ? Quelque chose à voir avec Claude Pott, le détective privé ?

— C'est sa fille. Comment connais-tu Claude Pott ?

Pongo fit un geste embarrassé. Il s'aperçut trop tard qu'il avait malencontreusement provoqué la question.

— Eh bien, le fait est, mon vieux, que passant à côté du bureau tout à l'heure et apercevant par hasard ce document...

— J'aimerais bien, mon cher, que tu ne lises pas ma correspondance.

— Oh ! Je ne ferais pas une chose pareille. Mais, j'ai vu tout de suite qu'il ne s'agissait pas d'une lettre, mais simplement d'un document. Aussi ai-je jeté un coup d'œil dessus. J'ai estimé que selon toutes probabilités il se référait à quelque affaire pour laquelle tu me demanderais mon avis, sachant qu'en matière de procédure j'en connais un bout, et j'ai pensé gagner un temps considérable en étudiant le dossier sur le bout du doigt.

— Et maintenant je suppose que tu vas courir chez Valérie lui annoncer que je l'ai fait filer par des détectives pendant qu'elle était au Touquet.

Le rouge monta au front de Pongo.

— Grands dieux ! C'est de cela qu'il s'agissait ?

Il fronça les sourcils, pas trop car il ne désespérait toujours pas de lancer son emprunt, mais suffisamment pour montrer que les Twistleton avaient leur fierté et étaient blessés que leurs sœurs fussent suivies par des détectives. Horace ne se méprit pas sur les sentiments de Pongo.

— Oui, je sais, mais tu ne connais pas la situation, Pongo. C'était le week-end du Drones-Club au Touquet. La pensée que la jeune fille que j'aime était entourée par environ 87 membres du « Drones » dans l'atmosphère relâchée des vacances à l'étranger tandis que j'étais retenu ici, me semblait comme un poignard dans mon sein. Aussi, quand Polly mentionna par hasard que son père était détective privé et n'était jamais si heureux que lorsque, dissimulé sous un faux-nez, il se glissait dans l'ombre de quelqu'un, la tentation fut trop forte. Pongo, pour l'amour du ciel, pas un mot à Valérie. Si elle a un défaut, c'est d'être susceptible. C'est la plus douce des femmes mais elle a tendance à prendre la mouche si on l'embête. Puis-je avoir confiance en toi ?

Les sourcils de Pongo reprirent leur place normale. Il comprenait tout et pardonnait tout.

— Naturellement, mon vieux. Elle ne saura jamais rien par moi. Tu ne penses pas que je voudrais briser le bonheur de mon meilleur ami... de mon plus vieil ami... de mon plus cher ami... Horace, ma vieille branche, ajouta Pongo (car c'était un trait des Twistleton de battre le fer quand il était chaud), je me demande si... je me demande si tu ne pourrais pas, par hasard...

— M. Claude Pott, annonça Webster à la porte.

Pour Pongo Twistleton, qui imaginait un détective privé avec un visage de faucon, un regard aigu et perçant et l'allure générale d'un léopard, Claude Pott fut un objet de complète surprise. Les faucons n'ont pas de menton, Claude Pott en avait deux. Les léopards glissent, Pott se dandinait. Et ses yeux, loin d'être aigus et perçants, étaient vides et sans expression, semblant couverts d'une sorte de taie ou de vernis, comme c'est souvent le cas pour ceux qui vont dans la vie en tentant de dissimuler leurs pensées.

C'était un petit homme, gros, rond, chauve et bouffi, d'une cinquantaine d'années, que l'on aurait pu prendre pour un bookmaker ou un acteur shakespearien de second ordre. Et par une rencontre assez étrange, au cours d'une vie où il avait exercé de nombreuses professions, il avait bien été l'un et l'autre.

— Bonjour M. D... dit cette gargouille.

— Hullo, M. Pott. Quand êtes-vous rentré ?

— La nuit dernière, Monsieur, et en y pensant ce matin dans mon lit, il m'a semblé que le mieux était de venir vous apporter verbalement la conclusion de mon rapport pour gagner du temps.

— Oh, il y a du nouveau ?

— Oui, monsieur. Je vous relaterai les faits quand vous en aurez le loisir, dit Claude Pott en jetant un regard plutôt sévère à Pongo.

— Ça va. Vous pouvez parler librement devant M. Twistleton. Il sait tout ; monsieur Twistleton est le frère du sujet.

— Pongo pour les copains, murmura faiblement le jeune homme. Il avait mal supporté le regard sévère.

L'austérité de manières du détective se relâcha.

— M. Pongo Twistleton ? Seriez-vous le neveu dont le comte d'Ickenham avait coutume de parler ?

— Oui, c'est mon oncle.

— Un parfait gentilhomme. Réellement de la vieille école. Un sportsman jusqu'au bout des ongles.

Bien qu'il aimât beaucoup son oncle, Pongo ne pouvait tout-à-fait se résoudre à partager cet enthousiasme délirant.

— Oh, il n'y a rien à reprocher à l'oncle Fred, dit-il sauf d'être complètement timbré. Vous le connaissez ?

— Je le connais très bien, monsieur, c'est lui qui m'a fort aimablement avancé les fonds pour mes débuts de détective privé. Ainsi le sujet est la nièce du Lord I ? Quelle coïncidence ! Que Sa Seigneurie ait financé mon entreprise, veux-je dire et qu'avant de savoir où j'en suis, je file sa nièce et note ses faits et gestes, Etrange ! dit M. Pott, extraordinaire !

— Curieux, renchérit Pongo.

— Inhabituel, suggéra Claude Pott.

— Très. Cela montre combien le monde est petit !

— Extrêmement petit.

Horace, qui n'avait écouté ces considérations philosophiques qu'avec impatience, intervint.

— Vous étiez sur le point de faire votre rapport, M. Pott.

— Ah ! c'est vrai. Eh bien, M. D., pour en venir au fait, j'ai le regret de vous informer qu'il est survenu ce que vous pourriez appeler un incident de caractère fâcheux. Le 19 avril, c'est-à-dire hier, le « sujet » ayant déjeûné à l'hôtel Picardy en compagnie de cinq personnes dont deux de sexe féminin et trois de sexe masculin se dirigea vers le terrain de golf. Pendant quelque temps il ne se passa rien qui soit digne d'être mentionné mais au quatorzième trou... Je ne sais pas si le golf du Touquet vous est familier, monsieur ?

— Oh, tout-à-fait !

— Alors vous ne devez pas ignorer qu'en passant à côté du quatorzième trou dans le sens du jeu vous vous trouvez en face d'une maison précédée d'une haie. Au moment où le sujet arriva devant cette maison, deux individus de sexe masculin dont l'un tenait un shaker à la main, apparurent derrière la haie et hélèrent le « sujet » l'invitant manifestement à entrer et à prendre un cocktail avec eux. Le « sujet » abandonnant alors son acolyte passa la porte aménagée dans la haie et disparut dans la maison avant que j'aie pu approcher.

Un grognement sourd échappa à Horace Davenport; il paraissait sur le point d'enfouir son visage dans ses mains.

— Agissant selon vos intérêts, je passai la grille à mon tour et me glissai près de la fenêtre, d'où je pouvais suivre les progrès de la conversation et le développement de l'orgie. J'étais en train de me baisser pour en entendre davantage quand une main s'abattit sur mon épaule et, en me retournant, je me trouvai face à face avec un individu de sexe masculin. Au même moment le « sujet », passant la tête à la fenêtre, s'écria :

— Bravo, Barry, c'est le saligaud qui m'a suivie toute la semaine. Assommez-le pendant que Catsmeat téléphone à la police, et il faut le faire envoyer à la guillotine pour attentat aux mœurs. Je vis alors qu'il ne me restait qu'une seule issue...

— Je n'aurais même pas pensé qu'il en restât une, dit Pongo qui avait suivi le récit avec une grande attention.

— Si, monsieur, une seule. Je pouvais me disculper en faisant des aveux complets.

Un cri de bête blessée échappa à Horace Davenport.

— Je sais, monsieur, je suis désolé, mais je n'avais pas le choix. Je ne me souciais pas d'être jeté dans les geôles françaises. Je fis ma confession. Tandis que le mâle Barry me traitait d'arbousier crevé, que le mâle Catsmeat demandait si quelqu'un savait comment on disait « police » en français et que le « sujet » parlait de cravache, je débitai l'histoire depuis A jusqu'à Z. J'eus quelques difficultés à me faire comprendre, mais j'y réussis finalement et fus autorisé à me retirer, non sans que le « sujet » ait déclaré que si jamais j'avais le malheur de me trouver encore sur son chemin...

— Miss Twistleton, annonça Webster.

— Eh bien, au revoir, tout le monde, déclara Claude Pott.

***

L'esprit le plus critique, déçu par le manque d'allure féline de M. Pott, n'aurait pu qu'être pleinement satisfait à la vue de la sœur de Pongo. C'était une grande et belle fille; elle paraissait en proie à un accès de fièvre et son aspect général évoquait irrésistiblement l'image d'une créature de la jungle s'élançant sur sa proie.

— Goujat, déclara-t-elle comme entrée en matière.

— Valérie, chérie, laissez-moi vous expliquer !

— Laisse-*moi* expliquer, dit Pongo.

Sa sœur lui jeta un regard dont la sévérité excédait celle du coup d'œil de M. Pott.

— Pourrais-tu, s'il te plaît, me fiche la paix ?

— Non, je ne te ficherai pas la paix, dit Pongo. Tu ne penses pas que je vais te regarder, sans réaction, condamner un innocent ? Pourquoi débarques-tu ici en grinçant des dents ? Simplement parce qu'Horace a envoyé Claude Pott, détective privé, pour te suivre ? Si tu avais un peu de bon sens, tu comprendrais que c'est plutôt flatteur. Cela montre combien il t'aime.

— Oh ! Vraiment ? Eh bien...

— Valérie, ma chérie !

Valérie se tourna vers Pongo.

— Voudrais-tu avoir la bonté, dit-elle poliment, de prier ton ami de ne pas m'appeler : Valérie chérie. Mon nom est Miss Twistleton.

— Ton nom ! Il te fera une belle jambe ! assura Pongo avec une austérité fraternelle, si tu perds un excellent type comme ce brave vieux Davenport, l'homme le plus pur que je connaisse, simplement parce qu'il a voulu te surveiller un peu pendant le week-end du Drones-Club.

— Je ne suis...

— Et comme les événements l'ont prouvé, il avait mille fois raison. Il semble que tu te sois conduite comme une vamp dans un film d'Hollywood. Si on parlait de ces deux individus dont l'un tenait un shaker...

— Je ne sais pas...

— Et de cet autre individu avec qui tu es allée en voiture à Montreuil.

— Oui, au fait, dit Horace se redressant comme un jeune coq et montrant pour la première fois un peu de l'énergie des Pentleburry-Davenport. Si on parlait du personnage avec qui vous êtes allée à Montreuil ?

Le visage de Valérie Twistleton était dur et froid.

— Si vous vouliez bien me permettre de placer un mot et ne m'interrompiez pas dès que j'ouvre la bouche, vous sauriez que je ne suis pas venue ici pour discuter, mais seulement pour vous informer que nos fiançailles sont rompues et que l'annonce en paraîtra demain matin dans le *Times.* La seule explication susceptible d'excuser votre conduite partiellement est que vous avez complètement perdu la boule. Je m'y attendais depuis des mois. Voyez votre oncle Alaric. Il est piqué comme un vieux fusil !

Horace Davenport était anéanti, mais il ne pouvait laisser passer une telle assertion sans répondre.

— D'accord pour mon oncle Alaric, mais que dire de votre oncle Fred ?

— Que dire de lui ?

— Oui, lui aussi, est complètement cinglé !

— Mon oncle Fred n'est pas complètement cinglé !

— Ooh, mais si, Pongo lui-même l'a reconnu.

— Pongo est un âne.

Pongo fronça les sourcils.

— Ne pourrions-nous, suggéra-t-il froidement, conserver à cette discussion un peu de tenue ?

— Ce n'est pas une discussion. Comme je l'ai déjà dit, je suis venue simplement informer M. Davenport que nos fiançailles sont bel et bien et définitivement rompues.

Un nuage obscurcit le visage d'Horace. Il enleva ses lunettes et les essuya avec un calme de mauvaise augure.

— Ainsi, vous me rendez votre parole ?

— Certainement.

— Vous le regretterez.

— Jamais.

— Je m'abandonnerai au diable.

— Très bien ! Grand bien lui fasse !

— Je me vautrerai dans la débauche.

— Allez-y.

— Et mon premier pas dans cette voie, je puis le dire, sera d'emmener Polly Pott à ce bal costumé de l'Albert Hall.

— Pauvre petite ! J'espère que vous ferez votre devoir à son égard.

— Je ne comprends pas.

— Eh bien, elle aura besoin d'une paire de béquilles le lendemain. En bonne justice, il vous faudra les payer.

Il y eut un silence. On n'entendit plus qu'un souffle court, le souffle d'un homme avec qui une femme a été trop loin.

— Si vous voulez être assez aimable pour vous retirer, dit Horace d'un ton glacial, je vais lui téléphoner maintenant.

La porte claqua. Horace se dirigea vers l'appareil. Pongo s'éclaircit la gorge. Ce n'était pas précisément le moment qu'il eût choisi pour tenter sa chance s'il avait été libre, mais ses besoins étaient immédiats : le jour était déjà avancé et rien n'était fait. D'autre part, il devinait que le futur immédiat d'Horace allait être fort occupé. C'est pourquoi, après avoir éclairci sa gorge et tiré ses manchettes, il appela à lui le splendide courage des Twistleton pour lui venir en aide dans son entreprise.

— Horace, mon vieux.

— Allo?

— Horace, ma vieille branche.

— Allo ? Polly ?

— Horace, mon cher vieux...

— Une minute, quelqu'un me parle. Qu'y a-t-il ?

— Horace, mon cher, tu te souviens de ce dont nous parlions quand Pott est entré. Ce que j'étais en train de dire quand nous avons été interrompus c'est que, par suite de circonstances plus ou moins indépendantes de ma volonté...

— Accouche. Ne tourne pas tant autour du pot.

Pongo comprit que les préambules devaient êtres écartés.

— Peux-tu me prêter deux cents livres ?

— Non.

— Ah ? Bon. Merci quand même, dit Pongo d'un ton maussade.

Il quitta la pièce et se dirigea vers le garage où il remisait sa petite Buffy Porson et pria le garagiste de la tenir prête pour le lendemain.

— Vous allez loin, monsieur ? s'enquit ce dernier.

— A Ickenham, dans le Hampshire, dit Pongo. Il parlait d'un ton amer. Il aurait préféré ne pas avoir à révéler à son oncle Fred ses difficultés financières, mais c'était sa dernière chance.

CHAPITRE II

Après avoir donné la touche finale au salon de son neveu et être parti de Bloxham Mansions en taxi, le duc de Dunstable, qui se sentait beaucoup mieux après ce petit exercice, s'était rendu à la gare de Paddington et avait pris le train de 14 h. 45 pour Market Blandings, Shropshire. C'était un homme de caractère trop impulsif pour se morfondre à attendre l'invitation des autres, aussi s'était-il invité pour une période indéterminée à Blandings Castle, hâvre du bon vieux temps, chez Clarence, neuvième comte d'Emsworth et chez sa sœur Lady Constance Keeble.

La carte postale qu'il avait envoyée quelques jours plus tôt pour annoncer son arrivée imminente exigeait une chambre bien aérée, exposée au midi et située au rez-de-chaussée, un salon tranquille où il puisse travailler en paix avec son secrétaire à l'histoire de sa famille. Cette carte avait été reçue avec des sentiments divers dans la salle à manger de Blandings.

Lord Emsworth nettement épouvanté avait commenté la mauvaise nouvelle d'un bref : « Quoi ? Oh ! Zut alors ! ». Depuis quarante-sept ans il vouait au duc une aversion de cauchemar. Quant à son secrétaire, Rupert Baxter, il avait espéré ne jamais le revoir, ni dans ce monde ni dans l'autre. Naguère ce jeune homme actif avait été son secrétaire et les sentiments de Lord Emsworth envers lui rappelaient ceux d'un convalescent miraculeusement guéri à l'égard du mal hideux qui a été à deux doigts de le terrasser. Cette fois, il est vrai, l'effroyable jeune homme n'infesterait le château qu'en qualité d'employé de quelqu'un d'autre, mais il ne tirait de cette circonstance qu'un réconfort mitigé. La seule pensée de vivre sous le même toit que Rupert Baxter lui soulevait le cœur.

Lady Constance au contraire était dans la joie. Elle était une admiratrice dévouée de l'actif Baxter et, autrefois, quand le monde était jeune, le duc de Dunstable et elle s'étaient chuchotés des mots doux dans les serres et se trouvaient toujours le dernier couple à rentrer des pique-niques. Bien que cela n'ait pas eu de suite, le souvenir subsistait; cela se passait longtemps avant qu'il héritât le titre et on l'avait envoyé au delà des mers pour laisser refroidir un peu l'Angleterre devenue pour lui une terre brûlante.

Lord Emsworth émit une protestation tout en sachant qu'elle était de pure forme. Il comptait et avait toujours compté pour zéro chez lui.

— Il était encore ici la semaine dernière !

— Cela fait presque sept mois !

— Ne peux-tu lui dire que nous sommes au complet ?

— Mais non, voyons, je ne le puis pas.

— La dernière fois qu'il est venu, dit Lord Emsworth songeur, il a envoyé des coups de parapluie dans les côtes de l'Impératrice.

— Tu ne voudrais pourtant pas que j'offense un de mes plus vieux amis simplement parce qu'il a donné un coup de parapluie dans les côtes de ton cochon, dit Lady Constance. Je vais écrire à Alaric et lui dire que nous serons ravis de l'avoir aussi longtemps qu'il le désirera. Il souhaite être installé au rez-de-chaussée par crainte des incendies. Nous lui donnerons donc l'appartement sur le jardin.

Ainsi ce fut dans cet appartement luxueusement aménagé que le duc s'éveilla le matin qui suivit son déjeuner à Bloxham Mansions. Pendant quelque temps, il considéra fixement le soleil qui filtrait à travers les rideaux de la porte-fenêtre donnant sur la pelouse ; puis il sonna et commanda des toasts, de la marmelade, du thé de Chine, deux œufs à la coque — juste deux minutes — et le *Times*. Quelque vingt minutes plus tard, Lady Constance, qui prenait un bain de soleil sur la terrasse, fut informée par Beach, son maître d'hôtel, que sa Grâce serait heureuse si elle voulait bien venir un instant dans sa chambre.

Son premier mouvement fut certes un mouvement d'appréhension et d'alarme. La pauvre femme, en se dirigeant vers la chambre bleue, s'attendait à trouver un territoire dévasté. Elle était encore sous le coup du récit coupé d'éclats de rire sardoniques, que le duc avait fait la veille, au dîner, de la leçon qu'il venait d'administrer à son neveu Horace.

Peut-être Sa Grâce aura-t-elle été « déclenchée » par quelque lacune dans la qualité du petit déjeuner ? Ce fut donc avec un réel soulagement qu'elle s'aperçut que tout était en ordre. Le tisonnier ducal constituait toujours une puissante menace, mais il n'était pas encore entré en action. Elle considéra donc son invité, vêtu d'un pyjama mauve, avec la tendresse que garde toujours une femme pour l'homme qui a murmuré des mots d'amour dans son cou.

— Bonjour, Alaric.

— Bonjour Connie. Qui diable est ce type qui siffle ?

— Que voulez-vous dire ?

— Je veux dire un type qui siffle : un siffleur. Il y a un saligaud derrière ma fenêtre qui siffle *Bonny Bonny Bark of Loch Lhomond* depuis que je suis éveillé.

— C'est probablement l'un des jardiniers.

— Ah ! dit le duc, tranquillement.

Pongo Twistleton avait été surpris qu'un détective privé pût ressembler à Claude Pott; il aurait également été surpris si présenté au duc de Dunstable, on lui avait dit qu'il s'agissait du célèbre briseur de meubles dont il avait tant entendu parler. Le duc ne ressemblait pas à un tueur. Sauf le nez Dunstable toujours un peu inquiétant à première vue, il n'y avait apparemment rien de formidable ni d'intimidant chez l'oncle d'Horace. Une tête chauve... une moustache blanche en cascade... des yeux bleus proéminents... plutôt un vieux brave type.

— Est-ce pour cela que vous vouliez me voir ?

— Non. Faites préparer la voiture pour me conduire à la gare aussitôt après déjeuner. Il faut que j'aille à Londres.

— Mais vous êtes arrivé seulement hier soir.

— Ce qui est arrivé hier soir appartient au passé. Ce qui compte c'est ce qui est arrivé ce matin. Je jette un coup d'œil sur mon *Times* et qu'est-ce que je vois ? Les fiançailles de mon neveu Horace sont rompues.

— Quoi ?

— Vous avez bien entendu.

— Mais pourquoi?

— Comment diable pourrais-je le savoir ? C'est parce que je ne le sais pas que je dois aller à Londres pour information. Quand des fiançailles sont rompues, le *Times* n'imprime pas de longs récits de son correspondant spécial. Il dit simplement : « Le mariage projeté entre George Pied-de-marmitte et Amélia Fouillecrotte n'aura pas lieu ».

— La jeune fille était la nièce de Lord Ickenham, n'est-ce pas ?

— Elle l'est toujours.

— Je connais Lady Ickenham, mais je n'ai jamais rencontré Lord Ickenham.

— Moi non plus, mais elle n'en est pas moins sa nièce.

— On dit qu'il est très original.

— Il est piqué. Tout le monde est piqué maintenant sauf quelques personnes dans mon genre. C'est l'esprit du siècle. Voyez Clarence. On aurait dû l'interner depuis des années.

— Ne pensez-vous pas qu'il est simplement rêveur et étourdi ?

— Etourdi ? Je t'en fiche ! Il est fou. Horace l'est aussi. De même que mon autre neveu Ricky. Suivez mon conseil, Connie, n'ayez jamais de neveux.

Le regard de Lady Constance semblait indiquer qu'il parlait trop tard.

— J'en ai des douzaines, Alaric.

— Piqués ?

— Je le pense quelquefois. Ils semblent agir de la façon la plus extraordinaire.

— Je parie qu'ils n'agissent pas de façon aussi extraordinaire que les miens.

— Mon neveu Ronald a épousé une figurante.

— Mon neveu Ricky fait des vers.

— Mon neveu Bosham a acheté un lingot d'or dans la rue à un inconnu.

— Et maintenant il veut vendre de la soupe.

— Bosham ?

— Ricky. Oui, il veut vendre de la soupe.

— Vendre de la soupe ?

— Bon Dieu, Connie, ne répétez pas tout ce que je dis comme si vous étiez l'écho de la montagne suisse. J'ai été voir Ricky hier, et il a eu l'impertinence, s'il vous plaît, de me demander cinq cents livres pour acheter un « onion-soup-bar ». J'ai naturellement refusé de lui donner un sou. Il en était malade. Pas si malade cependant qu'Horace quand j'en aurai fini avec lui. Je vais commencer par le désosser. Allez faire préparer cette voiture.

— Oh, c'est abominable d'être obligé d'aller à Londres par une si belle journée.

— Vous ne supposez pas une minute que c'est moi qui *veux* y aller, n'est-ce pas ? Il *faut* que j'y aille.

— M. Baxter est encore à Londres, n'est-ce pas ? Ne pouvez-vous pas lui dire d'aller voir Horace ?

— Oui, Baxter est à Londres, ce voyou, ce lâcheur. Je suis convaincu qu'il a tenu à y rester uniquement pour aller faire la bombe dès que j'aurais le dos tourné. Si je remets la main dessus, par Saint George, je le flanque à la porte dès qu'il montre sa vilaine figure. Non, je ne peux pas dire à Baxter d'aller voir Horace. Je ne veux pas que mon neveu, tout idiot qu'il soit, puisse être soumis à l'inquisition d'un vil scribouillard à gages !

N'eût été ce tisonnier qui pendait au-dessus de Blandings Castle comme une épée de Damoclès, Lady Constance eût aimé critiquer plusieurs points de ce discours. Que Ruper Baxter fût soupçonné de faire la bombe lui était intolérable; de plus elle ne trouvait pas sa figure si vilaine. L'entendre traiter de vil scribouillard à gages lui faisait de la peine, mais il y a des moments où il faut savoir tenir sa langue. Elle se réfugia donc dans un silence prudent dont elle ne sortit quelques instants plus tard que pour s'écrier :

— J'ai une idée ! Bosham va à Londres ce matin. Pourquoi ne se ferait-il pas ramener par Horace, en voiture ? Ainsi vous pourriez parler à votre neveu sans avoir à vous déranger.

— Ceci est le premier mot sensé que vous ayez prononcé depuis que vous êtes entrée dans cette pièce, approuva le duc. Eh bien, dites à Bosham de le ramener mort ou vif. Bon, mais je ne peux pas vous parler ici toute la journée, Connie. Il faut que je me lève. Où est Clarence ?

— A la porcherie, je suppose.

— Vous n'allez pas me dire qu'il est encore à rêvasser auprès de son cochon ?

— Si, c'est devenu une manie.

— Vous voulez dire qu'il est fou. Pour vous dévoiler le fond de ma pensée, Connie, c'est ce cochon qui est à la base de tout le mal. Il a une très mauvaise influence sur lui, et si on ne fait pas rapidement quelque chose, on verra un jour Clarence piquer tout à coup de la paille dans ses cheveux et prétendre qu'il est un œuf poché. A propos d'œufs, envoyez-m'en donc une douzaine.

— Des œufs ? Mais... n'avez-vous pas eu votre petit déjeuner ?

— Bien sûr, que j'ai eu mon petit déjeuner.

— Je vois, vous en voulez davantage, dit Lady Constance conciliante. Comment voulez-vous qu'on vous les fasse ?

— Je ne veux pas qu'on les fasse du tout. Je ne veux pas manger d'œufs. Je veux lancer des œufs ; j'ai l'intention de donner une bonne leçon à ce type qui siffle. Ecoutez ! Le voilà qui recommence ! Il chante maintenant...

— Alaric, dit Lady Constance avec une nuance de supplication dans la voix, est-il vraiment indispensable que vous jetiez des œufs sur les jardiniers ?

— Oui.

— Très bien, murmura Lady Constance avec résignation, et elle sortit précipitamment pour éloigner le vocaliste de la zone dangereuse et prévenir ainsi la tragédie qui menaçait de se dérouler sous ses yeux.

Puis elle s'éloigna plongée dans de profondes pensées.

⁂

Pendant ce temps, ignorant la sollicitude dont il venait d'être l'objet, Lord Emsworth se trouvait dans la prairie près du potager, accoudé au toit confortable où était logée sa fameuse truie, l'Impératrice de Blandings qui avait remporté deux ans de suite la médaille d'argent dans la série des cochons gras à la Foire Agricole du Shropshire. Le noble animal finissait sous les yeux attendris de son maître un petit déjeuner tardif.

Le neuvième comte d'Emsworth avait du cran. L'angoisse que lui avait causé la nouvelle de la réapparition de Rupert Baxter dans sa vie avait été surmontée en quelques minutes. Ce matin Baxter était oublié, et il jouissait de ce parfait bonheur qui découle d'une conscience pure, de l'absence d'êtres chers, de la société d'âmes sœurs et du beau temps. Pour une fois, par hasard, il n'y avait rien qu'il cherchât à dissimuler à sa sœur Constance, aucune influence néfaste n'était venue troubler sa communion avec l'Impératrice, et le temps, comme presque toujours en ce lieu béni, était radieux. Nous avons vu le printemps se montrer fantasque et capricieux à Londres, mais il ne se serait rien permis de tel à Blandings Castle.

La seule ombre à ce tableau était la crainte que cette solitude dorée ne durât pas, et cette appréhension semblait tout à coup des plus fondées. Un cri rauque jaillit soudain derrière lui, et, en se retournant, Emsworth aperçut un « individu du sexe masculin » comme aurait dit Claude Pott : son invité, le duc, traversait la prairie et venait vers lui.

— B'jour, Clarence.

— Bonjour, Alaric.

Lord Emsworth imposa à ses lèvres un sourire de bienvenue. Les traditions de sa race et les recommandations quinze mille fois répétées de Lady Constance lui avaient enseigné qu'un hôte doit porter le masque. Il fit de son mieux pour ne pas ressembler à un cerf aux abois.

— Avez-vous vu Bosham quelque part ?

— Non, je ne l'ai pas vu.

— Je voudrais lui dire un mot avant qu'il s'en aille. Je vais l'attendre ici et l'arrêter quand il sortira. Il va à Londres aujourd'hui chercher Horace. Ses fiançailles ont été rompues.

Lord Emsworth fut surpris. Son fils et héritier Lord Bosham, venu au château pour les courses de Bridgeford, était, il en était sûr, marié depuis quelques années ! Il ne put s'empêcher de le faire remarquer.

— Il ne s'agit pas des fiançailles de Bosham; il s'agit de celles d'Horace.

Une fois de plus, Lord Emsworth parut désorienté.

— Qui est Horace ?

— Mon neveu.

— Et il est fiancé ?

— Il l'était. La nièce d'Ickenham...

— Qui est-ce?

— La jeune fille à laquelle il était fiancé.

— Qui est Ickenham ?

— Son oncle.

— Oh, dit Lord Emsworth dont la figure s'éclaira. Le nom avait fait vibrer une corde dans sa mémoire. Oh ! Ickenham ? Naturellement. Ickenham ! Bien sûr que je le connais ! C'est un ami de mon frère Galahad. Je crois qu'ils avaient l'habitude de se faire jeter ensemble à la porte des boîtes de nuit. Je suis content qu'Ickenham vienne ici.

— Il ne vient pas.

— Vous m'avez dit qu'il venait.

— Je n'ai pas dit qu'il venait. J'ai dit qu'Horace venait.

Ce nom fut une surprise pour Lord Emsworth.

— Qui est Horace ? demanda-t-il ?

— Je vous ai dit, il y a deux secondes, répliqua le duc avec la sévérité qui ne le quittait jamais pour longtemps, que c'était mon neveu. Je n'ai aucune raison de croire que cela ait pu changer depuis.

— Oh ! dit Lord Emsworth. Ah ! Oui, oui, bien sûr. Votre neveu. Bon, nous essaierons de lui rendre le séjour agréable ici. Peut-être s'intéresse-t-il aux porcs. Vous intéressez-vous aux porcs, Alaric ? Vous connaissez ma truie, l'Impératrice de Blandings ? Je crois que vous avez fait connaissance cet été.

Il se déplaça pour découvrir à son hôte une vue plus complète du superbe animal. Le duc avança vers la grille et un court silence suivit — respectueux de la part de Lord Emsworth, austère de la part du duc. Ayant sorti une large paire de lunettes de la poche extérieure de sa veste, il lorgnait la médaillée d'argent dans un esprit visiblement critique et irrespectueux

— C'est dégoûtant ! dit-il enfin.

Lord Emsworth sursauta violemment. Il avait peine à en croire ses oreilles.

— Quoi !

— Cette truie est trop grasse.

— Trop grasse !

— Beaucoup trop grasse. Regardez-la. Elle est obèse.

— Mais, mon cher Alaric, elle est faite pour être grasse !

— Pas grasse à ce point !

— Si, je vous assure. On lui a déjà donné deux médailles pour être grasse.

— Ne soyez pas ridicule, Clarence. Que ferait un porc de médailles? Ce n'est pas la peine de tourner autour du pot. Il n'y a qu'un terme pour désigner cette truie : c'est une obèse. Elle me rappelle ma tante Horatia qui mourut d'apoplexie pendant le dîner de Noël. Elle s'est écroulée alors qu'elle reprenait du plum-pudding et n'a plus ensuite prononcé une parole. Cette bête pourrait être son double. Et c'est bien de votre faute. Vous la gavez, la gavez, et la gavez encore, et je ne suppose pas qu'elle prenne le moindre exercice d'un week-end à l'autre. Ce qu'il lui faudrait, c'est un bon galop chaque matin et pas de nourriture lourde. Cela lui rendrait sa ligne.

Lord Emsworth avait retrouvé les lorgnons que l'émotion avait comme toujours fait sauter de son nez. Il les remit en place d'une main mal assurée.

— Je pourrais peut-être engager mon cochon pour le Derby, dit-il, car il pouvait être terriblement sarcastique, quand il était ému.

Le duc n'avait déjà pas aimé ce conte à dormir debout de cochons décorés et il pensait combien tout cela était triste pour cette pauvre Connie. Mais à ces mots, il se redressa vivement; un frisson involontaire le parcourut et ses manières se nuancèrent de cette sorte de compassion que l'on éprouve au chevet d'un malade.

— Je ne ferais pas cela, Clarence.

— Vous ne feriez pas quoi ?

— Engager cette truie pour le Derby. Elle pourrait ne pas gagner, et vous vous seriez donné beaucoup de mal pour rien. Ce qu'il faut, c'est la sortir de votre vie. Je vais vous dire ce que je vais faire. Ecoutez-moi, mon cher Clarence, dit le duc en frappant amicalement son hôte sur l'épaule, je vais emporter ce cochon avec armes et bagages. Oui, vraiment. Confiez-le-moi — je vais télégraphier des instructions pour sa réception — et, en quelques semaines, ce sera une toute autre créature. Frétillante, alerte, les yeux vifs. Et vous changerez aussi. Vous serez moins fatigué cérébralement. Une amélioration inimaginable... Ah ! voici Bosham. Hé, Bosham ! Une minute, Bosham, je voudrais vous dire deux mots.

Pendant quelques instants, après que son interlocuteur l'eût quitté, Lord Emsworth resta affalé contre la porte. Le soleil brillait. Le ciel était bleu. Une brise légère caressait la queue de l'Impératrice tandis qu'elle se tortillait au-dessus de l'auge. Mais pour le gentilhomme les cieux semblaient obscurcis par un brouillard sombre et il fut quelque temps sans se rendre compte qu'une voix l'appelait par son nom. Quand il l'entendit enfin, il se redressa, maître de lui, par un puissant effort de volonté, et vit sa sœur Constance.

Elle était en train de lui demander s'il était devenu sourd. Il répondit négativement : non, il n'était pas sourd.

— Eh bien, je t'ai appelé un bon moment. J'aimerais que tu me répondes parfois, Clarence. Je suis venue te parler d'Alaric. Je suis très inquiète à son sujet. Il semble être devenu si étrange.

— Etrange ? Je te crois qu'il est étrange. Et tu ne connais pas sa dernière, Connie ? Il vient, à la minute, de...

— Il m'a demandé de lui donner des œufs pour les lancer sur les jardiniers.

En un moment moins tragique, ces paroles auraient violemment choqué Lord Emsworth. Un propriétaire foncier anglais digne de ce nom en vient à se considérer comme le père de ses serviteurs, et ne peut approuver ses hôtes de les prendre comme cibles et de leur jeter des œufs. Mais cette fois il n'en perdit même pas ses lorgnons.

— Et sais-tu ce qu'il m'a dit, à moi ?

— Ce n'est pas possible qu'il ait tout son bon sens pour vouloir jeter des œufs sur les jardiniers.

— Ce n'est pas possible qu'il ait tout son bon sens pour vouloir que je lui donne l'Impératrice.

— Quoi ?

— Oui.

— Alors évidemment, dit Lady Constance, il va falloir que tu la lui donnes.

Cette fois, Lord Emsworth perdit son pince-nez et le perdit complètement. Il flotta au bout de son cordon comme une feuille dans la tempête. Le pauvre homme regarda sa sœur avec stupéfaction.

— Quoi !

— Tu deviens sourd !

— Je ne deviens pas sourd. Quand je dis : Quoi !, je ne veux pas dire: Quoi ? J'ai voulu dire : Quoi ! ! !

— De quoi diable parles-tu ?

— Je parle de ton extraordinaire remarque. Je te dis que cet effroyable duc veut que je lui donne l'Impératrice et au lieu d'être épouvantée, horrifiée et... euh... oui épouvantée, tu réponds tout simplement et sans sourciller : Il va falloir que tu la lui donnes ! Le diable m'emporte, imagines-tu un instant...

— Imagines-tu un instant que je vais courir le risque de voir Alaric se ruer à travers le château avec un tisonnier ? S'il a cassé tous les meubles dans le salon de son neveu Horace, simplement parce qu'Horace ne voulait pas l'accompagner à la gare et assister à son départ, que crois-tu qu'il ferait dans un cas pareil ? Je n'ai pas l'intention de voir ma maison détruite pour le salut d'un porc. Personnellement, je considère comme une bénédiction que tu sois débarrassé de cette sale bête ?

— Tu as dis : Sale bête ?

— Oui, j'ai dit sale bête; Alaric pense qu'elle a une très mauvaise influence sur ta vie...

— Quel culot !

— ... et je suis d'accord avec lui. En tout cas, c'est inutile de discuter. S'il veut le porc, il l'aura.

— Oh, parfait, parfait, parfait, parfait. Je pense qu'ensuite il lui faudra le château et que tu le lui donneras. Surtout, dis-lui de ne pas se gêner et de bien le demander s'il en a envie. Je crois que je vais aller dans ma bibliothèque et lire un peu avant qu'Alaric décide d'emballer et d'embarquer tous mes livres.

C'était une belle conclusion pour partir en beauté, mordante, amère, caustique, mais elle n'apporta cependant aucun réconfort à Lord Emsworth. Son âme était courbée sous le poids du malheur. L'expérience acquise au cours d'une centaine de batailles lui avait appris que sa sœur Constance en sortait toujours victorieuse. On pouvait tempêter, combattre, lever les mains au ciel, les joindre ou les tordre, en fin de compte, le résultat était toujours le même : Connie avait le dernier mot.

Tandis qu'il était assis quelque dix minutes plus tard dans la fraîcheur de cloître de la bibliothèque et qu'il cherchait vainement à concentrer son attention sur *Les Variations Dans l'Elevage Du Porc,* le sentiment d'être seul et sans défense dans un monde hostile envahit Lord Emsworth. Ce qui lui manquait avant tout dans cette crise qui venait bouleverser sa vie, c'était un ami, un allié, un conseiller compréhensif. Mais vers qui pouvait-il se tourner ? Bosham ne serait d'aucun secours. Beach, son maître d'hôtel, était plein de bonne volonté, mais n'était pas un penseur constructif. Quant à son frère Galahad, le seul mâle de la famille capable de tenir tête aux femmes, il était au loin...

Lord Emsworth tressaillit. Une idée l'avait frappé. En rêvant à Galahad il s'était tout à coup souvenu de son ami, ce redoutable Lord Ickenham dont le duc venait de parler.

L'Honorable Galahad Threepwood était un homme dont l'opinion faisait autorité. Il jugeait les gens avant de les consacrer du sceau de son approbation et pesait ses mots avant de les prononcer. Si Galahad Threepwood disait d'un homme qu'il était un « crack » il n'employait pas le terme à la légère mais dans son sens le plus profond; or il avait à maintes reprises entendu son frère gratifier de cet épithète Frederick, comte d'Ickenham.

Derrière son pince-nez, ses yeux brillèrent d'un feu nouveau. Il faisait des plans et des projets. Le « Debrett » (1) placé sur son rayon lui donnerait l'adresse de cet homme extraordinaire, et qu'y aurait-il alors de plus simple que de l'appeler au téléphone et de prendre rendez-vous, puis de faire un saut à Londres, de lui exposer les faits et de lui demander son avis. Un homme de cet acabit aurait cent moyens de sauver l'Impératrice...

Le feu s'éteignit. Il comprit qu'il divaguait en classant dans les choses simples le saut à Londres. Tant que cet abominable duc serait dans la place, il n'y avait pas le moindre espoir d'obtenir de Connie la permission de s'absenter, fût-ce pour une nuit. Des matelots sur le pont d'un navire en flammes auraient eu plus de chance de pouvoir quitter leur poste que le maître de Blandings Castle quand il y avait des invités.

Il étendait la main pour ramasser ses *Variations* qu'il avait laissées tomber dans son angoisse, espérant que ces pages magiques agiraient comme un calmant, quand Lady Constance se rua dans la pièce.

— Clarence !

— Hein ?

— Clarence, as-tu dit à Alaric que tu voulais faire courir ton cochon au Derby ?

— Mais non !...

(1) Le « Gotha » anglais.

— Alors il a mal compris. Il prétend que tu le lui as dit, et il veut faire venir un aliéniste pour t'examiner.

— Eh bien, il a un fier culot !

— De sorte qu'il faut que tu ailles à Londres immédiatement.

Une fois de plus les *Variations* tombèrent des mains frêles de Lord Emsworth.

— Que j'aille à Londres ?

— Oh ! je t'en prie, Clarence, ne fais pas d'histoire. C'est inutile de me dire que tu n'en as pas envie : il le faut. Depuis qu'Alaric est arrivé, j'ai l'impression qu'il est urgent de le faire examiner par un bon spécialiste des maladies mentales, mais je n'imaginais pas de moyen de le faire sans l'offenser. Et voilà qui résoud la question. Connais-tu Sir Roderick Glossop ?

— Je n'ai jamais entendu parler de lui.

— Il a la réputation d'être une autorité en la matière. Lady Gimblett m'a dit qu'il avait fait des merveilles pour l'enfant de sa sœur. Il faut que tu ailles à Londres cet après-midi et le ramènes avec toi. Offre-lui à déjeuner à ton club demain et expose-lui la situation dans son ensemble. Dis-lui de venir avec toi quoi qu'il en coûte. Il nous dira ce qu'il y a de mieux à faire pour le pauvre Alaric. J'espère qu'un simple traitement sera suffisant. Tu prendras le train de deux heures.

— Très bien, Connie, si tu veux.

Une étrange expression flottait sur le visage de Lord Emsworth quand la porte se ferma. C'était celle d'un homme qui a été tout à coup touché par un miracle. Ses genoux tremblaient légèrement tandis qu'il se levait et se dirigeait vers le rayon où le Debrett rouge et or brillait comme la lueur d'un phare guidant le marin dans la tempête.

Répondant à son coup de sonnette, Beach, le maître d'hôtel, se présenta à la porte de la bibliothèque.

— M'Lord ?

— Oh ! Beach. Je voudrais que vous me demandiez une communication téléphonique. Je ne sais pas le numéro, mais l'adresse est Ickenham Hall, Ickenham. Hampshire. Je veux parler à Lord Ickenham lui-même.

— Très bien, m'Lord.

— Et quand vous aurez la communication, dit Lord Emsworth en jetant un coup d'œil inquiet par-dessus son épaule, faites-la-moi passer dans ma chambre.

CHAPITRE III

Avec une Buffy-Person bien au point, le trajet de Londres au Hampshire n'est pas très long. Pongo Twistleton ayant fait une bonne moyenne arriva à Ickenham Hall quelques minutes avant midi. A peu près au moment où Lord Emsworth, dans le lointain Shropshire, était assis en la bibliothèque de Blandings Castle, devant ses *Variations dans l'Elevage du Porc*.

A mi-chemin de l'avenue, à l'endroit où les rhododendrons masquent un virage aigu, il faillit heurter en la croisant la Rolls du château et la vue des bagages sur la galerie lui fit craindre d'avoir manqué son oncle de justesse. Mais ce n'était qu'une fausse alerte. En arrivant à la maison, il le trouva debout sur le perron.

Frederick Altemont Cornwallis Twistleton, cinquième comte d'Ickenham, était un homme distingué, grand, mince, avec une magnifique moustache, l'œil vif et entreprenant. Il n'était plus dans sa première jeunesse. Mais, de même que les années avaient été impuissantes à le priver de sa silhouette élancée, elles n'avaient pas pu davantage affaiblir son caractère indomptable. En même temps qu'une taille svelte, il avait gardé le bel enthousiasme et l'allure fraîche et pure d'un collégien légèrement ivre ; toutefois, comme il aurait été le premier à le reconnaître, il ne se sentait en pleine forme qu'à Londres. C'est pour cette raison que Jane, comtesse d'Ickenham, avait prudemment décidé qu'au soir de sa vie, son époux vivrait exclusivement sur ses terres. Elle avait été jusqu'à l'avertir que si jamais il essayait d'aller à Londres, elle l'écorcherait vif avec un couteau émoussé. Tandis qu'il se tenait sur les marches, son aimable visage semblait illuminé de quelque reflet intérieur et la pensée que sa douce moitié était partie pour un pays lointain où elle se proposait de passer une assez longue période n'y était pas étrangère. Il vénérait la compagne de sa vie, n'ayant jamais douté qu'elle fût la plus douce créature qui ait jamais répondu « Oui » au « Voulez-vous prendre pour époux...? » d'un pasteur, mais il n'en était pas moins vrai que son absence faciliterait les choses pour aller prendre cet air de Londres qui empêche un homme de se rouiller et le met en contact avec les derniers développements de la pensée moderne.

A la vue de son neveu, sa bonne humeur s'accrut. Il aimait beaucoup Pongo en compagnie duquel il avait vécu les moments de sa vie les plus heureux et les plus riches d'enseignements. La journée qu'ils avaient passée ensemble aux courses de lévriers, quelques mois plus tôt, hantait toujours les nuits du jeune homme.

— Eh, bonjour, mon garçon, s'écria-t-il. Enchanté de te voir. Range ton taxi et entre ! Quelle belle matinée ! Chaude, parfumée, embaumée, avec juste ce petit souffle d'air qui vous réveille un homme. J'ai vu hier soir, au cinéma du bourg, un de ces films américains où un personnage déclare qu'il se sent « péter le feu ! » C'est exactement ce que je ressens. Le printemps fermente dans mes veines et je suis prêt à tout. Tu as juste raté la patronne.

— Etait-ce tante Jane que j'ai vue partir en voiture ?

— Oui, c'était le grand Chef Blanc.

Cette nouvelle soulagea Pongo. Il respectait et admirait sa tante mais, depuis son enfance, elle lui avait toujours inspiré une sorte de crainte, et il était content de n'avoir pas à l'affronter pendant le déroulement de sa crise financière. Comme nombre de tantes, elle était douée d'une sorte de don de seconde vue et au premier coup d'œil, elle aurait presque certainement deviné qu'il était dedans de deux cents livres. De là à la confession que des spéculations malheureuses sur le turf étaient à l'origine de ses difficultés il n'y avait qu'un pas.

— Elle est partie en voiture pour Douvres prendre le bateau de l'après-midi. Elle se rend dans le midi de la France où elle va soigner sa mère qui a encore une de ses crises.

— Alors, vous êtes seul ?

— Oui, avec ta sœur Valérie.

— Oh ! nom d'un chien. Elle est là ?

— Elle est arrivée hier soir, soufflant du feu par les narines. Tu as entendu parler de la rupture de ses fiançailles ? Peut-être es-tu venu dans le dessein de la consoler dans sa détresse ?

— Eh bien, pas absolument. En fait, entre nous, je n'ai pas tellement le désir de la rencontrer pour l'instant. J'ai plutôt pris parti pour Horace dans la récente brouille et nos relations en souffrent un peu.

Lord Ickenham fit un signe d'assentiment.

— Oui, maintenant que tu m'en parles, je me souviens

qu'elle a dit quelque chose où elle te qualifiait de « répugnant ver de terre ». C'est une fille passionnée !

— C'est le moins qu'on puisse dire !

— Mais je ne comprends pas qu'elle fasse un tel foin à ce propos. Tout le monde sait que des fiançailles rompues ne signifient rien. Ta tante, je m'en souviens, a rompu les nôtres six fois avant de me rendre l'homme le plus heureux du monde. Dieu la bénisse ! La femme la plus douce et la plus fidèle qu'eut jamais un homme. J'espère qu'elle guérira vite sa mère et me reviendra bientôt. Mais pas trop tôt. Tu sais, Pongo, c'est une chose étrange que le détective choisi par Horace pour traquer Valérie ait été le vieux Pott, Moutarde Pott, comme nous l'appelions; je le connais depuis des années.

— Oui, il me l'a dit. Vous l'avez commandité comme mouchard.

— C'est exact. Un type changeant ce Moutarde. Il n'y a pas beaucoup de choses qu'il n'ait essayées en leur temps. Il a été acteur, je crois. Puis il est devenu bookmaker. Il a ensuite dirigé un club. Et je le soupçonne d'être un maître d'hôtel défroqué. J'ai toujours pensé que la Nature l'avait prédestiné au vol à l'esbrouffe, une chose que j'ai toute ma vie voulu essayer sans jamais y parvenir.

— Quelle horreur !

— Ce n'est pas une horreur. Tu ne devrais pas te moquer des rêves d'un vieillard. Chaque fois que je lis dans le journal qu'il y a eu *Une Autre Victime Du Vol A L'Esbrouffe,* je pense à essayer moi-même parce que je ne peux pas me résigner à croire qu'il y ait des gens assez idiots pour s'y laisser prendre. Eh bien, Pongo, combien ?

— Hein ?

— Je vois à ton œil que tu viens me taper. Combien dois-tu ?

Une intelligence aussi vive de la part d'un oncle aurait dû faire plaisir à un neveu, mais Pongo resta sombre. Maintenant que le moment était venu, son pessimisme naturel s'affirmait de nouveau.

— Eh bien, plutôt une grosse somme.

— Cinq livres ?

— Un peu plus.

— Dix ?

— Deux cents.

— Deux *quoi ?* Comment as-tu fait pour t'enfoncer d'une somme pareille ?

— J'ai commencé par prendre une culotte à Lincoln ayant été mis dedans par mes conseillers et quand j'ai essayé de me refaire à Hurst Park les choses ont encore mal tourné, et de fil en aiguille, il se trouve que je doive à un bookmaker du nom de George Budd deux cent mille balles. Connaissez-vous George Budd ?

— Il n'est pas de mon temps. Quand j'étais une éminente personnalité sur le turf, George Budd était probablement au berceau en train de sucer ses orteils roses.

— Eh bien, il ne suce plus ses orteils roses. C'est une vache. Bingo Little s'est trouvé un peu à découvert avec lui l'an dernier et quand il a essayé de lui dire gentiment qu'il ne serait peut-être pas capable de payer, ce Budd lui a dit qu'il espérait bien qu'il le pourrait quand même...

— Ainsi, les bookmakers sont comme cela de nos jours. De mon temps ils étaient pareils.

— ... parce que, a-t-il ajouté, c'était bête d'être superstitieux mais il avait remarqué qu'il arrivait toujours à ses débiteurs quelque méchant accident. Il a prétendu que c'était une sorte de fatalité. Puis il a convoqué une grande brute épaisse appelée Erb et l'a fait danser sous les yeux de Bingo. Erb est venu me voir hier.

— Qu'est-ce qu'il a dit ?

— Il n'a rien dit. Il semble être un homme puissant et silencieux. Il m'a juste regardé en hochant la tête. De sorte que si vous pouviez, par hasard, oncle Fred, m'avancer...

Lord Ickenham secoua la tête avec regret.

— Hélas, mon garçon, l'oreille que tu cherches à atteindre bien qu'elle ne soit pas sourde à ton appel est incapable de t'aider. Il y a eu un petit coup d'état au Ministère des Finances, ici, il y a quelque temps, et ta tante a décidé malencontreusement de prendre en main les fonds de la famille et de les administrer elle-même, me laissant juste l'argent de poche nécessaire à un homme pour son tabac, sa dignité, ses balles de golf et je ne sais quoi. Ma limite est dix livres.

— Oh ! mon Dieu ! Et Erb qui doit revenir mercredi !

Il y eut un éclair de sympathie et de compréhension dans l'œil de Lord Ickenham tandis qu'il tapotait l'épaule de son neveu. Il se reportait en arrière et se voyait adolescent d'une vingtaine d'années, se collant une grosse moustache noire sur la figure dans le dessein de rouler un certain commissionnaire du turf de l'époque connu sous le nom de Jimmy Timms, l'Homme Sûr.

— Je comprends ce que tu éprouves, mon garçon, nous sommes tous passés par là depuis l'Archevêque de Cantorbéry jusuqu'en bas de l'échelle, je suppose. Il y a trente-six ans aujourd'hui, presque jour pour jour, je sautais par une fenêtre et descendais le long d'une gouttière pour échapper à un hercule du nom de Syd attaché à un bookmaker qui était mon créancier. Cet individu avait auprès de lui des fonctions très analogues à celles de ton Erb. Je m'en suis parfaitement tiré, bien que, si mes souvenirs sont exacts, j'aie été manqué d'un pouce par une pendule de bronze. Il n'y a qu'une seule chose à faire. Tu vas taper Horace Davenport.

Un sourire amer tordit les lèvres de Pongo.

— Ha ! dit-il simplement.

— Tu veux dire que tu as déjà essayé? et échoué? c'est ennuyeux. Cependant il ne faut pas jeter le manche après la cognée. Tu t'y es sûrement mal pris; je pense que manœuvré avec tact par un homme de ma classe et de ma situation il se révèlera beaucoup plus souple. Laisse-moi faire; j'enlèverai la place pour toi. Au printemps il n'est rien, littéralement rien auquel je ne puisse prétendre.

— Mais vous ne pouvez pas venir à Londres.

— Pas venir à Londres? Je ne te comprends pas.

— Tante Jane n'a-t-elle pas déclaré qu'elle vous écorcherait vif si vous y alliez?

— Il est exact qu'à sa manière fantaisiste, elle a bien dit quelque chose de ce genre. Mais tu sembles avoir oublié qu'elle est en route pour le Midi de la France.

— Oui... en laissant Valérie pour vous tenir à l'œil.

— Je vois ce que tu veux dire. Maintenant que tu m'en parles, je crois qu'il est bien possible qu'elle ait eu dans la tête l'idée qu'en son absence, Valérie surveillerait affectueusement mes mouvements. Mais soyons optimistes. Valérie ne va pas rester longtemps; elle va retourner à Londres dans ta voiture.

— Quoi?

— Oui. Elle ne s'en doute d'ailleurs pas encore car je

l'ai entendu dire qu'elle comptait rester ici quelques semaines... mais je crois que tu la retrouveras à côté de toi.

— Que voulez-vous dire? Vous n'allez pas la mettre à la porte.

— Oh! mon cher enfant! s'écria Lord Ickenham choqué. Bien sûr que non. Mais on peut avoir un plan. Ah! La voilà, continua-t-il tandis qu'un visage juvénile apparaissait au coin de la maison. Valérie, ma chérie, Pongo est ici.

Valérie Twisleton s'était arrêtée pour jeter un coup d'œil à un escargot qui passait — un coup d'œil froid et méprisant, comme si ce dernier avait été Horace Davenport. Levant les yeux, elle reporta sur son frère ce regard de glace.

— Eh bien, dit-elle avec hauteur. Qu'est-ce qu'il fait ici?

— Il est venu te chercher pour rentrer à Londres.

— Je n'ai pas la moindre intention.....

— Rien, poursuivit Lord Ickenham n'aurait pu me faire davantage de plaisir que de t'avoir ici pour réconforter ma solitude, mais Pongo pense — et je dois dire que je suis d'accord avec lui — que tu fais une grosse faute en fuyant de cette façon.

— En faisant *quoi* ?

— Je crains que ce ne soit la façon dont on interprètera ton départ de Londres après ce qui est arrivé. Tu sais comment sont les gens. Ils ricanent, ils font des gorges chaudes, ils rient dans votre dos. Ce sera très différent, évidemment, avec tes véritables amis. Ils éprouveront simplement une tendre pitié. Ils te regarderont comme un animal blessé qui se réfugie dans son trou et seront compréhensifs et attristés. Mais, je le répète, à mon avis tu commets une faute. Nous, Twistleton, sommes toujours flattés de garder la tête haute dans l'adversité, et j'avoue que si j'étais à ta place, ma réaction serait de me montrer où l'on me voit d'habitude — gaie, souriante et de bonne humeur... qu'y a-t-il Coggs?

Le maître d'hôtel était apparu sortant du hall.

— On demande m'Lord au téléphone.

— Je viens tout de suite. Penses-y, ma chérie.

Depuis quelque temps on entendait, émanant de Valérie Twistleton, un sifflement léger comme celui d'une fuite de gaz. Il cessa brusquement et ses dents se joignirent avec un claquement sec de mauvais augure.

— Peux-tu m'attendre dix minutes, le temps que je fasse mes valises, Pongo? demanda-t-elle. Je vais tâcher de ne pas te faire attendre plus longtemps.

Elle disparut dans la maison, et Pongo alluma une cigarette comme il eût allumé un cierge. Il n'approuvait pas toujours son oncle Fred, mais il ne pouvait s'empêcher d'admirer son courage.

Lord Ickenham revint et regarda autour de lui.

— Où est Valérie?

— En haut, en train de boucler ses bagages.

— Ah, elle a décidé de partir alors? Elle a raison. C'était ce vieil Emsworth qui me téléphonait. Je ne crois pas que tu l'aies déjà rencontré, n'est-ce pas? Il vit à Blandings Castle dans le Shropshire. Je le connais à peine moi-même, mais c'est le frère d'un vieux copain. Il veut que je déjeune avec lui à son club demain. Cela s'arrange très bien. Nous en terminerons dans la matinée avec Horace, et je te rencontrerai aux Drones vers midi. Maintenant allons prendre un pot en vitesse. Sur mon âme, c'est prodigieux de penser que demain je serai à

Londres. Je suis comme un enfant qu'on va emmener au cirque.

Les sentiments de Pongo, tandis qu'il suivait son oncle dans le fumoir, étaient plus mélangés. Il était réconfortant naturellement de penser que grâce à ses artifices, celui-ci pourrait déterminer Horace Davenport à devenir un émule de saint Martin, mais la pensée qu'il allait voguer en liberté dans Londres était de celle qui font indiscutablement froncer les sourcils. Comme toujours, quand Lord Ickenham lui proposait de savourer ave lui l'atmosphère réconfortante de la métropole, il regardait l'avenir avec une certaine appréhension.

Un des cerveaux les plus puissants des Drones avait un jour fait le point d'une manière saisissante.

— Le malheur en ce qui concerne l'oncle de Pongo, avait-il dit (Les Drones sont aujourd'hui le seul endroit où l'on entende exprimer des pensées aussi profondes et aussi pénétrantes) c'est que, malgré ses soixante ans bien sonnés, il devient en arrivant à Londres aussi jeune qu'il se sent, et comme il se sent très jeune... De plus, il a la mauvaise habitude d'entraîner Pongo avec lui et de mettre les pieds dans le plat devant tout le monde. Je ne sais pas si vous savez ce que signifie l'expression « attiger » mais c'est celle qui convient invariablement au comportement de l'Oncle Fred quand il se trouve à Londres.

Les traits du jeune homme, avalant son cocktail, reflétaient l'inquiétude.

CHAPITRE IV

Non seulement Pongo Twistleton avait été séduit par la théorie de son oncle Fred selon laquelle Horace Davenport scientifiquement prospecté se transformerait en mine d'or, mais cette impression favorable avait persisté jusqu'au soir. Elle le porta à l'optimisme pendant tout le voyage de retour à Londres. Cependant le lendemain matin au réveil elle lui semblait insensée et impraticable.

C'était inutile, pensait-il, d'espérer taper qui que ce soit d'une somme de deux cents livres. La seule solution possible de sa crise financière était d'ouvrir une souscription et de solliciter le grand public. Il décida de se rendre immédiatement aux « Drones » et de tâter le terrain auprès des souscripteurs éventuels. Sur place, il eut le loisir de noter que toutes les indications semblaient présager une évolution favorable du marché.

L'atmosphère du fumoir des Drones au retour du week-end annuel de ses membres n'était pas toujours gaie et réconfortante — certaines années on aurait pu confondre le bar avec le Mur des Lamentations de Jérusalem — mais, ce jour-là, un esprit de douce euphorie prévalait. Les dieux infernaux qui président aux tables de *chemin de fer* des casinos du Continent avaient, paraît-il, été extraordinairement bienveillants pour nombre de joyeux compagnons attachés au bar et vautrés dans l'alcool. Pongo, buvant le récit de leurs exploits, venait de décider d'élever à 10 livres de plus les contributions de plusieurs d'entre eux quand, à travers les fumées d'une cigarette, il aperçut un visage familier. Sur une chaise au bout de la pièce trônait Claude Pott.

Ce n'est ni la simple curiosité de savoir ce que monsieur Pott faisait là, ni la crainte qu'il ne s'ennuie dans un milieu étranger qui poussa Pongo à s'approcher et à engager la conversation. La vue du détective privé avait fait germer dans son esprit, comme une pousse de chardon, l'idée d'ouvrir le bal en obtenant de ce dernier un léger viatique. Il traversa la pièce les bras grand ouverts.

— Eh bien, comment allez-vous, Mr Pott? Quel bon vent vous a amené ici?

— Bonjour, monsieur. Je suis venu avec M. Davenport. Il est en ce moment dans la cabine, en train de téléphoner.

— J'ignorais que ce vieil Horace se levât jamais aussi tôt que cela.

— Il n'est pas encore couché. Il est allé au bal la nuit dernière.

— Ah, oui, évidemment, le bal costumé de l'Albert Hall, je me souviens. Eh bien cela fait plaisir de vous revoir, Mr Pott. Vous nous avez quittés un peu brusquement la dernière fois.

— Oui, reconnut Claude Pott tout pensif. Et comment vous en êtes-vous tirés avec le « sujet ».

— Pas trop bien. Elle a manifesté un peu d'humeur.

— C'est bien ce que je craignais.

— Vous avez aussi bien fait de vous en aller.

— C'est ce que j'ai pensé.

— Toutefois, dit Pongo chaleureusement, j'ai beaucoup regretté que vous ayez dû partir, oui beaucoup. J'ai tout de suite vu que nous étions une paire de types faits pour s'entendre. Voulez-vous boire quelque chose?

— Non merci, Monsieur.

— Une cigarette peut-être?

— Non merci.

— Une chaise? Oh vous en avez une. Mr Pott, dit Pongo, je me demandais.....

Le murmure au bar avait brusquement atteint un diapason élevé. Oofy Prosser, le millionnaire particulier du club, répétait au profit de nouveaux arrivants la façon dont il avait sept fois tenu la banque, et un éclair semblable au reflet phosphorescent de l'estomac d'un poisson mort avait luit dans l'œil de Mr Pott.

— Oh! Oh!, dit-il en jetant sur Oofy cette sorte de regard qu'un vautour avisé réserve, au Sahara, à un chameau agonisant. Il semble y avoir beaucoup d'argent ici, ce matin.

— Oui, et à propos d'argent...

— Ce serait le moment de se livrer au vieux jeu du chapeau.

— Le jeu du chapeau?

— N'avez-vous jamais entendu parler du jeu du chapeau? Il me semble parfois qu'on ne vous enseigne rien au collège. Voici comment on y joue. Vous désignez quelqu'un; moi, par exemple, et je prends les paris sur la course du chapeau dont l'arrivée est où vous voudrez — cette porte par exemple. Vous voyez ce que je veux dire? Les joueurs parient sur la sorte de chapeau que portera le premier type qui passera la porte. Vous, par exemple, vous avez envie de mettre dix livres...

Pongo fit jaillir un nuage de poussière de la manche de son partenaire.

— Ah, mais c'est que je n'ai pas dix livres, interrompit-il et je disais précisément que je me demandais...

— ..... sur un haut de forme. De sorte que si quelqu'un portant un tube est le premier à entrer vous ramassez les enjeux.

— Oui, je vois, c'est amusant et ingénieux.

— Mais vous ne pouvez pas jouer au jeu du chapeau de nos jours, quand tout le monde porte un chapeau bordé. Il n'y aurait pas assez d'enjeux; c'est désolant!

— Désolant! reconnut Pongo compréhensif. Il faudrait le transformer en vêtements ou quelque chose de ce genre. Mais vous parliez de dix livres et à ce propos... arrêtez-moi si vous avez déjà entendu cela...

Claude Pott qui avait semblé sur le point de sombrer dans une rêverie morose s'arracha brusquement à ses méditations.

— Qu'est-ce que vous avez dit?

— Je disais que pendant que l'on était sur les billets de dix livres...

— Des vêtements! Mr Pott se dressa comme mû par un ressort, tout comme s'il avait vu le sujet entrer dans la pièce. Ah! cela m'en bouche un coin!

Il fila par la porte à une vitesse remarquable pour un homme de sa corpulence. Quelques instants plus tard il rentrait en coup de vent et quelques secondes ne s'étaient pas écoulées que les distingués membres du club assemblés au bar constatèrent avec horreur que quelque philistin, au mépris de toute étiquette, prononçait un discours.

— Messieurs !

La conversation tomba, pour être suivie d'un silence stupéfié ; dans ce silence monta la voix de Claude Pott qui parlait avec toute la ferveur et le brio de l'époque où il était bookmaker.

— Gentlemen et sportsmen, puis-je réclamer pour un instant votre aimable indulgence ! Gentlemen et Sportsmen, je sais reconnaître un gentleman et un sportsman quand j'en vois un et ce que j'ai eu le privilège d'entendre de votre conversation depuis mon entrée dans cette salle m'a démontré que vous êtes tous des gentlemen et des sportsmen toujours prêts à se laisser aller à la fièvre d'une petite compétition sportive.

Les mots du genre « fièvre sportive » ne manquaient jamais de toucher une corde sensible chez les membres du Drones Club. Quelque chose ressemblant à de la chaleur et à de la sympathie commença à percer sous la froide désapprobation initiale. Comment ce petit crevé avait pu ramper jusqu'au fumoir, on ne pouvait encore se l'imaginer, mais le premier mouvement des auditeurs pour le jeter dehors s'était légèrement adouci.

— Je m'appelle Pott, messieurs, un nom qui fut en son temps, j'ose l'assurer, loin d'être inconnu des amateurs du sport des rois, et bien que je me sois retiré des affaires en tant que bookmaker, j'aime revenir de temps en temps à mon ancienne profession pour le plaisir des gentlemen et des sportsmen, et il n'y a jamais eu une meilleure occasion qu'aujourd'hui. Nous voici tous réunis — je vous le répète donc, messieurs, laissons battre nos cœurs. Messieurs, nous allons nous livrer au Tournoi des Habits.

Peu de membres des « Drones » jouissent dès le matin de leur plus belle forme. Il y eut un murmure de surprise. Un clubman demanda « Qu'est-ce qu'il a dit? ». Un autre murmura « Le tournoi de quoi? ».

— J'expliquais justement comment on joue au « Tournoi du Chapeau » à mon ami, Mr Twistleton; le « Tournoi des Habits » se joue exactement selon la même méthode. Par exemple, en ce moment, un gentleman est enfermé dans la cabine téléphonique au bout du corridor, car j'ai pris la précaution de charger un groom d'introduire un coin sous la porte, pour vous donner tout loisir de faire vos jeux. Ah! ajouta Claude Pott frappé d'une idée désagréable, personne ne va aller le délivrer, n'est-ce pas?

— Certainement pas! s'écria l'auditoire d'un seul cœur et avec indignation. La pensée que quelqu'un puisse volontairement relâcher un camarade de club qui s'était trouvé coincé dans la cabine téléphonique, événement sensationnel et inaccoutumé, les révoltait à juste titre.

— Alors tout va bien. Maintenant, messieurs, la seule question que vous ayez à vous poser est celle-ci : « Quels vêtements porte le gentleman qui est dans la cabine téléphonique » ou, en d'autres termes « qu'est-ce qu'il a sur lui? ». Voilà d'où vient le nom du « Tournoi des Habits ». Cela peut être une sorte de vêtement ou une autre. Il peut avoir sa jaquette pour aller à l'église ou avoir fait un plongeon dans la Serpentine et être simplement vêtu de son petit costume de bain. Il peut également porter l'uniforme de l'Armée du Salut. Pour vous montrer la route, je donne neuf contre quatre que ce n'est pas de la Serge Bleue, quatre contre un qu'il ne porte pas de Tweed Gris à Chevrons, dix contre un qu'il n'est pas vêtu d'un Pantalon et d'une Veste de Golf, cent contre six pour la Tunique de Gymnastique et les Shorts, vingt contre un pour l'Habit de Cour tel qu'on le porte au

Palais de Buckingham, neuf contre quatre pour la Tenue de Courses. Et peut-être que vous, monsieur, lança Mr Pott en s'adressant à l'un des auditeurs, auriez la bonté de me servir de secrétaire.

— Cela ne signifie pas que je ne pourrai pas tenter ma petite chance?

— En aucune manière, monsieur, suivez les impulsions de votre cœur et soyez sans crainte.

— A combien donnez-vous une Cheviotte Lâche à Point Croisé?

— Six contre un pour la Cheviotte Lâche à Point Croisé.

— Je mettrai dix shillings.

— Parfait, monsieur, six demi-livres sur la Cheviotte. Déposons l'argent, s'il vous plaît, monsieur. Ce n'est pas que je n'aie pas confiance en vous, mais je ne suis pas autorisé par la loi à faire crédit. Merci, monsieur. Allons, allons, mes nobles sportifs. Neuf contre quatre pour le Tenue de Courses.

L'impulsion ainsi donnée dépouilla l'auditoire des dernières traces d'hostilité. Les affaires devinrent actives, et il ne s'écoula pas longtemps avant que Mr Pott eût complètement disparu derrière une masse ardente de pontes.

L'un des premiers à parier avait été Pongo Twisleton. Se précipitant vers le bureau du portier, il avait tiré un chèque des dernières livres qu'il possédait au monde et il était maintenant accoudé au bar, savourant la tranquillité sereine d'un homme qui a joué la bonne carte et su placer son argent au bon moment.

Dès le début de ces événements, il était apparu clairement à Pongo que la Fortune jusqu'alors capricieuse avait enfin décidé qu'il était inutile de faire subir de nouvelles épreuves à un juste et lui avait enfin présenté la chance sur un plat d'argent.

Pour gagner un pari, l'essentiel est d'être informé et il était particulièrement bien placé à cet égard. Seul de tous les membres présents il connaissait l'identité de celui qui occupait la cabine téléphonique et il avait l'avantage supplémentaire de connaître tous les détails intimes concernant la garde-robe de ce dernier.

Vous prenez un type — disons Catsmeat Potter Pirbright, ce Brummel moderne, et vous pouvez réfléchir pendant des heures sans pouvoir deviner le costume qu'il a bien pu revêtir par un matin quelconque. Mais il en allait autrement avec Horace Pendlebury-Davenport. Horace n'avait jamais attaché beaucoup d'importance à sa toilette. Il aimait conserver et user ses vieux vêtements jusqu'à ce que ce soient eux qui le quittent et c'était son idiosyncrasie qui avait amené celle qui était naguère sa fiancée à prendre des mesures énergiques juste avant son départ pour le Touquet.

Fondant sur l'appartement d'Horace tandis que Pongo se trouvait là en train de bavarder gentiment avec son propriétaire, et sans pitié pour les protestations éplorées de son bien-aimé, Valérie Twistleton avait virtuellement saisi la totalité de sa garde-robe et l'avait emportée dans un taxi pour la distribuer aux indigents. Ne pouvant pas décemment l'abandonner nu, elle l'avait autorisé à conserver le complet de flanelle usé jusqu'à la corde dans lequel il se trouvait et la jaquette qu'il réservait pour son mariage. Mais elle était partie avec tout le reste. Aucun tailleur n'avait pu encore le remonter en vêtements neufs aussi Pongo se sentait-il justifié de s'être engagé à fond. Le gros de sa fortune placé à 10 contre un sur le complet de flanelle et une petite somme sur la jaquette il se laissa bercer dans une douce euphorie.

Tandis qu'il absorbait son cocktail et réfléchissait que si ses gains devaient nécessairement rester très en dessous de la somme considérable qu'il devait à George Budd, ils constitueraient néanmoins un acompte et écarteraient au moins provisoirement de son existence l'ombre tragique de Erb, il fut frappé subitement comme par un coup à la base du crâne par la révélation qu'il avait négligé un élément essentiel.

Les premiers mots de sa conversation avec Claude Pott lui revinrent en mémoire et il se souvint que M. Pott, outre l'information concernant la présence d'Horace dans la cabine téléphonique, lui avait appris que ce dernier s'était rendu au bal costumé de l'Albert Hall et n'était pas encore allé se coucher. Et comme un glas les paroles d'Horace résonnaient à ses oreilles : « J'y vais costumé en boy-scout ! »

Le fumoir tourna devant les yeux de Pongo. Il comprenait maintenant pourquoi Claude Pott avait sauté avec tant d'enthousiasme sur l'idée de lancer ce « Tournoi des Habits ». L'homme savait que ce serait une fortune pour la Banque. Le plus fin et le plus imaginatif des membres du « Drones » ne penserait jamais qu'il pouvait y avoir des boys-scouts dans la cabine téléphonique à cette heure de la matinée.

Il poussa un cri de bête blessée. A la onzième heure le chemin de la fortune s'ouvrait devant lui et, faute d'un peu d'argent liquide, il ne pouvait pas en profiter. A ce moment il aperçut Oofy Prosser à l'autre extrémité du bar et comprit comment en agissant promptement et avec décision il pouvait sauver sa fortune du naufrage.

L'attitude d'Oofy Prosser à l'égard du tournoi avait

d'abord été hautaine et méprisante, toute semblable à celle d'un requin de Wall Street regardant de petits garçons se disputer des sous. Ces petits paris n'intéressaient pas Oofy. Il se tenait à l'écart de tout cela et tenta d'éviter Pongo quand celui-ci se glissa le long du bar pour l'aborder. Le jeune homme dut, pour le maintenir sur place, l'agripper fermement par la manche et s'y cramponner comme un noyé.

— Dis donc, Oofy...

— Non, répondit Oofy Prosser sèchement, pas un sou ! Pongo trépigna dans une sorte de danse sauvage. Déjà un murmure courait autour de la table où M. Pott dirigeait les enchères et le moment où il crierait : « Rien ne va plus, » semblait imminent.

— Mais je veux te faire faire une bonne affaire !

— Oh ?

— A coup sûr.

— Ah ?

— C'est un tuyau absolument certain.

Oofy Prosser ricana ouvertement.

— Je ne parie pas. A quoi bon gagner un billet d'une livre ? Quand dimanche à la grande table du Touquet...

Pongo se rua vers Claude Pott, écartant brutalement les clubmen de son chemin.

— M. Pott !

— Monsieur ?

— Y-a-t-il un plafond ?

— Non, monsieur.

— J'ai un ami qui veut faire un pari qui en vaille la peine.

— De l'argent comptant seulement, M. T. Puis-je vous le rappeler ? C'est la loi.

— C'est idiot. Il s'agit de M. Prosser. Vous pouvez prendre son chèque. Vous avez entendu parler de M. Prosser ?

— Oh, M. Prosser ? Oui, c'est différent. Cela m'est égal de faire une entorse à la loi pour obliger M. Prosser.

Pongo bondissant vers le bar y retrouva un Oofy qui n'était plus ni distant, ni hautain.

— Sais-tu réellement quelque chose, Pongo ?

— Tu parles ! Veux-tu me prêter cinquante livres ?

— D'accord.

— Alors, parie ta chemise sur un « Boy-scout » murmura Pongo. Je sais par un tuyau de première main que le type dans la cabine est Horace Davenport et j'ai appris par hasard qu'il est allé cette nuit à un bal costumé vêtu en boy-scout et qu'il n'est pas encore rentré se changer.

— Quoi ? Est-ce vrai ?

— Absolument officiel ?

— Alors c'est du tout cuit !

— Du billard, confirma Pongo avec enthousiasme. Suis-moi et ne crains rien. Et n'oublie pas que je suis dans le coup pour la somme convenue.

D'un œil ému il regarda son commanditaire se diriger vers le « Tattersall » local ; et ce fut à cet instant suprême qu'un groom vint l'informer que Lord Ickenham l'attendait dans le hall. Il se précipita à sa rencontre, ses pieds touchant à peine le sol.

Lord Ickenham surveilla son approche avec intérêt.

— Aha ! dit-il.

— Aha ! répondit Pongo en écho, d'un air absent comme quelqu'un qui n'a pas de temps à perdre en formules de politesse. Ecoutez, oncle Fred, donnez-moi jusqu'au dernier centime que vous ayez sur vous. Je puis peut-être arriver avant la clôture des paris ? Votre ami Claude Pott est venu ici avec Horace Davenport...

— Je me demande à quoi pensait Horace en amenant Moutarde aux « Drones ». Un type épatant évidemment mais tout-à-fait le genre d'individu qu'il ne faut pas lâcher dans une assemblée de jeunes gens impressionnables.

L'attitude de Pongo trahit son impatience.

— Nous n'avons pas le temps de discuter de la morale de la chose. Il suffit qu'Horace l'ait amené, qu'il ait enfermé Horace dans la cabine et engagé les paris sur la sorte de vêtements qu'il portait. Combien pouvez-vous parier ?

— Contre Moutarde Pott ? Lord Ickenham sourit doucement, Rien mon cher ami, rien du tout. Une des dures leçons que la vie te donnera quand tu la connaîtras mieux est qu'il est impossible de tirer de l'argent de Moutarde. Des centaines ont essayé et des centaines ont échoué.

Pongo haussa les épaules. Il avait fait de son mieux.

— Bon, vous manquez une occasion unique. J'ai appris par hasard qu'Horace est allé au bal de la nuit dernière habillé en boy-scout et je tiens de la bouche même de Pott qu'il n'est pas rentré se changer. Oofy Prosser m'a prêté cinquante livres.

Il apparaissait clairement à son attitude que Lord Ickenham était sincèrement choqué.

— Horace Davenport est allé au bal en boy-scout ? Quel affreux spectacle cela a dû être. Je ne peux y croire. Il faut que je le vérifie. Bates, dit Lord Ickenham en se dirigeant vers le bureau du portier, étiez-vous là quand M. Davenport est entré ?

— Oui, milord.

— Quelle allure avait-il ?

— Terrible, milord.

Il parut à Pongo que son oncle s'éloignait du sujet.

— Je reconnais, dit-il, qu'un type de la taille d'Horace et de sa maigreur aurait été plus avisé en ne se montrant pas en public habillé en boy-scout, costume comportant des shorts et des genoux nus...

— Mais il n'était pas en boy-scout, monsieur.

— Quoi !

Le portier fut poli mais ferme.

— Si vous voulez bien m'excuser de vous contredire, monsieur, M. Davenport n'est pas allé au bal en boy-scout. C'était plutôt une sorte de travesti nègre à ce qu'il m'a semblé. Son visage était tout noirci, et il portait un javelot. Cela m'a donné un coup quand il est entré.

Pongo s'accrocha à la table; les cent kilos du portier semblaient fondre sous ses yeux.

— Noirci ?

Un mouvement le long du corridor attira leur attention. Claude Pott suivi d'un petit comité se dirigeait vers la cabine téléphonique. Il retira le coin de dessous la porte et il ouvrit celle-ci dont émergea une silhouette.

La nature a produit parfois d'étranges créatures, mais peu d'aussi étranges que celle qui s'envola de la cabine, vola le long du corridor, frôla le petit groupe qui se levait à côté du bureau et, s'engouffrant par la porte du club, voltigea sur les marches pour disparaître dans un taxi.

Le visage de cet individu, comme le portier l'avait laissé entrevoir, était d'une belle couleur noire. Son long corps était serré dans des plis de la même couleur sombre surmontés d'une peau de léopard. Flottant au dessus de sa tête un panache de plumes d'autruche la couronnait et, de la main droite, il étreignait une sagaie. Il portait des lunettes d'écaille.

Pongo glissant contre le bureau sentit son bras pressé par une main compatissante.

— Le vent tourne, mon garçon, je pense, hein ? dit Lord Ickenham. Il semble que rien ne te retienne ici et une entrevue avec Oofy Prosser en ce moment pourrait être douloureuse et embarrassante. Suivons Horace, il semble rentrer chez lui, et faisons une petite enquête sur les raisons qu'il a d'entrer et de sortir ainsi en coup de vent. Dis-moi, combien Oofy Prosser avait-il parié pour toi ? Cinquante livres ?

Pongo fit un morne signe d'assentiment.

— Alors faisons le point. Ton crédit est à zéro. Tu devais à George Budd deux cents livres. Tu dois maintenant cinquante livres à Oofy. Si tu ne paies pas Oofy, il te dénoncera probablement au comité du club qui te jettera à la rue où sans doute tu trouveras Erb t'attendant avec un coup de poing américain. Eh bien, dit Lord Ickenham impressionné, on ne peut pas dire que tu ne mènes pas une vie intense. Pour un provincial de mon espèce, tout cela est très excitant. On a l'impression de se trouver en plein au cœur des événements et d'en sentir les pulsations.

Ils se rendirent à Bloxham Mansions et furent informés par Webster que M. Davenport était dans son bain.

CHAPITRE V

L'Horace qui, quelque dix minutes plus tard, entra en pyjama et robe de chambre dans la bibliothèque, offrait un spectacle infiniment moins inquiétant que l'horrible forme jaillie de la cabine téléphonique du Drones-Club, mais son visage restait visiblement celui d'un homme qui avait souffert. Frotté de beurre, rincé au savon et à l'eau, il était d'un rose éclatant, mais c'était un visage hagard ; ses yeux étaient sombres et reflétaient l'angoisse.

Une lueur d'inquiétude passa dans son regard quand il vit le plus âgé de ses deux visiteurs. Horace Davenport n'était pas sans avoir lu des histoires où les parents mâles de filles insultées venaient, cravache à la main, demander des explications à des jeunes gens.

L'attitude de Lord Ickenham, cependant, était rassurante. Tout en considérant Horace comme faible d'esprit, il avait toujours eu de l'affection pour lui et il était touché par son aspect désemparé.

— Comment allez-vous, mon cher ami ? Je suis déjà venu mais vous étiez sorti.

— Oui, Webster me l'a dit.

— Et quand je vous ai vu aux Drones tout à l'heure vous sembliez assez pressé et peu enclin à la conversation. Je voulais vous parler de cette malheureuse brouille avec Valérie. Elle m'a fait un exposé détaillé et objectif des faits.

Horace parut avaler quelque chose de pointu.

— Oh, vraiment !

— Oui, j'ai bavardé avec elle hier soir et votre nom est venu incidemment dans la conversation.

— Oh, vraiment !

— Oui. En réalité, elle vous en veut un peu. Valérie, il serait vain de se le dissimuler, est vexée.

— Ah !

— Mais ne vous frappez pas, dit Lord Ichenham avec bonne humeur. Ça lui passera, j'en suis convaincu. Quand vous aurez mon âge, vous saurez que c'est un signe excellent quand une jeune fille traite un homme de « goujat contrefait » et déclare que son plus cher désir est de le plonger dans l'huile bouillante pour le regarder frire.

— Elle a dit cela ?

— Oui, elle était des plus formelles à cet égard — montrant ainsi, à mon avis, que l'amour persiste. Je vous conseillerais de lui donner un jour ou deux pour se calmer et puis de commencer à lui envoyer des fleurs. Elle les mettra en lambeaux. Envoyez-en d'autres, elle en fera des rubans. Augmentez la quantité et si vous persévérez vous découvrirez bientôt que la petite dose quotidienne fait son effet. Je prévois une réconciliation complète vers la première semaine de mai.

— Je vois, dit Horace d'un ton morose. Eh bien, tout est pour le mieux.

Lord Ickenham fut un peu surpris.

— Vous ne semblez pas content.

— Oh, si... Oh si... plutôt.

— Alors pourquoi continuez-vous à ressembler à un poisson mort sur un étal ?

— Eh bien, le fait est que quelque chose d'autre me tracasse un peu pour le moment.

Pongo rompit un silence qui avait duré près de vingt minutes. Depuis qu'il était entré, il était resté assis, les bras croisés, comme s'il était taillé dans la pierre vive.

— Oh vraiment ? s'écria-t-il. Moi aussi il y a quelque chose qui me tracasse diablement pour l'instant. Oui ou non, espèce d'animal de Pendlebury-Davenport, m'as-tu déclaré formellement et positivement que tu allais au bal costumé en boy-scout ? Pas de réponse dilatoire. Est-ce vrai ou faux ?

— Oui, c'est vrai, je m'en souviens. Mais j'ai changé d'avis.

— Changé d'avis ! Sans blague ! dit Pongo en parlant à travers ses dents serrées et en puisant dans le vocabulaire puissant de Claude Pott pour donner de la force à ses paroles. Il a changé d'avis ! Rien que cela ! Pfft ! Sacré caméléon !

— Qu'y a-t-il ?

— Oh rien, tu m'as simplement et définitivement ruiné, c'est tout !

— Oui, mon cher Horace, dit Lord Ickenham, j'ai bien peur que vous ayez mis Pongo dans une triste situation. Quand Pongo se sera engagé à la Légion Etrangère vous en serez responsable. Vous lui donnez les assurances les plus solennelles que vous allez au bal dans un costume et vous vous y rendez dans un autre. Ce n'est pas très « fair play ».

— Mais quelle importance cela peut-il avoir ?

— On a lancé quelques paris au fumoir du Club sur les vêtements que vous portiez et Pongo, le pauvre garçon, tenant pour certain que vous étiez habillé en boy-scout a pris une terrible culotte.

— Oh, mon dieu, je suis désolé.

— Il est trop tard maintenant, pour être désolé.

— Polly avait pensé tout simplement qu'il serait amusant que je me déguise en guerrier zoulou.

— De toute évidence cette jeune fille a des goûts exotiques assez originaux. « Morbides » est le mot qui monte aux lèvres. Qui est cette Polly ?

— La fille de Pott ; elle est venue au bal avec moi.

Lord Ickenham poussa une exclamation.

— Pas la petite Polly Pott ? Grands dieux, comme le temps passe ! Imaginer Polly assez grande pour aller au bal ! Je l'ai connue toute petite. Elle avait l'habitude de venir passer ses vacances à Ickenham. C'était une gentille enfant que tout le monde aimait. Dire que c'est une jeune fille maintenant ! Mon dieu nous ne rajeunissons pas. J'étais un jeune homme qui frisait la cinquantaine quand je l'ai vue pour la dernière fois. Ainsi vous avez conduit Polly au bal ?

— Oui. Voyez-vous mon premier projet était d'y aller avec Valérie. Mais quand elle m'a laissé tomber, je lui ai dit que j'irais avec Polly à sa place.

— Vous pensez naturellement que ça lui apprendrait ? Beau geste de défi ! Est-ce que Pott y était ?

— Non, il n'est pas venu.

— Alors que faisait-il avec vous aux Drones ?

— Eh bien, voyez-vous il était venu à Marlborough Street pour payer ma caution et en quelque sorte nous avons échoué là... ensuite je pense que j'avais dans l'idée de lui offrir à boire ou quelque chose de ce genre.

Une légère lueur d'intérêt éclaira le visage de marbre de Pongo.

— Que veux-tu dire, ta caution ? As-tu été arrêté la nuit dernière ?

— Oui, il y a eu une bagarre au bal et j'ai été pris dedans. C'était de la faute de Ricky.

— Qui est Ricky, demanda Lord Ickenham.

— Mon cousin, Alaric Gilpin.

— Le poète. Un garçon coloré aux cheveux rouges. C'est lui qui a présenté Horace à la jeune Polly, intervint Pongo, tenant lieu de notes explicatives. Elle lui donnait des leçons de danse.

— Et comment a-t-il pu vous mêler à une bagarre?

— Eh bien voilà. Ricky était fiancé à Polly, ce que j'ignorais, et une autre chose que j'ignorais aussi était qu'il n'avait pas beaucoup aimé qu'elle me donnât des leçons de danse. Quand elle lui a dit que je l'emmenais au bal il lui a défendu expressément d'y aller. De sorte que, quand il nous a trouvés ensemble... au fait, ne rôdait-il pas dehors quand vous êtes arrivés ?

— Je n'ai vu aucune ombre suspecte.

— Il a dit qu'il viendrait aujourd'hui et me tordrait le cou.

— Je ne savais pas que les poètes avaient l'habitude de tordre le cou des gens.

— Ricky n'hésite pas à le faire. Une fois il s'est attaqué à trois marchands ambulants à Covent Garden et les a descendus en cinq minutes. Il était allé là pour chercher l'inspiration d'une pastorale et quand ils ont commencé à le bassiner, il est rentré dedans et les a laissés sens dessus dessous dans une pile de choux de Bruxelles.

— Quelle différence avec la vie familiale du regretté Lord Tennyson ! Mais revenons à cet incident au bal.

Horace resta un moment absent, revivant l'orage passé.

— Eh bien, c'est au bout d'environ deux heures que ça a commencé. Polly était absente, discutant avec des copains et je fumais une cigarette en me reposant quand Ricky apparut et vint me rejoindre. Il me dit qu'un de ses amis lui avait refilé un billet au dernier moment et qu'il avait pensé que ce serait une bonne idée de venir faire un tour. De sorte qu'il avait loué un costume de Petit Lord Fauntleroy et était entré. A ce moment-là, il était parfait ; il était même exceptionnellement affable. Il s'assit et essaya de m'emprunter cinq cents livres pour acheter un Onion Soup Bar.

Lord Ickenham secoua la tête.

— Vous me prenez au dépourvu. Nous autres campagnards qui ne venons pas souvent à Londres ne sommes pas en contact avec les derniers développements de la civilisation moderne. Qu'est-ce qu'un Onion Soup Bar?

— C'est un endroit où l'on vend de la soupe à l'oignon, expliqua Pongo. Il y en a un tas autour de Picadilly maintenant. Vous restez ouvert toute la nuit et vendez de la soupe à l'oignon à la foule des gens qui sortent des boîtes de nuit. Il y a de l'argent en masse là-dedans, je crois.

— C'est bien ce que dit Ricky. Un de ses amis, un Américain, à ouvert un de ces bars, il y a environ deux ans, dans Coventry Street et d'après lui, il est arrivé à se faire près de deux mille livres par an. Mais, apparemment, il a le mal du pays, veut céder et rentrer à New-York. Il acceptait de vendre le fonds à Ricky pour cinq cents livres. Et Ricky voulait que je les lui prête. Il devenait éloquent et persuasif quand il s'interrompit brusquement et je vis qu'il regardait quelque chose par dessus mon épaule.

— Ne me dites pas quoi, dit Lord Ickenham, laissez-moi deviner... Polly ?

— En personne. Alors les choses ont changé du tout au tout. Il venait juste de me prendre par le bras et de me demander si je me souvenais des jours où nous faisions l'école buissonnière chez mon père quand il tourna court. Il s'empourpra violemment et, en un instant, il déclencha une effroyable bagarre... m'injuriant, injuriant Polly... Montrant, puis-je dire, un côté très différent de sa nature. Enfin vous savez ce qui arrive quand une chose de ce genre se passe à Albert Hall : les gens commencent à s'assembler et à poser des questions ; de fil en aiguille, j'en vins à être un peu étourdi et je pense que c'est par ce que j'étais étourdi que j'ai fait cela... c'était une erreur, naturellement, je le vois maintenant.

— Que vous avez fait quoi ?

— Que je lui ai lancé un coup de sagaie. Vraiment, dit Horace, je n'en avais pas l'intention. Ce n'est pas comme si je l'avais prémédité. Je voulais juste l'écarter, mais j'ai mal calculé la distance et, une seconde plus tard, je voyais Ricky se frotter l'estomac et se jeter sur moi avec une vilaine expression dans les yeux. Aussi ai-je dû le frapper de nouveau et les choses ne firent qu'empirer. Mais ce qui a réellement amené mon arrestation c'est qu'il parvint à éviter la pointe de la sagaie et me décocha un magnifique crochet dans la mâchoire.

Lord Ickenham se sentit incapable de concilier la cause et l'effet.

— On n'est pas conduit en prison pour avoir reçu un crochet dans le menton, si idiot que soit le policeman à qui l'on ait affaire. Vous intervertissez probablement les rôles, je pense que nous découvrirons en fin de compte, en y regardant de plus près, que c'est Ricky qui a été conduit à Marlborough Street.

— Non, voilà ce qui est arrivé : ce crochet sur la mâchoire m'a à demi-assommé et je ne savais plus très bien ce que je faisais. Tout me semblait flotter dans une sorte de brouillard et je tapais comme un sourd dans la direction approximative où je croyais trouver l'auteur de l'incident; au bout d'un moment je découvris que je frappais une femme habillée en Marie-Antoinette. Cela me causa une grande surprise ; en fait j'avais été un peu étonné depuis quelques instants ; vous comprenez, je sentais la sagaie enfoncer dans une substance molle et je m'étonnais que Ricky fût si flasque et eût une voix si pointue. Enfin comme je vous le disais, je m'aperçus que ce n'était pas Ricky, mais cette femme.

— Embarrassant.

— Ce l'était un peu. L'homme qui était avec elle appela la police, mais Ricky avait disparu, ce qui rendit les choses encore plus difficiles. Presqu'au début de l'incident, à ce qu'il paraît, les gens l'avaient ceinturé et mis dehors. De sorte que quand le policeman arriva et me trouva courant comme un fou avec une sagaie sans avoir été apparemment provoqué, il fut assez difficile de le convaincre que je n'étais pas ivre. En fait, je ne l'ai pas convaincu du tout. Le juge s'est conduit ce matin assez élégamment à propos de toute l'affaire. Etes-vous sûr que Ricky ne rôdait pas aux alentours ?

— Nous n'en avons pas vu trace.

— Alors je vais m'habiller et aller voir Polly.

— Et pourquoi diable ?

— Eh bien zut alors, je vais lui dire d'aller expliquer à Ricky que ma conduite a été scrupuleusement correcte. Pour l'instant il s'est mis dans la tête que je suis une sorte de... quel est le type qui était un tel démon avec le beau sexe ? Donald quelque chose...

— Donald Duck ?

— Non... don Juan ! Voilà le type dont je voulais parler. A moins que je ne puisse convaincre Ricky immédiatement que je ne suis pas un Don Juan et que je n'avais pas l'intention de séduire Polly, il faut s'attendre au pire. Vous n'imaginez pas l'état dans lequel il se trouvait hier soir. Il écumait littéralement. Il faut que j'aille voir Polly tout de suite.

— Et s'il arrive pendant que vous êtes avec elle ?

Horace s'arrêta pile à mi-chemin de la porte.

— Je n'avais pas pensé à cela.

— Non !

— Vous pensez qu'il vaudrait mieux lui téléphoner ?

— Je ne pense à rien de pareil. Vous ne pouvez pas conduire une négociation aussi délicate par téléphone. Vous avez besoin du langage des yeux... de ces petits gestes de la main... De toute évidence, il faut confier la mission à un ambassadeur, et quel meilleur ambassadeur pourriez-vous trouver que Pongo en personne ?

— Pongo ?

— Un orateur à la parole d'argent, s'il en fut jamais. Oh, je vois ce que vous pensez, dit Lord Ickenham. Vous avez le sentiment qu'il peut conserver un peu de froideur à votre égard parce que vous avez récemment refusé de lui prêter un peu d'argent. Mon cher ami, Pongo est trop grand et trop généreux pour refuser de vous aider à cause de cela. D'ailleurs pour le remercier de ses services vous lui prêterez évidemment la bagatelle dont il a besoin.

— Mais il a parlé de deux cents livres.

— Deux cent cinquante. Il ne parle pas toujours distinctement.

— Mais c'est une somme effroyable !

— Pour un homme dans votre situation est-ce payer trop cher votre sécurité ? Vous montrez un esprit de ladrerie, que je n'aime pas. Combattez cette tendance.

— Mais, nom d'un chien, pourquoi est-ce que tout le monde essaye de me taper ?

— Parce que vous en avez les moyens, mon garçon. C'est la rançon que vous payez pour descendre d'une femme qui ne pouvait pas dire non à Charles II.

Horace esquissa une moue d'hésitation.

— Je ne vois pas comment je pourrais...

— Eh bien, faites ce que vous voudrez, naturellement. Parle-moi de ce Ricky, Pongo. Un hercule, n'est-ce pas ? Robuste ? Bien développé ? Musclé ? Fort comme un Turc ?

— Exactement, oncle Fred.

— Et par-dessus le marché, il semble être jaloux et violent. Une bien fâcheuse coïncidence. Un de ces êtres j'imagine, qui après avoir estropié gravement quelqu'un sont les premiers à le regretter quand ils sont calmés mais ne s'apaisent que dix minutes trop tard. J'ai déjà rencontré ce type d'homme. Dans ma jeunesse j'en ai connu un du nom de Bricky Bostock qui avait envoyé pour plusieurs semaines un garçon à l'hôpital à cause d'un malentendu au sujet d'une jeune fille et c'était émouvant de voir son repentir quand il se rendit compte de ce qu'il avait fait. Tout le temps où l'homme fut en danger il tournait autour de l'hôpital, rongé par le remords. Mais comme je lui disais : « A quoi cela sert-il de vous attendrir maintenant ? Il fallait le faire quand vous le teniez à la gorge en essayant de lui faire cracher sa langue »...

— Je m'arrangerai pour ces deux cent cinquante livres, Pongo, dit Horace.

— Oh, merci, mon vieux.

— Quand peux-tu aller voir Polly ?

— Dès que j'aurai mangé un morceau.

— Je vais te donner son adresse. Tu trouveras une fille très intelligente et qui pige. Mais sois éloquent.

— Fie-toi à moi.

— Et fais-lui surtout comprendre qu'il n'y a pas de temps à perdre. Des explications complètes doivent être fournies à Ricky ce soir au plus tard. Et maintenant, ajouta Horace, je crois que je ferais mieux d'aller m'habiller.

La porte se referma. Lord Ickenham jeta un coup d'œil à sa montre.

— Eh ! là, dit-il. Il faut que je m'en aille. Je dois aller au Senior Conservative Club voir le vieil Emsworth. Allons, au revoir, mon garçon. Je suis ravi que tout se soit terminé si facilement. Nous nous rencontrerons sans doute chez Pott. J'irai faire un tour par là après le déjeuner pour voir Polly. En attendant, fais-lui mes amitiés et ne te laisse entraîner à aucun jeu de cartes par Moutarde. C'est un bon et brave garçon, des meilleurs même, mais un peu trop enclin à pousser les gens à jouer avec lui à ce qu'il appelle les « Rois Mages ». Quand il dirigeait son Club, je l'ai connu s'y répandant comme une flamme dévorante, ne laissant derrière lui que ruine et désolation.

CHAPITRE VI

La méthode de Lord Emsworth pour raconter une histoire consistait à répéter tous les détails sans importance plusieurs fois de suite et à s'éloigner du sujet, de temps à autre, pour se livrer à une étude approfondie des caractères qui se trouvaient mêlés aux événements. Aussi, le déjeuner était-il presque terminé qu'il n'avait encore pu mettre son hôte au courant des faits relatifs à l'Impératrice de Blandings. Quand, enfin, tout fut dit sur ce sujet, il ajusta son pince-nez et jeta à travers la table un regard plein d'espoir.

— Que me conseillez-vous, mon cher Ickenham ?

Lord Ickenham mâcha pensivement une lichette de fromage.

— Eh ! bien, il est évident qu'il faut agir immédiatement et avec discernement, mais la question qui se pose d'elle-même est celle-ci : « Que faire ? »

— Exactement.

— Nous avons, dit Lord Ickenham en les représentant par son couteau, un radis et un morceau de pain, un cochon, une sœur et un duc.

— Oui.

— Le duc veut le cochon.

— Exact.

— La sœur dit qu'il faut le lui donner.

— Précisément.

— Le cochon, sans aucun doute, préférerait ne pas être mêlé à cette histoire. Très bien, très bien... Qu'allons-nous en conclure ?

— Je n'en sais rien, avoua Lord Emsworth.

— Nous en venons à la conclusion que toute la situation tourne autour du cochon. Supprimons le cochon et nous trouvons une solution. Ceci nous laisse en face d'un problème simple. Comment, en l'état actuel des choses, ce que je pourrais appeler : « + cochon » peut-il être converti en : « — cochon » ? Il n'y a qu'une seule solution, mon cher Emsworth. Le cochon doit être enlevé vers une retraite sûre et conservé à l'abri jusqu'à ce que le duc ait filé.

Lord Emsworth comme toujours quand il avait à faire face à un problème avait laissé pendre sa mâchoire inférieure.

— Comment ? demanda-t-il.

Lord Ickenham le regarda d'un air approbateur.

— Je n'en attendais pas moins de vous. Je savais que votre esprit acéré pénétrerait au cœur même du problème. Eh bien, ce ne devrait pas être très difficile. Vous vous glissez dehors la nuit avec un complice et l'un tirant, l'autre poussant, vous introduisez la bête dans un véhicule quelconque et l'embarquez vers la demeure de mes ancêtres où elle sera traitée comme une enfant gâtée jusqu'à ce que vous puissiez la recevoir de nouveau. C'est un long voyage évidemment du Shropshire au Hampshire, mais votre protégée peut faire une petite halte de temps en temps pour s'envoyer une assiette de son ou une bouchée de glands. Le seul point à élucider est de savoir qui fera l'office de complice. En qui, à Blandings, pouvez-vous avoir confiance ?

— En personne, déclara Lord Emsworth catégoriquement.

— Ah ! cela semble constituer un obstacle.

— Je pense que cela vous ennuierait de venir vous-même ?

— J'en serais ravi et c'est ce que j'aurais proposé. Malheureusement j'ai de ma femme des instructions formelles pour rester à Ickenham. Ma femme, dois-je le dire en passant, croit aux gouvernements forts et centralisés

— Mais vous n'êtes pas à Ickenham !

— Non, en effet. La patronne n'étant pas là, je fais une petite fugue en ce moment. Mais je l'ai souvent entendue parler de son amie Lady Constance Keeble et si j'allais à Blandings, Lady Constance lui révélerait inévitablement le fait un jour ou l'autre. Une simple allusion dans une lettre : peut-être seulement pour lui dire combien il a été agréable de faire enfin la connaissance de son vieux poison et combien ma visite à égayé l'atmosphère. Vous voyez ce que je veux dire ?

— Oh, tout à fait. Oh, oui, tout à fait !

— Mon crédit à la maison est déjà très bas et être convaincu d'être parti sans permission régulière pourrait lui porter un coup dont il ne se relèverait pas.

— Je vois.

— Mais je pense, dit Lord Ickenham en mangeant le radis qui avait joué le rôle de Lady Constance, que j'ai trouvé la solution. Il y a toujours une solution. Nous allons mettre l'affaire entre les mains de Moutarde Pott.

— Qui est Moutarde Pott ?

— Un de mes amis très cher et de grande valeur. Je suis certain que si nous lui montrons qu'il y a quelque chose à gagner pour lui il sera ravi d'enlever des cochons. Moutarde est toujours très désireux de renforcer le crédit de son compte en banque. J'avais l'intention d'aller le voir après le déjeuner pour renouer de vieilles relations ? Voudriez-vous venir aussi ?

— C'est une excellente idée. Habite-t-il loin d'ici ?

— Non, tout près. Dans le quartier de Sloan Square.

— Je vous demande cela parce que j'ai un rendez-vous avec Sir Roderick Glossop à trois heures. Connie m'avait dit de l'inviter à déjeuner mais que je sois pendu plutôt que d'accepter de faire une chose pareille. Connaissez-vous Roderick Glossop, le psychiatre?

— Seulement pour avoir dîné à côté de lui il n'y a pas très longtemps.

— Un homme de talent, je crois.

— C'est ce qu'il m'a dit. Il m'a parlé de lui-même en termes très avantageux.

— Connie veut que je l'amène à Blandings pour observer le duc, et il m'a donné rendez-vous à trois heures. Mais j'ai très envie de voir ce Pott. Aurons-nous le temps ?

— Oh, certainement ! Et je pense que nous avons trouvé un bon moyen de sortir de l'impasse. S'il avait été question d'introduire Moutarde chez vous j'aurais pu hésiter; mais en l'occurrence, il s'installera à l'auberge locale et se consacrera uniquement à un travail extérieur. Nous n'aurons même pas à l'inviter à dîner. Le seul danger que je puisse imaginer c'est qu'il entraîne votre truie dans une amicale partie de cartes et la dépouille jusqu'à sa dernière épluchure de pomme de terre. Toutefois, c'est une chance à courir.

— Bien sûr.

— Qui ne risque rien n'a rien, n'est-ce pas ?

— Précisément.

— Alors si vous le voulez bien, passons-nous de café et allons voir Pott. Nous rencontrerons probablement chez lui mon neveu Pongo, un gentil garçon. Il vous plaira.

⁂

Au moment où Lord Emsworth et son hôte quittaient le Senior Conservative Club, Pongo Twistleton arrivait au domicile de Claude Pott où il se mit immédiatement en devoir de lui emprunter dix livres. Horace Davenport avait bien promis d'assurer ses pertes de jeux s'il parvenait à apaiser Ricky Gilpin mais il ne pouvait oublier qu'il était toujours financièrement en mauvaise posture et pensait qu'il se devait à lui-même de ne négliger ni un mot, ni un acte susceptibles de contribuer, même pour une faible part, à l'assainissement de la situation.

Hélas, dans le limier du 6 Wilbraham Place, Sloane Square, il découvrit rapidement un « intouchable », un homme à qui même Oofy Prosser dont l'adresse à esquiver les tapeurs était légendaire, aurait été obligé de tirer son chapeau. Commençant par citer le discours de Polonius à Laertes qu'un nombre extraordinaire de gens apparemment peu familiarisés avec les œuvres de Shakespeare semblent savoir par cœur, M. Pott continua en disant qu'il avait toujours l'impression, en prêtant de l'argent, de caresser un chat à rebrousse-poil et qu'en tout état de cause il n'en prêterait pas à Pongo dont il prisait trop l'amitié. Le plus sûr moyen de semer la discorde entre deux amis, expliqua M. Pott, était que l'un deux rabaissât l'autre au rang de débiteur.

C'est en conséquence dans une atmosphère un peu orageuse que les Lords Emsworth et Ickenham entrèrent quelques instants plus tard. Bien que les mutuels assauts de politesse entre ce dernier et Claude Pott, qui se retrouvaient après une longue séparation, aient fait luire un petit rayon de soleil, les nuages s'amoncelèrent de nouveau quand Mr Pott ayant écouté les propositions de Lord Emsworth refusa, tout en exprimant ses regrets, de se mêler à l'enlèvement de l'Impératrice.

— Je ne peux pas, Lord.

— Hein? Pourquoi.

— Ceci ne s'accorderait pas avec la dignité de ma profession.

Lord Ickenham fut blessé par cette attitude hautaine.

— Ne prenez donc pas la chose de cette façon stupide, Moutarde. Au diable votre sacrée dignité! Je n'ai jamais entendu une telle absurdité!

— On peut avoir son amour-propre.

— Qu'est-ce que l'amour-propre vient faire ici? Il n'y a rien de déshonorant à enlever des cochons. Si je me trouvais dans d'autres circonstances, je le ferais moi-même sans arrière-pensée et je suis l'une des personnalités les plus en vue du Hampshire.

— Eh bien, entre nous, Lord, avoua franchement Claude Pott sans plus de réticence, il y a une autre raison. J'ai été autrefois mordu par un cochon.

— Pas possible?

— Si monsieur. Et depuis j'ai toujours eu horreur de ces animaux.

Lord Emsworth se hâta de faire remarquer qu'il s'agissait en l'occurence d'un cas particulier.

— Vous ne pouvez pas être mordu par l'Impératrice.
— Oh vraiment? Qui en a décidé ainsi?
— Elle est douce comme un agneau.
— J'ai aussi été mordu par un agneau.
Lord Ickenham ne put dissimuler sa surprise.
— Quel extraordinaire passé que le vôtre, Moutarde. Une véritable vie d'aventures. Un de ces jours il faudra venir me voir pour me parler des choses qui ne vous ont pas mordu. Si vous ne voulez pas faire le travail, ne le faites pas naturellement, mais vous me décevez.
Mr Pott soupira mais il était évident qu'il n'avait pas l'intention d'abandonner l'attitude de désobéissance passive qu'il avait adoptée.
— Je pense qu'il va falloir que j'examine le problème sous un autre angle, conclut Lord Ickenham. Si vous devez voir Glossop à trois heures, Emsworth, vous feriez bien de partir.
— Hein? Oh, ah, oui; en effet.
— Vous nous quittez, Lord? demanda Mr Pott. Dans quelle direction allez-vous?
— J'ai un rendez-vous dans Harley Street.
— Je vais avec vous, déclara Mr Pott qui avait estimé que ce Lord rêveur était le personnage idéal pour jouer aux « Rois Mages » et désirait faire plus ample connaissance avec lui.
— J'ai quelqu'un à voir dans cette direction. Nous pourrions partager un taxi.
Il escorta, avec des attentions d'amoureux, Lord Emsworth vers la porte, et Lord Ickenham se mit à ronger son frein.
— Un contre-temps, dit-il, indiscutablement un contretemp. J'avais compté sur Moutarde. Toutefois si ce garçon a été mordu par des cochons je comprends que

l'idée d'avoir affaire à eux ne le séduise pas. Mais comment diable un homme peut-il être mordu par un cochon? Je n'aurais jamais pensé qu'il puisse s'élever entre ces deux êtres une difficulté de ce genre. Enfin, c'est ainsi. Et maintenant si on s'occupait de Polly? Je ne la vois pas. Est-elle sortie?

Pongo s'arracha à sa sombre rêverie.

— Elle est dans sa chambre, à ce que m'a dit Pott. En train de s'habiller ou quelque chose du même genre, je crois.

Lord Ickenham se dirigea vers la porte.

— Hop Hop! cria-t-il. Polly!

En écho, dans le lointain, répondit une voix qui même du fond de sa rêverie morose sembla cristalline à Pongo.

— Ou...i?

— Viens, je veux te voir.

— Qui est là?

— Frederick Altamont Cornwallis Twistleton, cinquième comte de ce bon vieux patelin d'Ickenham. As-tu oublié ton oncle honoraire Fred?

— Oh! s'écria la voix cristalline. Il y eut un bruit de pas précipités dans le couloir, et une jeune fille vêtue d'un kimono fit irruption dans la pièce.

— Oncle Fr... ed! Que cela fait plaisir de vous revoir!

— C'est bien réciproque, je t'assure, ma chère enfant. Comme tu as grandi depuis la dernière fois!

— Eh bien, six ans ont passé.

— Mon dieu, vraiment?

— Vous êtes toujours aussi séduisant.

— Plus séduisant oserais-je dire. Et toi, plus jolie que jamais. Qu'est-il arrivé à tes jambes!

— Elles sont toujours là.

— Oui, mais la dernière fois que je t'ai vue, elles

avaient environ huit pieds de long comme celles d'un poulain.

— C'était l'âge ingrat.

— Tu l'as passé maintenant, par saint Georges!

Lord Ickenham lui caressa la main, passa le bras autour de sa taille et l'embrassa tendrement. Pongo regretta de n'y avoir pas pensé le premier. Il se dit avec humeur que c'était toujours comme cela. Au cours des précédentes aventures qu'il avait eu en compagnie de son oncle, s'il y avait un moyen de caresser une main, d'embrasser ou de prendre par la taille une jolie fille, c'était toujours ce dernier qui le précédait et s'en occupait. Il toussa avec austérité.

— Oh, pardon! J'avais oublié que tu étais là, s'excusa Lord Ickenham. Miss Polly Pott..... Mon neveu... un vrai... Pongo Twisleton.

— Bonjour monsieur.

— Mademoiselle, bredouilla Pongo.

Il parlait d'une voix un peu rauque, ayant reçu une fois de plus le coup de foudre. Le cœur de Pongo avait toujours été une porte ouverte avec le mot: « Entrez » écrit distinctement sur le paillasson, mais on ne savait jamais qui pousserait la porte la fois suivante. A intervalles rapprochés au cours des dernières années, il avait éprouvé ce coup de foudre pour une bande ou plutôt un assortiment divers de femmes dont le nombre atteignait la vingtième, mais tandis qu'il regarçait cette jeune fille avec l'expression d'une autruche lorgnant un bouton de porte en cuivre, il lui sembla que cette fois c'était la bonne. Il y avait chez elle quelque chose qui la différenciait des précédentes pensionnaires.

Ce n'était pas parce qu'elle était petite, bien que la troupe de celles qui l'avaient précédée aient eu tendance à être composée de sujets longs comme des jours sans pain ; ce n'était pas non plus parce que ses yeux étaient gris et doux tandis que ses goûts l'avaient plutôt porté, dans le passé, vers les yeux noirs, hardis et étincelants. Il y avait quelque chose dans sa personnalité, une fraîcheur, une simplicité, une absence d'apprêt et de ce frelaté dont les autres avaient été très largement pourvues. C'était une fille avec qui on se sentait à l'aise. Une fille à qui on pouvait confier ses ennuis. On aurait pu poser sa tête sur ses genoux et lui demander de la caresser.

Ce n'est pas ce qu'il fit, naturellement. Il se contenta d'allumer une cigarette.

— Ne voulez-vous pas... vous asseoir ? demanda-t-il.

— Ce que j'aimerais faire, réellement, dit Polly Pott, c'est me coucher et dormir. Je suis éreintée, oncle Fred. J'ai dansé presque toute la nuit dernière.

— Nous savons tout ce qui s'est passé la nuit dernière, mon enfant, dit Lord Ickenham. C'est pourquoi nous sommes ici. Nous sommes venus de la part d'Horace Davenport qui est dans un piteux état de crainte et de désespoir en raison de l'attitude inamicale de ton amoureux.

La jeune fille se mit à rire, d'un rire gai et plein de jeunesse. Pongo se souvint qu'il avait ri de cette façon autrefois avant de voir si souvent son oncle Fred.

— Ricky a été splendide la nuit dernière. Il fallait le voir bondir essayant d'esquiver le javelot d'Horace.

— Il a parlé de lui tordre le cou.

— Oui, je me souviens qu'il a dit quelque chose à ce propos. Ricky a une tendance très nette à vouloir tordre le cou des gens.

— Nous voudrions que tu le joignes immédiatement et que tu l'assures que c'est absolument superflu, étant donné que l'attitude d'Horace à ton égard a toujours été celle d'un galant homme, respectueuse et chevaleresque au plus haut point. Je ne sais pas si ce danger public auquel tu es fiancée a jamais entendu parler de Sir Galahad mais, dans l'affirmative, garantis-lui que le cœur de ce chevalier sans tache aurait encore gagné à s'inspirer de celui d'Horace.

— Oh mais tout va bien maintenant. J'ai calmé Ricky et il a pardonné à Horace. Horace a été inquiet?

— Le terme n'est pas trop fort. Horace a *réellement* été inquiet.

— Puis-je lui téléphoner et lui dire qu'il n'y a pas de quoi?

— Sûrement pas, dit Lord Ickenham, Pongo va prendre l'affaire en mains et agir pour ton compte. Il serait fastidieux d'entrer dans les détails pour t'en donner les raisons, mais tu peux m'en croire, c'est essentiel. Tu ferais mieux de te sauver, Pongo, et de ramener des couleurs aux joues d'Horace.

— J'y vais.

— Plus tôt tu auras ce chèque, mieux cela vaudra. Cours. Je vais rester et bavarder avec Polly. Je trouve qu'elle me doit une explication. J'ai à peine tourné le dos qu'elle va se fiancer à un jeune voyou qui paraît affligé des qualités les moins attrayantes d'un chasseur de têtes de Bornéo. Parle-moi de ce type-là, Polly, dit Lord Ickenham tandis que la porte se refermait. Tu sembles apprécier ses qualités cependant. Où l'as-tu rencontré ? A l'île du Diable?

— Il a ramené papa à la maison un soir.

— Tu veux dire que c'est ton père qui l'a ramené?

— Non, pas du tout, Papa ne pouvait pas marcher très facilement et Ricky le portait littéralement. Apparemment Papa avait été attaqué dans la rue par des hommes qui avaient contre lui quelques griefs; je ne sais pas lesquels.

Lord Ickenham pensa qu'il pouvait deviner. Il savait particulièrement que, muni d'un paquet de cartes, Claude Pott pouvait enflammer de rage le plus doux des agneaux. En vérité, c'est une hypothèse plausible de penser que c'était la raison pour laquelle il avait été mordu par un agneau.

— Et Ricky passant par hasard se précipita et le délivra.

— Combien y avait-il d'hommes?

— Quelques milliers, je crois.

— Et cela ne l'a pas impressionné?

— Oh, non!

— Il leur a simplement tordu le cou ?

— Je crois. Il avait un œil au beurre noir ; je lui ai posé un bifteck dessus.

— Voilà qui est romanesque ! As-tu reçu le coup de foudre ?

— Bien sûr !

— C'est toujours le cas pour mon neveu Pongo. Peut-être est-ce préférable. Cela gagne du temps. Et Ricky ? A-t-il aussi reçu le coup de foudre en te voyant ?

— Bien sûr !

— Je commence à avoir une meilleure opinion de cette brute avinée. Il finira probablement à Broadmoor mais il a du goût.

— Vous ne l'auriez jamais cru en le voyant. Il s'est juste assis et m'a regardée avec son œil intact en grognant quand je lui ai parlé.

— Le sale petit mufle.

— Il n'est rien de semblable. Il était intimidé. Plus tard, il a été mieux.

— Et quand cela a été mieux a-t-il été brillant ?

— Oh, oui !

— J'aurais bien voulu entendre sa déclaration. C'est la sorte de type capable de trouver quelque chose d'original.

— C'est ce qui est arrivé. Il m'a attrapée par le poignet l'a presque cassé et m'a dit de l'épouser. J'ai dit que je voulais bien.

— Bon. Tu sais ce que tu as faire, bien sûr. Qu'est-ce que ton père en pense ?

— Il n'approuve pas. Il dit que Ricky n'est pas digne de moi.

— Quel bon juge !

— Et il s'est mis dans la tête cette idée extraordinaire que si on m'encourageait je pourrais épouser Horace. Et il m'encourageait ce matin. Simplement parce que Ricky n'a pas le sou naturellement. Mais ça m'est égal. Il est si mignon.

— Tu trouves que c'est le mot juste ?

— Oui, certainement. La plupart du temps il est exquis mais il ne peut pas s'empêcher d'être jaloux.

— Bon, très bien. Je crois qu'il me faudra donner mon consentement. Dieu vous bénisse, mes enfants. Toutefois, écoute ce conseil dont tu pourras faire ton profit au cours de ta vie conjugale. Ne regarde pas ses yeux mais ses genoux. Il te diront quand il se préparera à décocher un swing ; et s'il envoie un swing évite-le en plongeant.

— Mais quand pourrai-je avoir une vie conjugale ? Il ne gagne pratiquement rien avec ses poèmes.

— Cependant il a peut-être un don pour vendre de la soupe à l'oignon.

— Mais comment trouverons-nous l'argent pour acheter le bar ? Et son ami ne maintiendra pas son offre éternellement.

— Je vois ce que tu veux dire et j'aimerais pouvoir t'aider ma chérie. Mais je ne peux disposer de la somme dont tu as besoin. N'a-t-il pas quelque argent ?

— Sa mère lui a laissé une petite somme, mais il ne peut toucher au capital. Il a essayé d'en emprunter à son oncle. Connaissez-vous le duc de Dunstable ?

— Seulement pour avoir entendu Horace en parler.

— Ce doit être un horrible vieillard. Quand Ricky lui a dit qu'il lui fallait cinq cents livres pour acheter un Onion Soup Bar, le duc était furieux.

— Ricky lui a-t-il dit qu'il voulait se marier ?

— Non, il a pensé qu'il valait mieux ne pas le faire.

— Je ne suis pas d'accord avec lui. Il aurait dû tout dire à Dunstable et lui montrer ta photographie.

— Il n'a pas osé.

— Bon, je crois qu'il a manqué le coche. L'idéal, naturellement serait que tu rencontres Dunstable sans qu'il sache qui tu es et que tu joues de lui comme d'un instrument à cordes. Parce que tu le pourrais tu sais. Tu ne te rends pas compte à quel point tu es une fille jolie et charmante. Tu en serais étonnée. Quand tu es entrée à la minute, j'ai été estomaqué. Je t'aurais donné tout ce que tu m'aurais demandé, même la moitié de mon royaume. Et je ne vois pas pourquoi les réactions de Dunstable ne seraient pas les mêmes. Les ducs ne sont pas à l'abri de l'attendrissement. Si d'une façon quelconque tu pouvais te glisser imperceptiblement dans sa vie...

Il s'interrompit ennuyé, la sonnette de la porte d'entrée avait tinté.

— Des visites ? Juste au moment où nous avions besoin d'être seuls pour réfléchir. Je vais leur dire d'aller au diable.

Il se dirigea vers le vestibule. Son neveu Pongo se tenait sur le paillasson.

CHAPITRE VII

L'attitude de Pongo décelait la plus vive agitation. Ses yeux étaient exorbités et il commença à déballer ses ennuis avant même que la porte fût complètement ouverte. Son apparence n'avait rien de celle d'un jeune homme qui vient de conclure un accord financier favorable.

— Oh, oncle Fred, il n'est pas là ! Je parle d'Horace ; je veux dire qu'il n'est pas chez lui, je veux même dire qu'il est parti...

— Parti ?

— Webster m'a dit qu'il venait de partir dans sa voiture avec un ami.

Lord Ickenham, tout en compatissant au chagrin de son neveu, était disposé à prendre la chose du bon côté.

— Il est allé faire un petit tour dans le parc avec un copain après le déjeuner sans aucun doute ; il va revenir.

— Mais non, sacrebleu ! hurla Pongo en exécutant les premiers pas d'une sorte de tarentelle. C'est toute la question. Il a emporté des masses de bagages. Il est peut-être parti pour plusieurs semaines. Et Georges Budd a l'intention de me lâcher Erb dessus si je ne l'ai pas remboursé mercredi !

Lord Ickenham comprit que la situation était plus sérieuse qu'il n'avait pensé.

— Est-ce que Webster t'a dit pourquoi il était parti ?

— Non, il ne le savait pas.

— Dis-moi toute l'histoire, mon garçon, point par point en n'omettant aucun détail si insignifiant soit-il.

Pongo classa les événements.

— Apparemment, Horace ayant tout d'abord déjeuné frugalement de quelques conserves, a envoyé Webster voir dehors si Ricky était aux alentours en lui disant que si il n'y était pas, il aille au garage et ramène sa voiture, comme s'il pensait qu'une promenade en auto calmerait une légère migraine. Il déclara que cela le tenait juste au-dessus des sourcils, ajouta-t-il, docile à l'injonction de n'omettre aucun détail.

— Je vois. Et alors ?

— Webster revint et rendit compte de sa mission : la voiture était à la porte et Ricky n'y était pas ; Horace dit : « Merci » puis se dirigea vers la porte d'entrée et l'ouvrit dans le dessein de sortir ensuite. Debout sur le paillasson, prêt à presser le bouton de la sonnette, se tenait ce type.

— Quelle sorte de type ?

— Webster le dépeint comme un garçon tout rose.

— Park Lane semble avoir été envahi par des garçons tout roses aujourd'hui. J'ai eu une conversation avec l'un d'entre eux ce matin. Il y en a peut-être un congrès en ville. Comment s'appelait-il ?

— Il ne s'est pas présenté. Horace a dit « Oh, bonjour ! » et le type a dit : « bonjour » Horace a ajouté : « Veniez-vous me voir ? » et le type a dit « Oui ».

Horace a dit « Venez par ici » ou quelque chose de ce genre et ils sont entrés dans la bibliothèque. Webster déclare qu'ils y sont restés enfermés quelque dix minutes ; puis Horace sonna Webster et lui a dit de faire ses valises et de les mettre dans la voiture. Webster a fait les valises, les a mises dans la voiture et il est revenu dire à Horace « Les valises de Monsieur sont dans la voiture ». Horace a dit : « parfait » puis il est sorti suivi du garçon rose. Webster déclare qu'il semblait pâle et anxieux comme s'il allait au devant de quelque coup du destin.

Lord Ickenham réfléchit. L'histoire parfaitement claire dans sa structure et son expression ne laissait place à aucun doute concernant la probabilité d'une absence prolongée de la part du jeune seigneur du 52 Bloxham Mansions.

— Hum ! dit-il. c'est assez fâcheux que cette difficulté s'élève juste maintenant, mon petit, parce que je n'ai guère le loisir de peser le pour et le contre et d'examiner ce qu'il y aurait de mieux à faire. Pour l'instant je suis préoccupé. Je suis perdu avec Polly dans un labyrinthe de projets et de plans. La pauvre enfant a des ennuis.

Tout ce qu'il y avait de grand et de chevaleresque dans Pongo Wistleton remonta à la surface.

Il avait cru être abattu pour quelque temps par l'affreux coup que lui avait porté la disparition d'Horace, mais maintenant il s'oubliait lui-même.

— Des ennuis ? dit-il.

Il était très affecté. D'habitude quand il recevait le coup de foudre son premier mouvement était de se jeter sur l'objet adoré et de l'étreindre comme une bouée de sauvetage mais l'amour que lui avait inspiré cette jeune fille était tendre et chevaleresque. Elle touchait ce qu'il y avait de plus délicat en lui et non l'homme des cavernes qui sommeillait dans le cœur de tous les Twistleton. Il voulait la protéger d'un monde trop dur. Il brûlait d'accomplir des exploits pour elle. C'était la sorte de femme qu'il se voyait très bien embrasser gentiment sur le front avant de sortir au crépuscule. La pensée qu'elle avait des ennuis le perçait comme un poignard.

— Des ennuis ? Oh ! Qu'est-ce qu'il y a ?

— La vieille, vieille histoire. Comme tant d'entre nous elle a grand besoin d'argent liquide et ne sait pas où le trouver. Son fiancé a la chance magnifique qu'on lui propose un fond lucratif de soupe à l'oignon qui leur permettrait de se marier mais il cherche en vain quelqu'un qui pourrait lui avancer les fonds. En raison de cette triste affaire du bal, il n'a pas réussi à gagner la sympathie d'Horace. Le duc de Dunstable qui a été pressenti également n'a rien voulu entendre. J'étais en train de dire à Polly quand tu es entré que la seule solution pour elle était de rencontrer Dunstable, de le fasciner, et nous nous demandions comment lui en fournir l'ocasion. Viens et aide-nous. Ta jeune et fraîche intelligence est justement ce dont nous avions besoin.

— Voilà Pongo, Polly, dit-il en rejoignant la jeune fille. Il est possible qu'il ait une idée. Il a failli en avoir une il y a trois ans. En tout cas il désire épouser ta cause. Hein Pongo ?

— Et comment !

— Bon. Comme je le disais, Polly, la solution consiste à rencontrer le duc mais ce ne doit pas être en tant que fiancée de Ricky.

— Pourquoi ? demanda Pongo commençant à faire montre de sa jeune et fraîche intelligence.

— Parce qu'il ne me jugerait pas assez bien pour lui, dit Polly.

— Ma chère enfant, assura Lord Ickenham en lui caressant la main, si tu es assez bonne pour moi, tu es assez bonne pour un damné duc à l'œil torve ; mais le malheur est que c'est lui qu'il faut se concilier et il serait fatal de faire un mauvais départ. Il faut le rencontrer en étrangère. Tu devras te glisser imperceptiblement dans sa vie et le séduire avant qu'il sache qui tu es. Nous devons l'amener à se dire : « Une jeune fille délicieuse, sapristi ! Exactement le genre de celle que je voudrais voir épouser à mon neveu Ricky. » Alors la bête humaine à qui tu as donné ton cœur arrive et dit qu'il est de cet avis. Tout cela est clair. Mais comment diable vas-tu te glisser imperceptiblement dans sa vie ? Comment établir le contact ?

Pongo se pencha sur le problème le front plissé. Il réfléchissait douloureusement que la fleur de son intelligence était consacrée à chercher une issue pour permettre à cette jeune fille d'épouser un autre garçon que lui, mais dans sa douleur il était réconfortant de penser qu'il avait ainsi l'occasion de faire quelque chose pour elle. Il se souvint de Cyrano de Bergerac.

— Ce n'est pas facile, dit-il, car tout d'abord le duc est à la campagne. C'est, m'a dit Horace, parce qu'il avait refusé de l'accompagner à la gare que son oncle avait démoli le salon avec le tisonnier. Evidemment il rentrait peut-être tout simplement chez lui. Il a son repaire dans le Wiltshire, je crois.

— Non, je sais où il est. C'est à Blandings Castle.

— N'est-ce pas le domaine de votre ami Emsworth ?

— C'est cela.

— Alors, voilà, s'écria Pongo en comprenant combien

il était heureux qu'une intelligence exercée se trouvât là pour résoudre toutes les difficultés, faites inviter Miss Pott là-bas par Emsworth.

— Je crains que ce ne soit pas aussi simple que cela. Tu as une idée fausse de la situation d'Emsworth à Blandings. Il m'en parlait à midi et en gros elle se résume à ceci : il y a peut-être des hommes qui sont en mesure d'inviter chez eux des jeunes filles seules et charmantes, mais Emsworth n'est pas du nombre. Il a une sœur, Lady Constance Keeble, qui exerce le droit de contrôle sur la liste de ses hôtes.

Pongo retint son souffle. Il se rappelait avoir entendu son ami Ronnie Fish parler de Lady Constance Keeble d'une manière péjorative, et le point de vue de Ronnie avait été confirmé par d'autres membres de ses relations qui avaient rencontré cette femme.

— Si Emsworth invite Polly, Lady Constance la fera mettre à la porte cinq minutes après son arrivée.

— Oui, je sais qu'elle tient plus ou moins du démon à forme humaine, reconnut Pongo. Je ne l'ai jamais rencontrée moi-même, mais je tiens de sources différentes, que les hommes les plus courageux détalent comme des lapins à son approche.

— Précisément. De sorte que... Oh, mon dieu, encore cette sonnette !

— J'y vais, dit Polly et elle disparut dans la direction de la porte d'entrée.

Lord Ickenham profita de son absence pour faire ressortir la difficulté fondamentale de la situation.

— Vois-tu, Pongo, le fond du problème réside dans ce vieux Moutarde. Si Polly avait un père présentable tout serait simple. Emsworth peut avoir des difficultés à recevoir des jeunes filles seules mais, même lui, j'imagine, aurait la permission d'inviter un ami et sa fille. Bien qu'avec un père comme le sien ce ne soit pas possible. Je ne voudrais pour rien au monde dire le moindre mal de Moutarde, c'est un véritable gentleman par nature, mais son plus profond admirateur ne pourrait le qualifier de chaperon convenable pour une jeune fille. Moutarde, on ne peut le nier, ressemble à ce qu'il est : un bookmaker retiré des affaires qui s'est pendant des années adonné à la bonne chère. D'ailleurs, si c'était un Adonis, je ne serais pas encore partisan de l'introduire dans un intérieur anglais distingué. Je ne dis pas cela dans un sens péjoratif naturellement ; c'est un de mes plus vieux amis. Mais cependant c'est indéniable.

Pongo sentit que le moment était venu d'élucider un mystère. On entendait des voix dans le couloir mais il lui restait juste le temps de poser une question qui l'intriguait depuis que Polly Pott s'était imperceptiblement glissée dans sa vie.

— Comment un type comme cela a-t-il pu devenir son père ?

— Il a épousé sa mère. Tu connais le secret de la vie, n'est-ce pas ?

— Vous voulez dire que c'est son beau-père ?

— Je n'ai pas été assez clair. Ce que j'aurais dû dire c'est qu'il avait épousé la femme qui par la suite est devenue la mère de Polly. C'était également une délicieuse créature.

— Mais comment une délicieuse créature a-t-elle pu épouser Pott?

— Pourquoi épouse-t-on qui que ce soit? Pourquoi Polly veut-elle épouser un poète moderne aux tendances apparemment meurtrières? Pourquoi as-tu voulu épouser les 46 dernières filles les plus épouvantables que tu as rencontrées? Mais chut!

— Hein?

— J'ai dit « chut ».

— Oh, « chut »? dit Pongo, retenant une fois de plus sa respiration. La porte était ouverte, et Polly était de nouveau avec eux. Elle était accompagnée de Lord Emsworth qui ne paraissait pas dans son assiette.

Le neuvième comte d'Emsworth était un homme qui, dans les mauvais moments, avait toujours tendance à ressembler au vieux père d'un mélodrame démodé quand l'usurier fait saisir ses biens. Il avait un air de baudruche dégonflée comme si quelqu'un lui avait retiré la plupart de ses organes internes. On remarque cette apparence aux perroquets empaillés quand leur peau est crevée et que le rembourrage s'en va. Son pince-nez était de travers et son col détaché.

— Puis-je avoir un verre d'eau ? implora-t-il faiblement, comme un lièvre forcé par les chiens.

Polly se précipita avec sollicitude et Lord Ickenham examina son ami avec un intérêt croissant.

— Est-il arrivé quelque chose?

— Mon cher Ickenham, il est survenu un événement désastreux.

— Dites-moi tout.

— Ce que je vais dire à Connie, je n'en sais vraiment rien.

— A quel propos?

— Elle sera furieuse.....

— Pourquoi?

— Et c'est une femme qui peut rendre un endroit tellement intenable quand elle est contrariée! Ah merci, mon enfant!

Lord Emsworth avala avec reconnaissance le contenu du verre et devint plus lucide.

— Vous vous rappelez, mon cher Ickenham, que je vous ai quitté pour me rendre à un rendez-vous avec Sir Roderick Glossop, le psychiâtre. Ma sœur Constance, je pense vous l'avoir dit, m'a donné les instructions les plus formelles pour le ramener à Blandings afin d'observer Dunstable. La conduite de Dunstable l'a inquiétée. Il brise les meubles à coups de tisonnier et jette les œufs aux jardiniers. Aussi Connie m'a-t-elle envoyé chercher Glossop.

— Et?

— Mon cher, il ne veut pas venir!

— Mais pourquoi cela vous préoccupe-t-il si fort? Lady Constance ne peut sûrement pas vous blâmer pour ne pas ramener des psychiâtres s'ils sont trop occupés pour quitter Londres.

Lord Emsworth gémit faiblement.

— Il n'est pas trop occupé pour quitter Londres. Il refuse de venir parce qu'il dit que je l'ai insulté.

— L'avez-vous réellement insulté?

— Oui.

— Comment?

— Cela a commencé quand je l'ai appelé « Pustule »; il n'a pas aimé ça.

— Je ne vous suis pas très bien.

— Qui pensez-vous que ce Sir Roderick Glossop se soit révélé être, Ickenham? Un garçon que j'ai connu au Collège. Un type extrêmement déplaisant avec des airs odieux de supériorité et un nombre extraordinaire de boutons sur la figure. On m'introduit, et il s'écrie: « Eh bien, cela fait longtemps que nous ne nous sommes pas vus, hein? » — je réponds « Hein » et le regarde bien attentivement; enfin je m'écrie « Dieu me bénisse! C'est « Pustule ».

— Une réunion touchante.

— Je me souviens maintenant qu'il sembla rougir et que ses manières perdirent de leur cordialité. Il reprit ses grands airs que j'ai toujours tant détestés et il me demanda brusquement de dire mon affaire. Je lui racontai comment Dunstable voulait s'emparer de l'Impératrice et il devint plus agressif encore.

A peu de chose près il déclara qu'il était un homme occupé, qu'il n'avait pas de temps à perdre; il ricana même ouvertement de ce qu'il qualifia d'histoire ridicule faite à propos d'un « simple cochon ».

Le visage de Lord Emsworth s'assombrit. Il était évident que la blessure saignait encore.

— Eh! bien, je n'étais pas disposé à supporter des choses de ce genre du jeune « Pustule ». Je le priai de ne pas se conduire comme un âne têtu et lui, je pense, me traita de vieil abruti ou quelque chose du même genre, en tout cas. Un mot en amène un autre et à la fin, je le confesse, je fus peut-être un peu plus franc qu'il n'aurait été prudent. Je me souvenais qu'il y avait eu un scandale associé à son nom — quelque chose comme d'avoir trop mangé et d'avoir eu une indigestion au dîner du collège — et plutôt mal à propos je sortis cette histoire. Peu après il sonnait pour me faire reconduire et me dit que rien ne pourrait le déterminer à venir à Blandings après ce qui était arrivé. Et maintenant je me demande comment je vais m'expliquer avec Constance.

La figure de Lord Ickenham s'éclaira. Une lueur que Pongo n'avait aucune difficulté à reconnaître s'était allumée dans ses yeux. Il l'avait observée à plusieurs reprises, notamment ce fameux jour des Courses de Lévriers, juste au moment où la conduite de son oncle avait attiré l'attention de la police. Il pouvait en lire la signification. Elle voulait dire qu'une idée originale prenait corps dans l'esprit de Lord Ickenham, et cela était de nature à inspirer un violent frisson en même temps que le désir d'être au loin. Quand des idées originales prenaient naissance dans le cerveau de Lord Ickenham, tout homme soucieux de sa sécurité bondissait dans le plus proche abri bétonné.

— Tout cela est très intéressant.

— C'est épouvantable.

— Au contraire, rien de plus heureux n'aurait pu survenir. Je vois poindre la lumière.

— Hein?

— Vous n'étiez pas là, mon cher Emsworth, pour assister à la conférence que nous venons de tenir, sans quoi, avec la vivacité de votre esprit, vous eussiez saisi ce que je veux dire. En bref, la situation est la suivante. Il est indispensable que la jeune Polly... au fait vous n'avez pas été présentés? Miss Polly Pott, seule héritière de son père Claude Pott, dit « Moutarde » — Lord Emsworth.

— Très heureux de faire votre connaissance.

— Il est essentiel, disais-je, que Polly aille à Blandings pour rencontrer et séduire Dunstable.

— Pourquoi?

— Elle désire épouser son neveu, un jeune Thug nommé Ricky Gilpin et voudrait arracher le consentement de son oncle.

— Ah?

— Et l'obstacle sur lequel nous butions quand vous êtes arrivé était de savoir comment l'envoyer à Blandings. Il vous était difficile, pensions-nous, de l'inviter toute seule et il y a différentes raisons, sur lesquelles je ne veux pas insister, pour que le vieux Moutarde ne la suive pas. Tout est simple maintenant. Vous êtes dans le plus grand besoin d'un Sir Roderick Glossop. Elle a le plus grand besoin d'un père de belle apparence. Je suis prêt à jouer ces deux rôles. Demain, par un train commode, Sir Roderick Glossop se rendra à Blandings Castle accompagné de sa fille et de son secrétaire.

— Hé là ! s'écria Pongo brusquement.

Lord Ickenham l'observa avec une douce surprise.

— Tu ne pensais sûrement pas rester à Londres, mon cher garçon? Ne m'as-tu pas dit que tu attendais une visite de Erb pour mercredi?

— Oh!

— Précisément. Tu dois évidemment t'en aller et habiter quelque part. Où serais-tu mieux qu'à Blandings Castle? Mais peut-être pensais-tu y aller plutôt en qualité de valet de chambre?

— Le diable m'emporte si j'ai eu cette idée!

— Très bien, alors. Tu seras secrétaire. Vous suivez bien ce que je veux faire, Emsworth?

— Non, dit Lord Emsworth qui suivait rarement ce que les gens voulaient faire.

— Je vais vous l'expliquer à nouveau.

Il s'exécuta et cette fois une faible lueur d'intelligence sembla briller dans l'œil de Lord Emsworth.

— Oh, Ah, oui, oui, je crois que je vois ce que vous voulez dire, mais pourrez-vous...

— M'en tirer? Mon pauvre ami! Pongo, ici présent vous dira comment l'année dernière en un seul après-midi dans la banlieue de Valley Fields, j'ai non seulement joué avec un succès complet le rôle d'un employé de volière venu pour rogner les griffes du perroquet aux

« Cèdres » Mafeking Road, mais celui de M. Roddis, propriétaire des « Cèdres » et celui d'un certain J. G. Balstrode, un habitant du même faubourg. Je ne doute pas que s'il l'avait fallu j'eusse fait également un très bon perroquet. Pour un homme doué comme je le suis, le rôle présent est un jeu d'enfant. Quand pensez-vous retourner à Blandings?

— Je voudrais prendre le train de 5 heures cet après-midi.

— Cela s'accorde admirablement avec nos plans. Vous arriverez par le train de cinq heures; vous annoncerez que Sir Roderick Blossop arrivera demain avec son secrétaire et que vous l'avez invité à amener sa charmante fille. Quels sont les meilleurs trains? 14 heures 45? Parfait. Nous prendrons celui-là. Je ne pense pas que même toi, Pongo, puisses trouver la moindre faille dans ce scénario.

— Je puis vous dire, si vous désirez l'entendre, que vous êtes complètement cinglé et que tout cela est parfaitement combiné pour tourner au vinaigre et nous mettre dans de mauvais draps.

— Pas du tout. J'espère qu'il ne t'effraye pas, Polly ?

— Oh si !

— Ne te laisse pas impressionner. Quand tu connaîtras mieux Pongo, ajouta Lord Ickenham, tu te rendras compte qu'il est toujours comme cela — sombre, d'humeur chagrine, plein d'anxiété et de scrupules. Shakespeare l'a pris comme modèle pour peindre Hamlet. Tu te sentiras mieux, mon garçon, quand tu auras bu quelque chose. Allons à mon club prendre un pot.

CHAPITRE VIII

L'express de 14 heures 45 — Paddington Market-Blandings, premier arrêt: Oxford — était rangé le long de son quai avec cet air de réserve distinguée qui est particulier aux trains de Paddington. Pongo Twistleton et Lord Ickenham attendaient Polly Pott devant leur compartiment. La pendule au-dessus des guichets indiquait 14 heures 38.

Quiconque eût ignoré la différence entre un pessimiste et un optimiste eût pu tirer une ou deux observations pleines d'enseignement en scutant les visages de ce neveu et de cet oncle. La fuite du temps n'avait en rien atténué les appréhensions de Pongo au sujet de l'expédition pour laquelle il était sur le point de s'embarquer, et sa physionomie mobile reflétait visiblement l'anxiété avec laquelle il envisageait l'avenir. Chaque fois que le destin liait son sort à celui du chef de la famille, ses sensations étaient analogues à celles que peut ressentir un homme lancé dans un tonneau sur les chutes du Niagara.

Lord Ickenham, au contraire, débordait de bonne humeur et de gaieté. Son chapeau rabattu d'un air gaillard, il regardait autour de lui avec satisfaction la gare somptueuse qui depuis tant d'années avait résonné au pas des vieilles familles de province.

— Je suis particulièrement sensible à l'atmosphère de calme raffiné de Paddington, dit-il. Moi qui habite dans le Hampshire, lorsque j'ai la chance de venir dans la capitale j'y arrive par Waterloo; or, à Waterloo, tout est agitation et mouvement, et la société a tendance à être un peu mêlée. Ici, il prévaut une paix de bonne compagnie, et on ne rencontre que des gens très bien — des hommes cultivés qui n'ignorent rien d'une meute de bassets et des femmes en tailleurs, aux allures chevalines. Regarde ce type. C'est sans aucun doute quelque fils de famille qui, après une bonne petite bombe à Londres, retourne à ses tirés, à ses haliers et à ses lancés.

Celui auquel Lord Ickenham faisait allusion était un jeune homme au teint brûlé qui, penché à la portière d'un compartiment voisin, considérait le spectacle de Paddington à travers une paire de lunettes cerclées de métal. Pongo qui lui trouvait l'air d'un raseur exprima franchement son opinion, et la rancœur qui perçait sous ses paroles détermina Lord Ickenham à lui adresser un regard chargé de reproches. Se sentant dans les dispositions d'un collégien rentrant chez lui pour Noël, il aurait voulu n'être entouré que de visages heureux et souriants.

— J'ai l'impression que tu ne t'amuses pas beaucoup, Pongo. J'aimerais que tu essaies de retrouver la liberté d'esprit d'un jeune homme en vacances. A Valley Fields, tu étais la vie et l'âme de la fête. N'éprouves-tu donc aucun plaisir à sentir que tu es un petit rayon de soleil pour ton entourage?

— Si par « être un petit rayon de soleil » vous voulez

dire se glisser par effraction dans une maison de fous et...

— Pas si fort, dit Lord Ickenham prudemment, les gares ont des oreilles.

Il entraîna son neveu le long du quai, non sans s'excuser avec une charmante affabilité auprès des différents voyageurs que celui-ci, absorbé dans ses préoccupations, heurtait de temps à autre. L'un d'entre eux, un homme de forte carrure et d'aspect imposant, s'arrêta un instant en voyant Lord Ickenham comme s'il était sur le point de le reconnaître, mais ce dernier s'éloigna après l'avoir salué d'un geste aimable.

— Qui est ce type-là? demanda Pongo d'un ton morne.

— Je n'en ai pas la moindre idée, dit Lord Ickenham. J'ai la vague impression de l'avoir rencontré quelque part, mais je ne peux me rappeler où, et je n'ai pas l'intention de faire une enquête. Il se révélera probablement avoir été au collège avec moi, bien que plusieurs classes au-dessous. Quand tu auras mon âge, tu apprendras à éviter ces réunions. Le dernier condisciple que j'ai rencontré n'avait plus une dent et portait une longue barbe blanche et pourtant il était plus jeune que moi de quelques années. Cela m'a gâté l'image que je me faisais de moi-même: celle d'un homme jeune et vif, au seuil de la vie. Ah, voici Polly!

Il se dirigea vers elle d'un pas élastique et enveloppa la jeune fille dans une chaude étreinte. Il sembla à Pongo et ce n'était pas la première fois, que cet homme exagérait en embrassant ainsi les jeunes filles. Cette fois-ci, entre autres, un sourire paternel aurait été largement suffisant.

— Eh bien, ma chérie, te voilà. As-tu eu quelque difficulté pour t'en aller?

— Des difficultés?

— J'aurais pensé que ton père se serait inquiété de l'endroit où tu allais. Mais sans doute lui as-tu raconté quelque histoire franche et loyale de visite à une amie d'enfance.

— Je lui ai dit que j'allais passer quelques jours avec vous. Peut-être a-t-il cru que j'allais à Ickenham.

— Bien sûr, c'est possible. Mais cela n'aurait rien valu de lui raconter toute l'histoire. Il ne l'aurait peut-être pas approuvée. Il y a un étrange fond de puritanisme dans ce vieux Moutarde. Enfin tout semble aller le mieux du monde. Tu es merveilleuse, Polly. Si ce duc possède l'ombre d'un sentiment humain, il tombera devant toi comme une mouche. Tu es l'image même du radieux Printemps. Je n'en dirais pas autant de Pongo. Quelque chose le tourmente, et je ne peux pas découvrir ce que c'est.

— Hélas!

— Ne dis pas: « Hélas! » mon garçon. Tu devrais sauter de joie à la pensée de te rendre dans un endroit aussi délicieux que Blandings Castle.

— Je le devrais, vraiment? Que faites-vous de lady Constance?

— Eh bien quoi, Lady Constance?

— C'est elle qui nous attend à l'autre bout, n'est-ce pas? Et quelle femme! Ronnie Fish dit qu'il faut la voir pour le croire. Hugo Carmody blémissait en parlant d'elle et Monty Bodkin la soupçonne fortement de faire procéder à des sacrifices humains à chaque nouvelle lune.

— C'est idiot. Ces garçons exagèrent. Il s'agit probablement d'une gentille vieille dame avec un visage doux, appartenant à la vieille école et portant des mitaines. Il faut absolument que tu surmontes cette tendance à voir les choses en noir. D'où tiens-tu ce pessimisme, je me le demande. Pas de moi, en tout cas. Tout ira très bien, j'en ai la conviction. Je suis sûr que tu vas assister à un de mes grands triomphes.

— Comme celui des Courses de Lévriers.

— J'aimerais que tu ne me jettes pas à la face continuellement ce jour des Courses de Lévriers. J'ai toujours soutenu que l'agent de police avait agi beaucoup trop précipitamment en cette occasion. On recrute maintenant un type d'homme un peu névrosé dans la police. Enfin, puisque nous allons à Blandings Castle pour de bonnes petites vacances, je crois qu'il vaut mieux gagner nos places. Je vois un employé au bout du quai, en train d'agiter un drapeau vert.

Ils montèrent dans leur compartiment. Le jeune homme aux lunettes était toujours penché à la fenêtre. Lorsqu'ils passèrent à côté de lui, il les dévisagea attentivement, si attentivement en vérité, qu'on aurait pu croire qu'il avait trouvé quelque chose de suspect à ces trois compagnons de voyage. En réalité, ce n'était pas le cas. Rupert Baxter, ancien secrétaire de Lord Emsworth et secrétaire actuel du duc de Dunstable dévisageait toujours les gens avec acuité; c'était une simple manie.

Tout ce qu'il avait observé pour le moment était que le plus âgé des deux hommes semblait un bon vivant, que le plus jeune avait l'air préoccupé et que la jeune fille était une jolie fille. Il éprouvait aussi vaguement le sentiment de l'avoir déjà vue quelque part. Mais il ne se tracassa pas davantage à ce sujet. Substituant au chapeau noir plutôt encombrant qu'il portait, une casquette de voyage, il s'enfonça dans son coin et ferma les yeux.

Dans le compartiment voisin, Lord Ickenham mettait au point les moindres détails.

— Une chose que nous devons régler avant notre arrivée, déclara-t-il, est la question des noms. Rien n'est plus difficile que de trouver un nom convenable au moment même où on en a besoin. Le jour des Courses de Lévriers, nous étions bel et bien en route pour le commissariat de police avant que j'aie eu le temps de choisir « Charles Durand » pour moi et de me pencher vers Pongo pour lui glisser qu'il s'appelait « Jean Dupont ». Et je ne me dissimulais pas que ces noms n'avaient rien de génial. Ils ne satisfaisaient pas l'artiste en moi. Cette fois, nous ferons beaucoup mieux. Je deviens naturellement et automatiquement Sir Roderick Glossop. Toi, Polly, tu deviendras Gwendoline. « Polly » n'est pas assez distingué pour quelqu'un dans ta situation. Mais que trouverons-nous pour Pongo?

Les lèvres de Pongo se fendirent en un rictus amer.

— Ne vous tracassez pas pour moi. On me désignera en m'appelant « cet homme ». « Baptiste », dira Lady Constance en s'adressant à son maître d'hôtel...

— « Baptiste » n'est pas mal.

— ... Baptiste, allez chercher Charles et Herbert et jetez cet homme dehors. Veillez à ce qu'il atterrisse sur quelque chose de raboteux et de dur.

— Encore ce damné pessimisme! Pense à quelque vedette de cinéma, Polly.

— Fred Astaire.

— Non.

— Warner Baxter.

— « Baxter » serait parfait, mais on ne peut pas l'utiliser, car c'est le nom du secrétaire du duc, Emsworth m'a parlé de lui. Ce serait gênant d'avoir deux Baxter sur les lieux. Mais, j'y pense, j'ai trouvé... « Glossop ». Sir Roderick Glossop, comme je l'imagine, était l'aîné de deux frères et, comme cela arrive si souvent dans la vie, le cadet n'a pas vu la fortune lui sourire de la même façon. Il devint vicaire, et après quelques années passées à rêvasser doucement dans une paroisse de province, il mourut en ne laissant qu'un exemplaire de l'ancien et du nouveau Testament et un fils appelé Basile. Sir Roderick se trouva avec celui-ci sur les bras. Pour limiter les dégâts au minimum Glossop en fit son secrétaire. Voici ce que j'appelle une belle anecdote bien tournée et un beau sujet de conversation pour entretenir Lady Constance dans son boudoir entre le café et les liqueurs... c'est-à-dire si tu entres dans son boudoir. Je ne me rends pas très bien compte du standing social des secrétaires. Sont-ils admis avec les maîtres, où sont-ils relégués avec les domestiques ?

Un éclair jaillit de l'œil sombre de Pongo.

— Je veux être pendu si j'accepte d'être relégué à l'office.

— Bon, bon, on essayera de te faire admettre à la table des maîtres, dit Lord Ickenham d'un air songeur. Mais tu ne t'en prendras qu'à toi si c'est une faute d'étiquette et si Lady Constance te lorgne à travers son face à main. Grâce à Dieu, on ne peut comparer les face-à-main d'aujourd'hui avec ceux de mon enfance. Je me rappelle une promenade dans Grosvernor Square avec ma tante Brenda et son roquet Jabberwocky. Survint un agent qui déclara que ce dernier aurait dû porter une muselière. Ma tante ne souffla mot, mais, en réponse, elle sortit simplement son face-à-main de ses fontes et visa l'homme qui eut un violent hoquet et tomba contre la grille sans trace de blessure mais avec une affreuse expression d'horreur dans le regard comme s'il avait été en présence d'une apparition terrifiante. On envoya chercher un médecin et on parvint à le ranimer, mais il ne fut plus jamais le même. Il dut quitter la police et par la suite se tourna vers l'épicerie. C'est ainsi que Sir Thomas Lipton commença sa carrière.

Il s'arrêta. Tandis qu'il racontait ses souvenirs de jeunesse un visage était apparu à la porte vitrée du compartiment, et un homme corpulent et d'aspect imposant était entré. Sa tête était puissante et ronde comme le dôme de la Cathédrale de Saint-Paul.

De sa personne ainsi encadrée par la porte émanait une grande dignité qui n'excluait pourtant pas la cordialité.

— Ah, dit-il, ainsi c'était vous, Ickenham. J'ai cru vous reconnaître à l'instant sur le quai. Vous vous souvenez de moi ?

En le voyant sans chapeau, Lord Ickenham ne pouvait plus avoir le moindre doute. Il sembla ravi de l'heureux hasard qui leur permettait de se rencontrer.

— Naturellement, dit-il.

— Puis-je entrer, ou est-ce que j'interromps une conversation particulière ?

— Mais entrez donc, mon cher ami. Nous parlions de faces-à-main. Je disais simplement que, pris dans toute la force du terme, cet instrument n'existe plus. Où allez-vous ainsi ?

— Mon premier objectif est une obscure gare du Shropshire du nom de Market Blandings. C'est là que l'on descend pour aller à Blandings Castle.

— Blandings Castle ?

— La résidence de Lord Emsworth. C'est mon objectif final. Vous connaissez ?

— J'en ai entendu parler. Au fait vous n'avez jamais rencontré ma fille et mon neveu. Ma fille Gwendoline et mon neveu Basile - Sir Roderick Glossop.

Sir Roderick Glossop s'installa tout en jetant un regard inquisiteur sur Polly et Pongo. Leur attitude avait excité son intérêt professionnel. Tandis que Lord Ickenham accomplissait la cérémonie des présentations il avait échappé au jeune homme une sorte de gargouillement analogue à celui qu'aurait pu pousser quelque champion de natation au dernier stade de l'épuisement tandis que la jeune fille avait écarquillé des yeux grands comme des soucoupes. Sa respiration depuis était devenue courte et haletante de façon étrange. Ce n'était pas à Sir Roderick de favoriser ses propres affaires en le suggérant lui-même, mais il avait la conviction que ces jeunes gens feraient bien de s'en remettre à un bon neurologue.

Lord Ickenham ignorant apparemment le cataclysme qui avait anéanti son neveu s'était mis à bavarder gentiment.

— Eh bien, Glossop, je suis content de vous voir. Nous ne nous sommes pas rencontrés depuis ce dîner des Fils Joyeux du Hampshire où vous étiez tellement ivre. Comment vont les piqués ? Cela doit être passionnant de s'asseoir sur la tête des gens en criant à quelqu'un d'apporter au plus vite la camisole de force.

Sir Roderick Glossop, dont le visage s'était rembruni, se détendit. La suggestion monstrueuse selon laquelle il aurait fait preuve d'intempérance au banquet annuel des Fils Joyeux du Hampshire l'avait offensé profondément, et il n'avait pas aimé non plus l'allusion à ses habitudes de s'asseoir sur la tête des gens. Mais c'était un homme qui languissait quand il était privé de conversation et pour pouvoir poursuivre celle-là il comprit qu'il lui fallait accepter la façon particulière de s'exprimer de son interlocuteur.

— Oui, approuva-t-il, le travail, bien que parfois déprimant, est, comme vous le dites, plein d'intérêt.

— Et vous vous y livrez sans trêve ni repos, n'est-ce pas ? Vous allez à Blandings Castle, maintenant, sans aucun doute pour observer quelque tête notoirement fêlée ?

Sir Roderick pinça les lèvres.

— Vous me demandez, je le crains, de trahir le secret professionnel, mon cher Ickenham. Toutefois je puis peut-être satisfaire partiellement votre curiosité en avouant que ma visite a un caractère médical. Un ami de la famille a donné des signes d'un état nerveux hypertendu.

— Ce n'est pas la peine de faire le cachotier avec moi, Glossop. Vous allez à Blandings mettre de la glace sur la tête du type qui a la manie du bombardement d'œufs.

Sir Roderick sursauta :

— Vous semblez particulièrement bien informé.

— J'ai eu la nouvelle toute chaude. Emsworth me l'a racontée.

— Oh, vous connaissez Emsworth?

— Intimement. J'ai déjeuné avec lui hier, et il m'a quitté pour aller vous voir. Mais je l'ai rencontré plus tard dans la journée et il a insinué que les choses n'avaient pas été pour le mieux entre vous de sorte que vous aviez refusé de vous intéresser à ce lanceur d'œufs déséquilibré.

Sir Roderick rougit.

— Vous avez absolument raison. L'attitude d'Emsworth ne m'a pas laissé le choix. J'ai dû refuser la mission. Mais ce matin j'ai reçu une lettre si aimable de sa sœur, Lady Constance Keeble que je suis revenu sur ma décision. Vous connaissez Lady Constance ?

— Quoi ! Cette chère vieille Connie ? Je comprends ! Une amie de toujours ; mon neveu Basile la regarde comme une seconde mère.

— Vraiment ? Je ne l'ai encore jamais rencontrée.

— Jamais ? Ah, tant mieux !

— Pardon ?

— L'avenir vous réserve ce plaisir, expliqua Lord Ickenham.

— Lady Constance a exprimé si vivement le désir de me voir à Blandings que je me suis décidé à oublier la grossièreté d'Emsworth. Cet appel vient malheureusement bien à contre-temps car j'ai demain après-midi une conférence importante à Londres. Cependant j'ai consulté l'indicateur des chemins de fer et j'ai vu qu'il y avait un train partant de Market Blandings à 8 h. 20, qui arrivait à Paddington peu avant midi, de sorte que je pourrai donner ma consultation et être de retour à temps.

— Mais une seule consultation ne peut certainement pas suffire ?

— Oh, je pense que si.

— Je voudrais avoir un cerveau comme le vôtre, dit Lord Ickenham. C'est prodigieux. J'imagine que vous pouvez vous promener devant une rangée de patients en jetant un regard rapide sur chacun d'eux et séparer les brebis des béliers comme on écosse des pois... : dingo... pas dingo... celui-là en observation... celui-ci va très bien... surveillez celui-là, ne le laissez pas jouer avec le couteau à pain... Extraordinaire ! Que faites-vous donc exactement ? Vous les interrogez ? Vous développez un sujet et observez les réactions ?

— Oui, on peut dire... en gros... que c'est la méthode que j'emploie.

— Je vois ; vous amenez la conversation sur les oiseaux, par exemple, et si le type déclare qu'il est un canari, saute sur la cheminée et se met à chanter, vous sentez qu'il y a quelque chose qui ne va pas. Oui, je comprends. Eh bien, il me semble si c'est aussi simple que cela que vous pouvez vous éviter beaucoup d'ennuis en donnant votre consultation dès maintenant.

— Je ne comprends pas.

— Vous avez de la veine, Glossop. L'homme qu'Emsworth voulait vous faire examiner est dans le train. Vous le trouverez dans le compartiment voisin. C'est un brun à lunettes. Emsworth m'a demandé de l'avoir à l'œil pendant le voyage, mais si vous voulez mon avis, il n'y a rien d'anormal chez ce type là. Connie a toujours été un petit être si nerveux, la pauvre fille. Je pense que quelques allusions faites par hasard à propos d'œufs lui ont mis dans la tête qu'il voulait les lancer sur quelqu'un et son sang n'a fait qu'un tour. Pourquoi n'allez-vous pas engager la conversation avec lui et noter vos observations ? S'il y a quoi que ce soit d'anormal chez lui, votre sixième sens vous permettra de mettre la main dessus en une minute. S'il est normal au contraire, vous pourrez quitter le train à Oxford et retourner à Londres sans arrière-pensée.

— C'est une excellente idée.

— Ne parlez pas de moi, naturellement.

— Mon cher Ickenham, vous pouvez compter sur moi pour user de la plus complète discrétion. Tout aura l'air le plus simple du monde. J'amorcerai tout naturellement notre petite conversation en lui demandant du feu.

— Génial ! approuva Lord Ickenham.

Le silence qui suivit le départ de Sir Roderick fut brisé par un grognement de Pongo.

— Je savais que quelque chose comme cela arriverait, dit-il.

— Mais, mon cher enfant, protesta Lord Ickenham, qu'est-il arrivé sinon que j'ai l'esprit détendu par un échange d'idées avec un cerveau d'élite et que j'ai pris sur les méthodes des psychiâtres quelques renseignements qui se révèleront inestimables ? Le vieux polichinelle va descendre à Oxford...

— Vous pouvez être tranquille, moi aussi, je vais descendre à Oxford !

— Et rentrer chez toi ? Je me demande si tu trouveras Erb t'attendant sur le perron ?

— Ah c'est vrai, nom d'un chien !

— Oui, je pense que tu avais oublié ce détail. Allons, voyons, mon cher Pongo. Prends ton courage à deux mains et sois un homme. Tout va aller comme sur des roulettes. Tu sembles pensive, Polly ?

— Je me demande seulement pourquoi Lord Emsworth l'appelait « Pustule ».

— Tu veux dire qu'il n'en a plus ? Oui, j'ai remarqué cela, dit Lord Ickenham. C'est souvent ainsi. Nous commençons notre vie avec des boutons à ne savoir qu'en faire et avec la présomption de la jeunesse nous croyons qu'ils vont durer toujours. Mais vient un jour où nous nous apercevons tout-à-coup que nous en sommes à notre dernière demi-douzaine. Puis ceux là disparaissent à leur tour. Il y a là une leçon pour nous tous. Ah, Glossop, quelles nouvelles du front ?

Le visage de Sir Roderick Glossop exprimait la satisfaction.

— Vous aviez absolument raison, mon cher Ickenham. Rien d'anormal. Aucune trace en tout cas d'« ovomanie ». Il n'y a aucune base sérieuse aux inquiétudes de Lady Constance. Je note chez cet homme une intelligence exceptionnelle. Mais j'ai été surpris de le trouver si jeune.

— Nous l'avons tous été autrefois.

— Exact, mais d'après la lettre de Lady Constance, j'avais imaginé qu'il était bien plus âgé. Qu'elle l'ait dit exactement ou non je ne puis m'en souvenir mais j'ai gardé l'impression qu'il s'agissait d'un contemporain d'Emsworth.

— Il paraît probablement plus jeune que son âge. C'est peut-être à cause de l'air de la campagne.

— Ah, dit Sir Roderick sans se compromettre, eh bien, si je dois descendre à Oxford il me faut regagner mon compartiment pour y prendre mes affaires. J'ai eu un grand plaisir à vous rencontrer, Ickenham et je vous suis très obligé pour votre ingénieuse suggestion. J'avoue que je ne tenais pas beaucoup à un voyage de bonne heure le matin. Au revoir.

— Au revoir.

— Au revoir, dit Polly.

— Au revoir, dit Pongo parlant enfin mais avec difficulté. Il était resté assis sans mot dire laissant simplement échapper de temps à autre un soupir sifflant et bref. Sir Roderick emporta l'impression d'un jeune homme sombre et replié sur lui-même. Il le cita plus tard lors d'une conférence aux mères du West-Kensington comme un exemple de la tendance à la neurasthénie qui sévissait dans la jeunesse d'après-guerre.

Lord Ickenham, également, sembla trouver que Pongo avait besoin d'être remonté et, pendant le reste du voyage il n'épargna aucun effort pour l'amuser et le distraire. Tout l'après-midi il conserva un moral élevé et ce ne fut qu'en descendant à Market Blandings qu'il éprouva à son tour une fâcheuse impression.

La gare de Market Blandings qui n'a jamais été congestionnée était, ce soir-là, plus endormie et plus déserte que jamais. Ses seuls occupants étaient un porteur et un chat. Le jeune homme brun sortit et se rendit à l'arrière du train où le porteur extrayait des bagages du fourgon. Polly alla fraterniser avec le chat, et Lord Ickenham ayant acheté à Pongo un penny de bonbons au distributeur automatique, critiquait la négligence de son hôte et de son hôtesse qui n'avaient envoyé personne au devant d'un invité aussi distingué quand arriva sur le quai un grand gaillard âgé d'une trentaine d'années. La lumière du crépuscule éclairait son visage et ce fut alors que Lord Ickenham éprouva sa fâcheuse impression.

— Je me demande si tu te souviens, Pongo, dit-il, que, quand tu es venu me voir à Ickenham avant hier, j'ai dit que l'ambition de ma vie avait toujours été de faire le coup du vol à l'esbrouffe à quelqu'un ? Avec toute cette histoire d'Emsworth j'ai complètement oublié de te raconter que l'occasion s'en était présentée hier matin.

— Quoi !

— Oui, avant de venir aux Drones, je suis allé voir Horace Davenport et, ne l'ayant pas trouvé à la maison, j'ai attendu un moment dans la rue devant chez lui. Pendant ce temps est arrivé un garçon tout rose, et il m'a semblé que si je devais jamais réaliser cette expérience c'était le moment. Il y avait quelque chose dans ce type là qui me disait que je ne pourrais jamais trouver un meilleur cobaye; et c'était la vérité. Il m'a donné sa valise et je suis parti avec... Toute l'affaire fut un triomphe de l'esprit sur la matière, et j'en tire modestement une certaine fierté.

Cela avait toujours été un axiome pour Pongo que son oncle Fred n'aurait jamais dû être laissé en liberté, mais il n'avait jamais pensé que les raisons de le surveiller étroitement pussent reposer sur des bases aussi solides. Il courba le front.

Comme c'était arrivé le jour des Courses de Lévriers, cet homme semblait l'avoir entraîné dans un étrange monde de cauchemars.

— L'intérêt de l'expérience était purement scientifique et je ne pensais pas à un gain sordide. La carte du type était à l'intérieur et j'ai renvoyé la valise par colis recommandé. La raison pour laquelle j'en parle maintenant... tu vois ce type qui vient le long du quai ?

Pongo leva un visage couleur de cendre.

— Vous ne voulez pas dire... ?

— Si, dit Lord Ickenham avec une légèreté insouciante qui entra comme un poignard dans le cœur de son neveu, c'est le type en question.

CHAPITRE IX

— Son nom est Bosham, dit Lord Ickenham. Je l'ai vu sur la carte que j'ai trouvée dans la valise, mais je me souviens parfaitement que l'adresse indiquée sur la dite carte était quelque part en Hampshire, pas très loin de ma petite bicoque, de sorte qu'il est assez étrange de rencontrer cet homme ici. Serait-ce une de ces coïncidences que le hasard fait naître avec tant de vulgarité ? ou s'agit-il d'un fantôme ?

Pongo qui, à cette minute, aurait pu lui-même être pris pour un fantôme par un homme à la vue basse, retrouva la parole. Depuis quelques instants il se balançait et flottait comme le mort enveloppé d'un linceul qui déambulait dans les rues de Rome peu avant la chute du tout puissant Jules.

— Bosham est le fils de Lord Emsworth, dit-il d'une voix caverneuse.

— Vraiment ? Je connais mal l'Armorial. Je ne le lis que pour rire des noms qui s'y trouvent. Voilà qui explique tout, dit joyeusement Lord Ickenham. Il devait être de passage à Blandings et, comme il allait passer la journée à Londres pour se faire couper les cheveux, le duc lui a dit de ne manquer sous aucun prétexte d'aller donner une bonne tape dans le dos d'Horace et de lui faire ses amitiés. C'était parfaitement normal que son pèlerinage à Bloxham Mansions se trouvât coïncider avec le mien. C'est curieux comme les choses les plus extraordinaires sont simples quand on va au fond de la question.

— Il vient par ici.

— Je pense bien ; il vient probablement nous chercher pour nous accompagner au château.

— Mais nom d'un chien, qu'est-ce que vous allez faire.

— Faire ? Mais rien.

— Bon, et bien je parie qu'il va faire quelque chose, lui. Est-ce que vous croyez que si un type à qui un autre type a fait le coup du vol à l'esbrouffe rencontre tout à coup son voleur, il ne va pas lui régler illico son affaire ?

— Mon cher, pour un jeune homme qui a eu constamment la bonne fortune d'avoir un oncle raffiné à ses côtés, tu sembles singulièrement ignorant des usages de la bonne société. Nous autres, gens bien nés, ne faisons pas de scènes en public.

— Vous pensez qu'il attendra un peu plus tard pour vous faire pincer ?

Lord Ickenham eut un clapement de langue.

— Mon cher Pongo, tu as un don de prendre les choses au tragique, qui confine presque au génie. Je suppose que le prophète Isaïe dans sa jeunesse a dû te ressembler beaucoup. Dis-moi, je ne veux pas me retourner avant de pouvoir le regarder dans le blanc des yeux — où est notre ami ? Approche-t-il ?

— Il marche de long en large pour le moment.

— Je comprends très bien. C'est la défiance distinguée d'un Anglais du meilleur monde. Toute sa vie, il a été élevé dans la pensée qu'il n'y a rien de plus déplacé que d'aborder un étranger et il se demande si je suis bien ce Sir Glossop dont il a tant entendu parler. Il hésite à tenter sa chance. Je pense que c'est ta présence qui l'inquiète. Sans aucun doute Emsworth a complètement oublié de mentionner que je serais accompagné de mon secrétaire et cela le déconcerte. « Ce peut être Glossop », se dit-il, se parlant à lui-même, « Je ne voudrais pas parier que ce n'est pas Glossop. Mais, si c'est Glossop, quel est le type qui est avec lui ? Il n'y a rien dans mes instructions concernant des types-avec-Glossop » et c'est pourquoi il va et vient. Ceci nous donne le temps d'approfondir le sujet que nous étions en train de discuter. Qu'est-ce qui diable te fait supposer un instant que ce Bosham me dénoncera pour lui avoir joué le tour du vol à l'esbrouffe ? Dès l'instant que je déclare être Sir Roderick Glossop, l'invité impatiemment attendu, il pensera qu'il est trompé par une ressemblance. Où est-il maintenant ?

— Devant la bascule.

— Alors regarde-moi, je vais le rouler comme dans de la farine, dit Lord Ickenham et il pivota gracieusement. Excusez-moi, monsieur, dit-il, pourriez-vous m'indiquer s'il me serait possible de trouver un véhicule quelconque pour me conduire à Blandings Castle ?

Il n'avait pas surestimé le résultat de cette manœuvre. Lord Bosham s'arrêta pile, comme s'il avait heurté inopinément un bec de gaz et resta bouche bée.

L'héritier des comtes souverains d'Emsworth avait l'esprit lent mais n'était pas incapable de déductions raisonnées. On lui avait dit d'aller au devant d'un vieux monsieur qui arriverait par le train de 14 heures 45 pour se rendre à Blandings Castle. Le seul vieux monsieur qui était descendu du train de 14 heures 45 et allait à Blandings Castle était celui en face de qui il se trouvait. Il y avait donc toute chance que ce vieux monsieur fût le vieux monsieur qu'il cherchait. Dans ce cas, il s'agissait de Sir Roderick Glossop, l'éminent aliéniste et non comme il l'aurait juré au premier coup d'œil du sympathique étranger qui l'avait soulagé de sa valise dans Park Lane.

Lord Bosham, bien qu'il menât une vie retirée dans un coin perdu du Hampshire, avait une expérience suffisante pour savoir que les psychiâtres éminents ne pratiquent pas le vol à l'esbrouffe. Tout homme jeune, débutant dans la vie, avait le choix : devenir un psychiâtre éminent ou un voleur à l'esbrouffe, mais pas les deux à la fois.

— Seriez-vous Sir Roderick Glossop ? s'enquit-il, ses yeux ronds fouillant avidement les traits qui lui avaient semblé si familiers.

— C'est moi-même.

— Oh ? Euh... Je me présente : Bosham. Nous... heu... ne nous sommes-nous jamais rencontrés, par hasard ?

— Malheureusement non. C'est moi qui y ai perdu le plus, ajouta Lord Ickenham avec courtoisie mais inexactitude. Mais j'ai entendu parler de vous. Quand je l'ai vu hier, Lord Emsworth m'a entretenu de vos qualités avec une chaleur toute paternelle.

— Ah vraiment ? Je suis venu avec la voiture au-devant de vous.

— C'est très aimable de votre part, mon cher Bosham.

— Vous avez des bagages dans le fourgon peut-être ? Je vais y passer et m'en occuper.

— Merci, merci infiniment.

— Ensuite nous pourrons remonter au château.

— C'est exactement ce que j'aurais suggéré moi-même. Y a-t-il beaucoup de monde chez vous ?

— Heu ? Oh, non, seulement mon père, ma tante, le duc et Horace Davenport.

— Horace Davenport ?

— Oui, le neveu du duc. Bon, je vais aller m'occuper de cette malle.

Il s'éloigna et Pongo se reprit à jouer le rôle du mort embaumé.

— Eh bien ? dit-il, quand il réussit à émettre un son, nous y voilà ! En arrivant à ce sale château, nous allons nous trouver nez-à-nez avec un type qui vous connaît, connaît Miss Pott et a été mon meilleur copain depuis des années. « Salut Pongo ! Bonjour Lord Ickenham ! » va-t-il s'écrier pendant que nous bavarderons avec Lady Constance ! « Eh bien Polly n'est-ce pas une veine de nous retrouver tous ici ? » Si vous n'avez rien d'autre à faire pour le moment vous feriez aussi bien de réfléchir à la façon dont vous allez vous en tirer.

Lord Ickenham ne répondit pas. Il regardait sur le quai. A l'extrémité il semblait qu'une prise de contact avait lieu entre Lord Bosham et le jeune homme brun qui avait occupé le compartiment voisin dans le train. Ils s'étaient serré la main et engageaient la conversation.

— Tu disais, mon enfant ? demanda-t-il, sortant de ses pensées.

Pongo répéta l'essentiel de ses remarques.

— Oui, je vois ce que tu veux dire, admit Lord Ickenham. Il faut toujours te souvenir néanmoins qu'il n'y a en soi rien de bon ou de mauvais : tout dépend de la façon dont on voit les choses. Toutefois, je ne dis pas que tu aies tort de penser qu'un problème s'est posé. J'avoue que je n'avais pas pensé à Horace. Le Destin semble avoir organisé à Blandings Castle une véritable réunion de famille. Il ne nous manque que Moutarde Pott et ma chère femme pour être au complet.

— Pourrions-nous l'atteindre avant qu'il mange le morceau et lui demander de la boucler ?

Lord Ickenham secoua la tête.

— Je ne pense pas. Horace est un gentil garçon, mais ce serait une catastrophe de vouloir faire de lui un conspirateur.

— Alors qu'est-ce que nous allons faire ?

— Garder notre sang-froid.

— Cela nous fera une belle jambe de garder notre sang-froid !

— Te voilà encore en train de verser dans le pessimisme. Ce que j'étais sur le point de dire c'est que nous devions garder notre sang-froid et la tête haute et nier notre identité.

— Et vous croyez qu'il va gober cela ? Eh ben !

— J'aimerais que tu ne dises pas vulgairement : Eh ben ! Pourquoi est-ce qu'il ne goberait pas cela ? Qui peut dire où sont les limites, si il y en a, à ce qu'Horace peut gober ? Avec un oncle comme le sien, s'il a tant soit peu étudié le problème de l'atavisme il doit avoir envisagé l'éventualité de voir subitement sa matière grise virer au bleu. Je pense qu'il va croire que c'est ce désastre qui est survenu. Cependant, je crois que nous ferions mieux de nous séparer de façon à le surprendre petit à petit, au lieu de l'affronter en bloc. Si la distance n'est pas trop grande je vais aller à pied au château, te laissant le soin d'aller en voiture avec Polly préparer le terrain.

— A moins que nous ne rentrions tous à pied à Londres.

— Mon cher enfant, fais donc un effort pour te débarrasser de cette horrible tendance au défaitisme. Tu as vu par toi-même combien notre ami Bosham a été impressionné quand j'ai énergiquement affirmé mon identité. Tout ce que tu as à faire quand tu rencontreras Horace est de lui jeter un regard froid et de lui dire que ton nom est Basile. De soi-même cela entraîne la conviction, car qui donc prétendrait que son nom est Basile si on pouvait lui prouver le contraire ? Quant à Polly, je suis sans crainte. Elle jouera son rôle. Elle est la fille de Moutarde et a dû apprendre à mentir dès que ses lèvres puériles ont pu balbutier « Papa ». Et maintenant, dit courageusement Lord Ickenham, nous allons avoir à faire face à une autre petite difficulté.

Pongo fit entendre un son analogue à celui de la dernière gorgée d'un siphon d'eau de seltz.

— Oh ! Doux Jésus ! Ne me dites pas qu'il y a encore quelque chose d'autre ?

Un sourire de contentement flottait sur les traits distingués de Lord Ickenham.

— Il est certain que les choses se compliquent un peu pour nous dans notre petite expédition, concéda-t-il. J'avais pensé n'avoir qu'à poser les pieds sur le tapis rouge pour être accepté sans murmure sur ma bonne mine, mais selon toute apparence ce n'est pas aussi facile.

— Que diable est-il encore arrivé ?

— Ce n'est pas tant ce qui *est* arrivé que ce qui *va* arriver. Si tu regardes le long du quai, tu remarqueras que Bosham revient accompagné non seulement d'un porteur sanglé dans un uniforme beaucoup trop étroit pour lui, mais de notre ami brun à lunettes. Ne te semble-t-il pas que lorsque Bosham me le présentera, ce jeune homme pourra penser que Sir Roderick Glossop a quelque peu changé depuis la dernière fois ?

— Oh, mon Dieu !

— Piquant, n'est-ce pas ?

— Peut-être que Glossop ne lui a pas dit qu'il était Glossop.

— Si tu crois que Glossop peut rester deux minutes avec quelqu'un sans lui dire qu'il est Glossop, tu es un bien mauvais psychologue.

— Il nous faut filer sans perdre un instant.

— Filer ? Est-ce là le langage d'un fils de noble famille? Les Twistleton ont-ils filé à Crécy, et à Azincourt ? A Malplaquet et à Blenheim ? Quand la Vieille Garde lança sa dernière charge désespérée à Waterloo imagines-tu que Wellington jetant un coup d'œil par-dessus son épaule ait vu un Twistleton se diriger avec une désinvolture affectée dans la direction de Bruxelles ? Nous, Twistleton, ne filons pas, mon garçon. Nous tenons, longtemps même après le terme fixé par nos hôtes ! Je suis persuadé que je trouverai un moyen de sortir de l'impasse. Je n'ai besoin que d'une idée, et mon cerveau est en pleine forme ce soir. Cours expliquer la chose à Polly et quand tu seras revenu j'aurai tout arrangé... Ah, Bosham, mon cher ami, je vois que vous avez été chercher nos impedimenta. C'est trop gentil de vous être dérangé.

— Euh ? Oh, pas du tout.

— Dites-moi, Bosham, est-ce loin le château?

— Environ deux milles.

— Alors je pense que, si cela ne vous ennuie pas, j'irai à pied. Je serai content de me dégourdir les jambes.

Lord Bosham sembla rasséréné.

— Eh bien, c'est parfait, si cela vous tente. On aurait été quelque peu tassés dans la voiture. Je ne savais pas que Baxter venait. Permettez-moi de vous présenter M. Baxter, le secrétaire du duc — Sir Roderick Glossop.

— Je suis très heureux de faire votre connaissance. Je suis d'autant plus content que vous veniez ici, M. Baxter, que cela va me donner l'occasion de parler de ce pauvre garçon du train ? dit Lord Ickenham en s'inclinant devant le jeune homme basané qui l'observait attentivement et en silence. Je l'ai vu entrer dans votre compartiment mais j'ai craint d'être indiscret en allant vous demander ce qu'il en était résulté. C'est un de mes malades, poursuivit Lord Ickenham en manière d'explication. Il souffre d'idées fixes. J'espère que mon traitement a été efficace. Il m'a semblé à peu près normal en causant avec moi, mais dans son cas, une rechute peut survenir tout à coup et je n'ignore pas que la présence d'étrangers l'excite. Vous a-t-il par hasard dit qu'il était Mussolini ?

— Non, pas du tout.

— Ou Shirley Temple ?

— Il m'a dit qu'il était Sir Roderick Glossop.

— Alors, je suis en bonne compagnie. Bien qu'il n'y ait pas de quoi rire naturellement. C'est terriblement triste et pitoyable. De toute évidence tous mes soins n'on servi de rien. C'est à vous faire perdre confiance !

— Je ne vous aurais pas cru homme à perdre facilement confiance.

— C'est aimable à vous de le dire, mon cher ami. En général, je ne me laisse pas abattre mais un échec aussi complet... Enfin, il faut bien tenir son drapeau déployé. J'espère que vous ne l'avez pas contredit ? C'est toujours la méthode la meilleure et la plus sûre. Voici ma fille et mon neveu Basile qui me sert de secrétaire. Je te présente Lord Bosham, ma chérie, le fils de Lord Emsworth et M. Baxter. J'étais en train de dire que j'allais à pied jusqu'au château. Le voyage m'a donné des crampes.

CHAPITRE X

Pour atteindre Blandings Castle en venant de Market Blandings et si vous pouvez vous arracher à cette petite ville, l'une des plus pittoresques d'Angleterre, vous commencez par suivre la grande rue. Celle-ci se termine par une floraison de cottages démodés et aboutit à une large route coulant entre deux haies épaisses bordées de prés et de champs d'orge. Vous pénétrez dans le parc par la porte principale et vous suivez une avenue sinueuse et escarpée qui monte pendant environ trois quarts de mille. Cette avenue était une épreuve pour un piéton ordinaire. Beach, le maître d'hôtel, qui faisait quelquefois à pied l'aller et retour de Market Blandings pour conserver sa ligne, avait toujours un moment de découragement quand il l'atteignait.

Lord Ickenham l'attaqua à grandes enjambées. Les récents événements de la gare l'avaient fort amusé et il était pressé d'atteindre sa destination pour voir quels nouveaux divertissements l'attendaient sous forme d'obstacles et de problèmes. Gravissant la côte une chanson sur les lèvres il avait atteint la dernier tournant de l'avenue et s'était arrêté pour admirer la masse grise du château qui se découpait sur le ciel safran quand il aperçut un homme de son âge mais beaucoup plus gros et beaucoup moins beau qui s'avançait vers lui.

— Hep ! s'écria ce personnage.

— Hep ! répondit courtoisement Lord Ickenham.

Horace Davenport ayant décrit son oncle Alaric comme une vieille foulque à moustache de phoque il put identifier le nouvel arrivant sans difficulté. Peu de foulques auraient été aussi dépourvues de cheveux que cet homme-là et n'importe quel phoque eût été fier de posséder les moustaches dont il faisait étalage.

— C'est vous l'expert en cerveaux fêlés ?

Lord Ickenham répondit par l'affirmative.

— Les autres sont dans le hall en train de boire et de manger. Quand j'ai entendu que vous veniez à pied, j'ai pensé à aller au-devant de vous. Mon nom est Dunstable, le duc de Dunstable.

Ils se mirent à marcher au même pas. Le duc sortit un mouchoir de foulard et s'épongea le front. La soirée était chaude et il n'était pas dans sa meilleure forme.

— Je voulais vous parler tranquillement, commença-t-il.

— En parlant de ducs, dit Lord Ickenham, avez-vous jamais entendu celle du duc et de la charmeuse de serpents ?

C'était une bien bonne histoire avec une pointe de poésie et il la racontait avec esprit ; mais bien que son interlocuteur fût visiblement amusé il apparut bientôt que son sentiment prédominant était la perplexité.

— Etes-vous réellement Sir Roderick Glossop ?

— Pourquoi me demandez-vous cela ?

— Un camarade m'a dit au club que c'était un vieil

âne solennel, et vous n'avez pas le moins du monde l'air d'un vieil âne solennel.

— Votre ami m'a probablement rencontré dans l'exercice de ma profession. Vous savez ce que c'est : on fait un peu de bluff pour impressionner les clients. Puis-je me permettre de vous rappeler que vous avez fait la même chose à la Chambre des Lords.

— C'est exact.

— Mais vous parliez d'une conversation tranquille.

— Exactement. Avant que Connie puisse mettre la main sur vous et vous bourrer le crâne avec un tas de bêtises. C'est la sœur d'Emsworth, Lady Constance Keeble. Elle est comme toutes les femmes, elle ne veut pas regarder les choses en face. La première chose qu'elle fera quand elle vous rencontrera sera d'essayer de vous mettre un bandeau sur les yeux et de vous persuader qu'il est aussi sain d'esprit que moi-même. C'est très compréhensible. C'est son frère évidemment.

— Vous parlez de Lord Emsworth ?

— Oui. Quelle est votre impression ?

— Il m'a semblé propre et sobre.

Le duc parut de nouveau un peu étonné.

— Pourquoi ne serait-il pas sobre ?

— Ne croyez pas un instant que je m'en plaigne, se hâta de lui assurer Lord Ickenham. J'en suis plutôt content.

— Oh ? Comme je vous le disais, Connie va essayer de vous faire croire que tout a été très exagéré et qu'il est simplement rêveur et étourdi. Ne vous en laissez pas conter. Il est loufoque.

— Vraiment ?

— C'est évident. Toute la famille est piquée. Vous avez vu Bosham à la gare. C'est un client pour vous. Il va à Londres et laisse un type lui faire le coup du vol à l'esbrouffe! « Donnez-moi votre valise pour montrer que vous avez confiance en moi », dit le type. — « Voilà », dit Bosham. Juste comme cela. Avez-vous jamais rencontré l'autre fils, Freddie Threepwood ? Pire que Bosham. Il vend des biscuits de chien. De sorte que vous pouvez vous faire une idée de ce qu'Emsworth peut être lui-même. Un homme ne peut avoir deux fils comme cela et être sain d'esprit. Il faut que vous ayez cette idée là bien dans la tête où vous n'arriverez à rien. Puis-je vous parler d'Emsworth ?

— Je vous écoute.

— Voici les faits. Il a un cochon et il est fou de son cochon.

— Un brave homme aime toujours son cochon.

— Oui, mais un brave homme ne veut pas faire courir son cochon dans le Derby.

— C'est vraiment l'intention d'Emsworth ?

— Il me l'a dit lui-même.

Lord Ickenham parut songeur.

—Je me demande si les commissaires accepteraient un cochon. On pourrait peut-être lui empeser les oreilles et le faire passer pour un lévrier à la Waterloo-cup mais pas au Derby.

— Exactement. Cela vous montre où il en est.

— En effet.

Le duc souffla approbativement sur ses moustaches ce qui les fit flotter devant lui comme une bannière. Il lui était agréable de rencontrer chez cet expert une aussi complète identité de vues. L'homme, sans aucun doute, connaissait son métier ; aussi décida-t-il d'abandonner toute réserve et de vider son cœur devant lui. Il n'avait pas été dans ses intentions d'attirer l'attention sur l'ombre qui obscurcissait le blason des Dunstable mais il s'apercevait en fin de compte qu'il valait mieux tout dire. Il était survenu dans le hall qu'il venait de quitter des choses étranges et déconcertantes sur lesquelles il voulait avoir un avis autorisé.

— Emsworth a là une jolie petite propriété, dit Lord Ickenham tandis qu'ils atteignaient la terrasse.

— Elle n'est pas mal. C'est d'autant plus triste qu'il doive finir ses jours à Colney Hatch. (1)... à moins que vous ne puissiez le guérir naturellement.

— J'échoue rarement.

— Alors, s'écria le duc ne pouvant plus y tenir davantage, je voudrais bien que vous jetiez un coup d'œil sur mon neveu Horace.

— Il vous donne des motifs d'inquiétude.

— De grave inquiétude.

Le duc au moment de dévoiler la tare des Dunstable se raidit brusquement et souffla avec force sur ses moustaches. De quelque point dissimulé par un taillis épais s'élevait le son pur d'une belle voix de ténor. Elle rendait avec beaucoup de sentiment le : « Bonny Bonny Banks of Loch Lomond. »

— Dieu me damne ! Encore ce siffleur !

— Pardon ?

— Un type qui vient siffler et chanter sous ma fenêtre, confessa le duc comme l'héroïne d'un conte d'autrefois l'aurait fait en parlant de son amoureux. J'ai essayé de l'atteindre depuis que je suis arrivé, mais il m'évite. Oh, je suis patient. J'ai une douzaine de bons œufs frais dans ma chambre et tôt ou tard... Mais je vous parlais d'Horace.

---

(1) Le Charenton anglais.

— Oui, parlez-moi d'Horace. Votre neveu, avez-vous dit.

— L'un d'entre-eux. Le fils de mon regretté frère. Il est loufoque. L'autre est le fils de ma regrettée sœur. Il est loufoque aussi. Mon frère était loufoque et ma sœur l'était également.

— Et où classeriez-vous Horace dans cette galerie d'aliénés ? A votre avis serait-il au-dessus ou au-dessous de la moyenne familiale ?

Le duc réfléchit.

— Au-dessus, décidément au-dessus. Après ce qui est arrivé dans le hall, indiscutablement au-dessus. Savez-vous ce qui vient d'arriver dans le hall ?

— Je regrette mais je l'ignore. Je suis un étranger ici.

— Cela m'a profondément ému.

— Qu'est-il arrivé dans le hall ?

— Et toujours le « Bonny Bonny Banks of Loch Lomond » dit le duc avec humeur, une chanson que j'ai détestée toute ma vie ! Qui a composé cette horreur ?

— Burns, je crois, mais vous étiez sur le point de me dire ce qui est arrivé dans le hall.

— Oui, c'est exact. Cela m'a prouvé que je m'étais trompé sur ce type ! Baxter ! C'est mon secrétaire. Il se trouvait dans votre train. Il aurait dû venir avec moi, mais il a insisté pour rester à Londres sous le prétexte qu'il avait du travail à terminer concernant l'histoire de ma famille que je suis en train d'écrire. Je ne l'ai pas cru. Il me semblait avoir vu un éclair furtif dans ses yeux. Je m'étais mis dans la tête qu'il avait l'intention d'aller à quelque sauterie. Aussi quand Horace m'a dit ce matin qu'il l'avait vu à un bal quelconque il y a deux jours se trémoussant dans un costume de bandit corse, j'étais tout prêt à le ficher à la porte au moment où son pied toucherait le seuil. Mais c'est alors que tout cela est arrivé.

— Vous étiez sur le point de me le raconter, n'est-ce pas ?

— Je vous le raconte. C'est pendant que nous étions dans le hall. Connie avait emmené votre fille pour lui montrer les portraits de famille dans la galerie, bien que cela me dépasse que l'on puisse supposer un instant que n'importe quelle jeune fille puisse avoir envie de regarder cette collection de gargouilles. Je serais extrêmement étonné d'apprendre qu'il existe dans toute l'Angleterre une série de monstres plus vilains que les ancêtres d'Emsworth. Quoi qu'il en soit, Connie avait emmené votre fille, nous laissant Bosham, votre neveu et moi dans le hall. A ce moment Horace est entré et à peine ai-je eu le temps d'attirer son attention sur votre neveu qu'il a sursauté et s'est écrié : « Pongo ! Vous voyez ? Pongo ! » comme cela. Votre neveu a paru surpris et a dit à voix basse qu'il se nommait Basile.

— Le brave garçon !

— Quoi ?

— J'ai dit « le brave garçon ».

— Pourquoi ?

— Pourquoi pas ?

Le duc réfléchit un moment et sembla reconnaître la justesse de ce point de vue.

— Ce qui est arrivé, voyez-vous, c'est qu'Horace l'a confondu avec un de ses amis. Bon, passe encore. Rien de bien extraordinaire là-dedans, direz-vous. Cela peut arriver à n'importe qui. D'accord. Mais, écoutez la suite... Si Burns a jamais pensé que « Loch Lomond » rimât avec « before » c'est que son cas était désespéré.

— Et la suite dont vous me parliez ?

— Heu ? Oh, la suite ? J'y arrive. Non qu'il y ait beaucoup de rimes à « Loch Lomond » je pense qu'il faut être loyal. Oui la suite... Bon ; là-dessus Connie revient avec votre fille... Elle est charmante.

— Je n'ai jamais rencontré Lady Constance.

— Je voulais parler de votre fille.

— Oh, certes ! Elle s'appelle Gwendoline.

— C'est ce qu'elle nous a dit. Mais cela n'a pas empêché Horace de s'approcher d'elle et de l'appeler Polly.

— Polly ?

— Polly. « Tiens ! Polly » furent ses propres paroles.

Lord Ickenham réfléchit.

— La conclusion qui s'impose est qu'il l'a confondue avec une jeune fille du nom de Polly.

— Exactement. C'est la pensée qui m'est venue immédiatement. Eh bien ! vous pouvez imaginer si cela m'a fait comprendre combien le cas était grave. Une gaffe de cette sorte, soit ; mais quand cela arrive deux fois en deux minutes, vous commencez à craindre le pire. Depuis qu'il a eu les oreillons étant enfant et qu'il a brusquement grandi jusqu'à atteindre près de 2 mètres 50, j'ai toujours été inquiet de l'état mental d'Horace. Il va de soi que le cerveau d'un homme ne peut se trouver à une telle distance de son cœur et fonctionner normalement. Voyez le trajet que le sang doit accomplir... Bon, nous voilà arrivés, dit le duc, tandis qu'ils passaient la grande porte qui était ouverte. Eh bien où se trouve tout le monde ? En train de s'habiller, probablement. Vous voulez aller dans votre chambre, j'imagine. Je vais vous y conduire. Vous êtes dans la chambre rouge. La salle de bain est au bout de ce couloir. Qu'étais-je donc en train de dire ? Ah ! oui, je disais que je craignais le pire. J'ai tourné le problème dans tous les sens. Un garçon ne peut pas avoir 2 mètres 50 et être le fils de mon frère, puis espérer vivre comme s'il n'était rien arrivé. Il faut faire quelque chose. Je me rappelle qu'il a prétendu avoir vu Baxter au bal et j'ai été frappé brusquement par l'idée qu'il doit être atteint de... je ne sais pas comment cela s'appelle, mais je pense qu'il y a un terme scientifique quand un type commence à avoir des apparitions.

— Vous voulez parler d'une diathèse sublunaire médulaire oblongata ?

— C'est bien possible. Je vois pourquoi cette jeune fille a rompu ses fiançailles. Elle a dû s'apercevoir qu'il avait cette chose que vous dites et a compris qu'il était dangereux. Il n'y a pas de jeune fille qui veuille d'un mari loufoque... bien que ce soit rudement difficile maintenant d'y échapper. Voici votre chambre. J'aimerais que vous voyiez ce que vous pourriez faire pour cet enfant. Pouvez-vous l'examiner ou quelque chose de ce genre ?

— Je serai ravi de l'examiner. Donnez-moi le temps de prendre un bain, et je suis à sa disposition.

— Eh bien, je vais vous l'envoyer. S'il y a quelque chose à faire pour lui, je serais heureux que vous le tentiez. Avec lui, Bosham, Emsworth et ce siffleur, j'ai l'impression de vivre dans un asile privé et je n'aime pas cela du tout !

Le duc s'éloigna en clopinant, et Lord Ickenham se dirigea vers la salle de bains. Il revivait grâce à une rafraîchissante immersion quand il entendit frapper à la porte et vit Horace entrer. Ce dernier le regardait sans dire un mot.

Le visage d'Horace Davenport retenait l'attention par deux traits caractéristiques. De son père, il avait hérité le grand nez des Dunstable ; de sa mère, une Hilsbury-Hepworth, les grands yeux caressants qui distinguent cette famille.

Tandis qu'il regardait Lord Ickenham ce nez palpitait comme celui d'un lapin et dans les yeux caressants montait doucement derrière les lunettes d'écaille un regard d'horreur incrédule. On eût dit qu'il avait été choisi pour le rôle de Macbeth et se préparait à jouer la scène du spectre de Banco.

Les événements de la soirée avaient profondément frappé Horace. Fermement convaincu depuis quelque temps que son oncle Alaric était le cas le plus extraordinaire de shizophrénie de toute l'Angleterre, des dispositions naturellement nerveuses l'avaient amené à considérer qu'il pouvait attraper sa maladie mentale à tout moment comme un simple rhume de cerveau.

La double hallucination qu'il venait d'éprouver venant sur l'illusion qu'il avait eue de voir Baxter au bal l'avait inquiété au dernier degré, et il avait accueilli avec joie la suggestion d'une petite conversation avec Sir Roderick Glossop.

Et maintenant, tout le lui disait, il souffrait d'une nouvelle hallucination. Dans la forme enveloppée d'un peignoir de bain qui se trouvait devant lui il aurait juré reconnaître l'oncle de son ex-fiancée, le comte Ickenham.

Cependant il était dans la chambre rouge et dans la chambre rouge, c'était, on le lui avait bien spécifié, Sir Roderick Glossop qu'il devait trouver. De plus, dans l'attitude de son interlocuteur rien ne décelait que celui-ci le reconnût, il semblait simplement manifester un désir courtois d'apprendre le but de sa visite.

Après un silence qui sembla durer une éternité il parvint à articuler.

— Sir Roderick Glossop ?

— Lui-même.

— Heu... Je me présente, Davenport.

— Ah oui, bien sûr. Entrez, mon cher. Permettez-moi de m'habiller pendant que nous causerons. Je suis un peu pressé.

Horace eut une sorte d'éblouissement tandis que le vieillard plongeait avec une animation juvénile dans une chemise empesée. La tête grise qui émergea un instant plus tard à l'autre extrémité de la chemise lui causa de nouveau un choc tant elle était Ickenhamienne à tous les égards.

Soudain il perçut une faible lueur d'espoir, peut-être existait-il une explication normale. Cela pouvait être un de ces cas extraordinaires de ressemblance physique dont on parle parfois dans les journaux.

— Je... heu... « demanda-t-il ». Connaissez-vous par hasard Lord Ickenham ?

— Lord Ickenham ? dit Lord Ickenham en sautant dans ses pantalons de smoking avec la souplesse d'un Frégoli. Oui, je l'ai déjà rencontré.

— Vous lui ressemblez étonnamment, n'est-ce pas ?

Lord Ickenham ne répondit pas tout de suite. Il nouait sa cravate et, à ce moment, un homme consciencieux qui a le souci de paraître à son avantage à table concentre toute son attention sur l'ouvrage de ses doigts. Enfin son visage se rasséréna et reprit son apparence normale.

— Je vous demande pardon. Vous disiez ?

— Vous ressemblez à Lord Ickenham comme un frère jumeau, n'est-ce pas ?

Son interlocuteur parut surpris.

— Eh bien voilà une chose que l'on ne m'a jamais dite. D'autant que Lord Ickenham est grand et mince tandis que je suis petit et gros...

— Petit ?

— Tout petit.

— ... et gros ?

— Très gros.

Un hoquet échappa à Horace Davenport. C'était peut-être le dernier soupir de ce faible espoir qu'il conservait encore. Ce bruit amena Lord Ickenham à fixer sur lui un regard aigu et ses manières changèrent aussitôt.

— Excusez-moi, dit-il. Je crois que je n'ai pas prêté assez d'attention à ce que vous m'avez dit. Je suis inexcusable car votre oncle m'avait parlé de votre cas. Il m'a dit comment ce soir dans le hall vous aviez pris ma fille et mon neveu pour de vieux amis et il a ajouté quelque chose à propos d'un homme que vous auriez vu à un bal à Londres et que vous auriez confondu avec son secrétaire Baxter. Etait-ce la première fois que cela vous arrivait ?

— Oui.

— Je vois. Le métabolisme imaginaire vous a frappé subitement comme cela est fréquent. Avez-vous quelque idée d'une cause possible ?

Horace hésita. Il répugnait à exprimer ses craintes secrètes.

— Eh bien, je me demandais...

— Oui ?

— ... si la folie était héréditaire ?

— Elle peut l'être, sans aucun doute.

— Les nez le sont.

— C'est exact.

— Le pif dont je suis affublé remonte à l'antiquité.

— Vraiment ?

— De sorte que je me demandais si un type qui a un oncle loufoque risquait d'être atteint à son tour ?

— Ce n'est pas fatal. Cependant... A quel point votre oncle est-il loufoque ?

— Oh, jusqu'à un point très avancé.

— Je vois. Est-ce que votre père souffrait de quelque faiblesse congénitale ?

— Non, oh non. il était tout-à-fait normal. Cependant il collectionnait les estampes japonaises, ajouta Horace à la réflexion.

— Il ne se prenait pas lui-même pour une estampe japonaise.

— Oh non, pas le moins du monde.

— Alors, tout va bien. Je suis sûr qu'il n'y a pas de raison sérieuse de s'inquiéter. Je suis convaincu que nous sommes tous plus ou moins affectés par quelque lésion légère souvent causée par des soucis. Avez-vous eu récemment des soucis ?

Job après l'anéantissement de ses biens et de sa famille n'eût pas éprouvé une impression très différente de celle ressentie par Horace à cette question. Le jeune homme regarda son interlocuteur comme quelqu'un qui n'y connaissait rien.

— Si nous en avons eus !

— Nous en avons eus ?

— Vous parlez !

— Alors ce qu'il nous faut c'est une longue croisière.

— Mais, nom d'un chien, je suis un marin épouvantable. Cela vous ennuierait-il beaucoup que j'émette une suggestion ?

— Pas du tout.

— On pourrait nous ordonner simplement d'aller à Bournemouth ou quelqu'autre plage.

— Bournemouth irait aussi bien. Nous sommes venus en voiture n'est-ce pas ? Alors je conseille de filer aussitôt après dîner sans prendre la peine de dire au-revoir à qui que ce soit et de rentrer à Londres. A Londres nous pourrons prendre tout ce qu'il nous faut, aller à Bournemouth et y rester.

— Et vous pensez que cela nous remettra d'aplomb ?

— Sans le moindre doute.

— Un autre point. Y aurait-il médicalement parlant quelque objection à ce que nous prenions une bonne cuite à Londres ? Voyez-vous, dit Horace en manière d'excuse, nous avons l'impression que nous aimerions un peu sortir de nous-mêmes pour le moment.

Lord Ickenham lui caressa l'épaule.

— Mon cher, c'est ce que n'importe lequel de mes confrères ordonnerait. Connaissez-vous par hasard un breuvage appelé « Reine de Mai ». Son nom complet est « Demain Sera Le Jour Le Plus Fou Et Le Plus Heureux, Car Je Vais Etre Reine De Mai, Ma Mère, Je Vais Etre Reine De Mai » un titre difficile généralement abrégé pour la commodité de la conversation. A la base il y a n'importe quel bon champagne sec auquel on ajoute du cognac, de l'armagnac, du Kummel, de la chartreuse jaune et une pinte de vieille bière forte. Il y a un bon moment que je n'y ai goûté moi-même, mais je peux le recommander pour dissiper le plus noir cafard... Ah ! ajouta Lord Ickenham tandis que le bruit sourd d'un gong montait de l'étage au-dessous : « Le dîner ! ». Descendons, il ne faut pas être en retard le premier soir où l'on est dans une maison. Cela fait une impression déplorable.

CHAPITRE XI

Il avait été dans l'intention de Lord Ickenham d'entraîner son neveu Pongo, aussitôt après dîner, pour le réconforter de quelques paroles bien senties. Mais une longue conférence avec son hôtesse le retint au salon, et ce fut seulement après que le cas du duc eût été envisagé entre eux, dans son ensemble, qu'il fut en mesure de se libérer. Il trouva le jeune homme dans le billard, se livrant à des carambolages solitaires.

L'attitude de Pongo pendant le dîner avait été de celles propres à inquiéter un oncle et co-conspirateur. Salomon dans toute sa gloire, paré pour le banquet, n'aurait pu le surpasser en splendeur, mais il aurait pu sans aucun doute paraître plus gai. La cravate de Pongo était parfaite, ses chaussettes bien tirées et le pli de son pantalon était une fête pour les yeux, mais sa ressemblance avec un renard poursuivi par une meute de chiens courants et la meilleure société anglaise, cette ressemblance qui avait été frappante toute la journée, n'avait fait que s'accentuer.

Ce fut en conséquence une note d'optimisme et de gaîté que Lord Ickenham se mit en devoir de frapper.

Cette ruine qu'il avait devant lui avait indiscutablement grand besoin de tout le réconfort et de tout l'optimisme possibles.

— Eh bien ! Mon petit rayon de soleil, dit-il, je vois à ton air que tu trouves que tout va comme sur des roulettes. J'ai appris que tu avais roulé Horace complètement.

La physionomie de Pongo s'éclaira fugitivement, comme celle d'un vétéran d'Azincourt à la mention du nom de Crispian.

— Oui j'ai eu le vieil Horace, c'est certain.

— Sans aucun doute. Tu parais t'être conduit avec un sang-froid admirable ; je suis fier de toi.

— Mais à quoi tout ceci sert-il ? dit Pongo en retombant une fois de plus dans le pessimisme. Cela ne durera pas. Même un balot comme Horace, tout décontenancé qu'il est pour l'instant, finira par comprendre et découvrir le pot aux roses. Dès qu'il vous aura vu...

— Il m'a vu.

— Oh, mon Dieu ! Qu'est-il arrivé ?

— Nous avons eu une conversation prolongée et captivante. J'ai le plaisir d'être en mesure de t'annoncer qu'il part immédiatement pour Bournemouth pour se faire éclaircir les méninges, en ne s'arrêtant pas davantage à Londres qu'un papillon sur une fleur.

Pongo écouta attentivement ce résumé des derniers événements et exprima une sorte de satisfaction bourrue.

— Bon c'est quelque chose, reconnut-il. Eloigner Horace c'est mieux que rien.

Lord Ickenham fut peiné par le ton de la phrase.

— Tu parais encore de mauvaise humeur, dit-il avec reproche. J'avais pensé que mon récit t'aurait fait danser de joie en battant tes petites mains. Est-il possible que tu estimes toujours que Lady Constance soit une cause d'anxiété ?

— Et ce Baxter ?

Lord Ickenham eut un geste de dédain à l'égard de son hôtesse et du secrétaire à lunettes.

— Pourquoi te préoccupes-tu de Connie et de Baxter? Un gorille pourrait les rouler tous les deux. Qu'est-ce qu'elle t'a fait ?

— Elle ne m'a rien fait de précis. Elle a été très gentille au contraire ; mais son attitude ne m'a pas trompé. C'est la sorte de femme qui vous fait comprendre que, quelle que soit la douceur de ses manières, elle n'en a pas moins au fond du cœur une vipère prête à mordre.

Lord Ickenham eut un geste d'assentiment.

— Je sais ce que tu veux dire. J'ai remarqué les mêmes caractéristiques chez les volcans et chez ma première institutrice. Il y a quelques années évidemment que j'en suis délivré, mais je me souviens d'elle comme si c'était hier. Elle avait une figure douce et placide, la voix roucoulante, mais elle conservait toujours par devers elle, comme le thème principal d'un morceau de musique, la menace sous-entendue d'un bon coup de règle sur les jointures !

— Qu'est-ce que Baxter t'a chanté ?

— Il m'a fait subir un interrogatoire en règle sur mes méthodes de travail.

— Ce devait être assez drôle de voir les deux gratte-papiers ensemble parler boutique ! Je l'avais prévu d'ailleurs.

— Dans ce cas j'eusse aimé que vous me prévinssiez. Ce type-là m'a donné la chair de poule.

— Il t'a paru sinistre, n'est-ce pas ? J'ai eu la même impression. Notre conversation sur le quai de la gare ne m'a d'ailleurs pas laissé l'esprit libre à l'égard de ce jeune homme.

— J'ai cru déceler dans son attitude, lors de mes explications au sujet de ce pauvre garçon du train qui se prenait pour Sir Roderick Glossop, une certaine sécheresse, un subtil je-ne-sais-quoi qui indiquait non seulement l'absence de sang normand de notre ami Bosham, mais ce manque de foi simple que le poète place encore au-dessus. Si tu veux mon avis, mon cher Pongo, Baxter nous soupçonne.

— Alors je vais rapidement me tirer d'ici !

— Impossible. As-tu oublié que Polly doit fasciner le duc et serait perdue sans ta présence à ses côtés pour la soutenir et l'encourager ? Où donc est passée ta chevalerie ? Tu aurais eu bonne mine à la Table Ronde du Roi Arthur.

Il avait touché la corde sensible. Pongo reconnut qu'il y avait quelque chose de juste dans cette manière de voir. Lord Ickenham ajouta qu'il avait toujours été persuadé que Pongo arriverait à cette conclusion dès qu'il aurait réfléchi sérieusement à la question.

— Oui, dit-il, le vin est tiré, nous ne pouvons remettre l'épée au fourreau. D'autre part j'ai besoin de toi pour enlever le cochon. Mais j'oubliais. Tu ne connais pas encore ce côté de tes activités. Emsworth a un cochon. Le duc le veut. Emsworth accepterait bien la lutte, mais il n'ose pas en raison de ce trait du caractère du duc, qui le conduit, si on le défie, à tout saccager avec un tisonnier. De sorte que, selon mes conseils, il a recours à la défense élastique. Je lui ai promis que nous enlèverions l'animal de son toit pour l'emporter à travers la campagne dans un lieu où il pourrait demeurer en sécurité jusqu'à ce que tout péril soit écarté.

Il n'arrivait pas souvent à Pongo de déranger l'ordonnance de sa chevelure après qu'il se fut coiffé pour la soirée, mais il ne put s'en empêcher cette fois. Son émotion fut telle qu'il plongea les deux mains dans ses impeccables ondulations.

— Eh ben !

— Je t'ai déjà demandé de ne pas dire Eh ben ! comme cela, mon garçon.

— Alors, c'est votre dernière, n'est-ce pas ? Je suis destiné à devenir le chauffeur d'un damné cochon, n'est-ce pas ?

— Un raccourci saisissant de la situation. Flaubert n'aurait pas pu faire mieux.

— Je refuse absolument et catégoriquement à être mêlé en quoi que ce soit à ce plan saugrenu.

— C'est ton dernier mot ?

— Exactement.

— Je vois. Eh bien, c'est dommage, car Emsworth t'aurait, sans aucun doute, remercié en grand seigneur. Noblesse oblige. Il est cousu d'or et ce cochon est le délice de ses yeux. Un sac d'or aurait bien fait ton affaire pour l'instant, n'est-ce pas ?

Pongo sursauta. Il n'avait pas considéré la chose sous cet angle.

— Oh ! Je n'avais pas pensé à cela.

— Commence maintenant à y réfléchir. Et, pendant ce temps, laisse-moi te montrer comment on joue au billard. Regarde ce coup.

Il avait commencé à se pencher sur la table, son œil vif fixé sur la boule à caramboler, quand il tourna la tête. La porte s'était ouverte et il sentait comme un rayon de mort flotter sur sa personne. Baxter était là, le regardant à travers ses lunettes.

Quand le vigilant Baxter regardait ainsi les gens, froidement et silencieusement, à travers ses lunettes, la plupart d'entre eux se sentaient brusquement mal à leur aise, éprouvant le besoin de tourner leur chapeau entre leurs doigts : ils connaissaient alors le vertige de la mauvaise conscience. Même ceux qui se savaient sans reproche ne pouvaient s'empêcher de frissonner. Lord Ickenham resta cependant impassible.

— Ah mon cher Baxter ! Vous vouliez me voir ?

— Je serais heureux si vous vouliez bien m'accorder un moment d'entretien.

— Vous avez quelque chose à me dire ?

— Oui, si vous n'y voyez pas d'inconvénient.

— Vous ne venez pas pour une consultation, je pense? Nous n'avons pas souffert d'hallucinations.

— Je n'ai jamais souffert d'hallucinations.

— Non, je pense bien que non. Bon, entrez donc. Laisse-nous, Basile.

— Il peut rester, dit Baxter, d'un ton glacial, ce que j'ai à dire l'intéresse également.

Il sembla à Pongo, tandis qu'il se réfugiait dans le coin le plus retiré de la salle et qu'il glissait un doigt entre son col et sa pomme d'Adam, que s'il devait jamais entendre la voix des Parques inexorables, cet instant était arrivé.

Il y avait, lui semblait-il, quelque chose de si menaçant dans les manières du secrétaire, qu'il s'émerveillait de l'impassibilité de son oncle. Lord Ickenham ayant violemment lancé les boules rouges et blanches à travers la table, se préparait à tenter un coup de maître.

— Belle soirée, dit-il.

— Très. J'espère que vous avez fait une bonne promenade ?

— C'est trop peu dire, dit Lord Ickenham en réussissant un adroit carambolage, énivrante serait le terme exact. L'air pur, la majesté du décor, le vieil instinct bohémien : l'appel de la grand'route, et la conversation du duc, je ne sais pas si j'ai jamais fait meilleure promenade de ma vie. Au fait le duc m'a raconté qu'il y avait eu une petite discussion lors de votre arrivée. Il m'a dit qu'il vous avait flanqué à la porte parce qu'Horace Davenport lui avait rapporté qu'il vous avait rencontré au bal à Londres.

— C'est exact.

— Tout est arrangé maintenant, j'espère ?

— Tout à fait. Il s'est aperçu qu'il avait été mal informé et s'est excusé. Je reste à son service.

— J'en suis enchanté. Il eût été dommage de perdre une position comme celle-là. Un homme peut tirer des quantités d'avantages à être secrétaire d'un duc. Cela vaut pratiquement autant que d'être le duc lui-même. Je crains bien que Basile ne soit pas qualifié pour de telles ambitions. Un secrétaire très quelconque, Basile !

— Un secrétaire très étrange, oserais-je dire.

— Etrange ? A quel point de vue ? Pour parler comme le fiancé d'Antigoa, faites-vous allusion à ses gestes ou à son apparence physique ?

— Il semble ignorer les rudiments élémentaires de son métier.

— Oui, je crains que le pauvre Basile ne paraisse en quelque sorte un amateur à un homme comme vous. Il n'a pas votre grande expérience. Vous avez été autrefois le secrétaire de Lord Emsworth, n'est-ce pas ?

— Je l'ai été.

Un flot de sang colora les joues basanées de Rupert Baxter. Il avait été plusieurs fois le secrétaire de Lord

Emsworth et chaque fois son patron, à la faveur des circonstances, avait réussi à le mettre à la porte. Il n'aimait pas qu'on lui rappelle ces failles dans une belle carrière.

— Et auparavant ?

— J'étais chez Sir Ralph Dillingworth, un baronnet du Yorkshire.

— Vous avez eu un avancement magnifique, remarqua Lord Ickenham avec admiration. Commençant au bas de l'échelle, pourrait-on presque dire, avec un humble baronnet, vous sautez à un comte souverain et, de là, à un duc. Cela inspire confiance en vous.

— Merci.

— De rien. Je crois que j'ai entendu parler de Dillingworth. Un drôle de type, n'est-ce pas ?

— Tout à fait.

— Il y a une histoire à son propos selon laquelle il aurait chassé les souris dans son salon avec un fusil à éléphants.

— C'est exact.

— C'est triste pour la famille, et pour les souris aussi naturellement.

— Extrêmement.

— On aurait dû m'appeler.

— C'est ce qu'on a fait.

— Pardon ?

— J'ai dit qu'on l'avait fait.

— Je ne m'en souviens pas.

— Cela ne m'étonne pas.

Rupert Baxter était appuyé au dossier de sa chaise, tapotant les unes contre les autres les extrémités de ses doigts. Il semblait à Pongo qui, livide, l'observait de loin, que s'il avait eu une physionomie différente et n'avait pas porté de lunettes, il aurait ressemblé à Sherlock Holmes.

— C'est une malchance pour vous que j'aie rencontré le véritable Sir Roderick. Quand je l'ai vu dans le train, il m'avait naturellement oublié mais je l'ai reconnu aussitôt. Il a très peu changé.

Lord Ickenham fronça les sourcils.

— Voudriez-vous insinuer que je ne suis pas Sir Roderick Glossop ?

— Exactement.

— Je vois. Vous m'accusez d'avoir usurpé l'identité d'un autre, n'est-ce pas et d'abuser de l'hospitalité de Lady Constance en pénétrant chez elle sous un faux nom. Vous affirmez délibérément que je suis un menteur et un imposteur ?

— Exactement.

— Eh bien vous avez raison, mon cher, tout à fait raison, reconnut Lord Ickenham.

Rupert Baxter continua à tapoter le bout de ses doigts tandis qu'un véritable incendie se développait derrière ses lunettes. Il éprouvait cependant une certaine impression d'impuissance. Un traître démasqué, à son avis, aurait dû prendre la chose plus au tragique que cet homme ne semblait le faire. Lord Ickenham se regardait maintenant dans la glace et jouait avec ses moustaches. Il avait peut-être l'impression que les bases du monde s'étaient écroulées sous lui, mais il ne le montrait pas.

— Je ne sais pas qui vous êtes.

— Appelez-moi Oncle Fred.

— Je ne vous appellerai pas Oncle Fred ! affirma avec force Rupert Baxter.

Il reprit sa maîtrise de soi après un regard à Pongo.

Là, au moins, il y avait un traître démasqué qui ressemblait à un traître démasqué.

— Eh bien ! reprit-il en retrouvant son calme, voilà le danger quand on joue le rôle d'un autre. On risque de rencontrer quelqu'un à qui son apparence est familière.

— Banal, mais vrai. Comment préférez-vous mes moustaches ? Comme ceci ou comme cela ?

D'un geste impatient, Rupert Baxter sembla vouloir marquer qu'il était Némésis et non un arbitre pour un concours de beauté masculine.

— Peut-être cela vous intéresserait-il maintenant, ajouta-t-il, de consulter l'indicateur des chemins de fer ?

— Y-a-t-il un train ouvrier ? s'enquit Pongo, parlant pour la première fois.

— Je crois, dit Baxter, en lui jetant un regard froid. Mais vous préfèrerez probablement prendre celui de 8 h. 30 du matin.

Lord Ickenham sembla surpris.

— Vous parlez comme si vous aviez l'impression que nous allions partir.

— C'est exactement mon impression.

— Vous n'allez pas garder notre petit secret, alors ?

— J'ai l'intention de vous démasquer sur l'heure.

— Même si je vous promets que nous ne sommes pas venus pour voler les petites cuillères, mais pour aider deux âmes sœurs ?

— Vos raisons ne m'intéressent pas.

— Je sais. Vous êtes dur, Baxter.

— Je fais mon devoir.

— Pas toujours, n'est-ce pas ? Si on parlait de cette petite bombe à Londres ?

— Je ne vous comprends pas.

— Ainsi vous ne voulez pas avouer ? Cependant vous savez bien que vous avez été à ce bal de l'Albert Hall. Horace Davenport vous y a vu.

— Horace : Pff !

— Oui. J'admets que les dires d'Horace ne puissent constituer une preuve pour l'instant ; mais pour quelle raison, Baxter ? Parce que le duc, croyant l'avoir vu deux fois se méprendre ce soir, suppose qu'il a dû également commettre une méprise en vous voyant au bal. Il pense que son jeune parent souffre d'hallucinations. Mais, si vous me dénoncez, ma fille et mon neveu témoigneront qu'ils sont réellement ceux qu'il a reconnus ; le duc verra clairement qu'Horace n'éprouve aucun trouble psychique et que, quand il dit vous avoir vu au bal, il vous a réellement vu au bal. Que ferez-vous alors ?

Il s'arrêta; à l'arrière-plan, Pongo se sentit revivre comme une fleur dans l'eau. Pendant cet exposé lumineux de la situation, une lueur d'admiration et de vénération, qui n'y était pas toujours quand il regardait son oncle, était apparu dans ses yeux.

— Nom d'un petit bonhomme, dit-il avec respect, Echec et mat.

— Je le pense aussi.

La mâchoire de Rupert Baxter était une de ces mâchoires fortes et carrées qui ne tombent pas facilement, mais elle trembla visiblement comme si ses muscles d'acier étaient sur le point de lâcher et, bien qu'il parvînt à la raccrocher, une expression d'épouvante passa derrière ses lunettes.

— Cela n'a rien à voir...

— Rien à voir ? Baxter. Cela s'enchaîne comme la nuit au jour.

— Je nierai...

— Pourquoi faire ? Je ne connais pas le duc depuis longtemps, mais je l'ai assez observé pour reconnaître en lui une de ces âmes têtues et tenaces, épines dorsales de l'Angleterre, qui ne sont pas prêtes à abandonner sur de simples dénégations ce qu'elles se sont mis dans la tête. Non, si vous ne voulez pas compromettre la cordialité de vos relations avec votre patron, vous devriez réfléchir, Baxter.

— Indiscutablement, dit Pongo.

— Je vais réfléchir.

— Bonne idée !

— Vous comprendrez que nous nous maintenons ou tombons ensemble. Vous ne pouvez pas nous démasquer sans vous démasquer vous-même. Mais alors que nous n'aurons à souffrir que de l'ennui passager d'être jeté dehors par des domestiques vigoureux, vous perdrez votre situation et devrez retomber dans la promiscuité des baronnets. Et même, ajouta Lord Ickenham, qui sait si, cette fois, ce sera un baronnet ? Il se peut que ce ne soit qu'un rustre chevalier.

Il posa une main compatissante sur le bras du secrétaire et le conduisit vers la porte.

— Je crois réellement mon cher, dit-il, que nous ferions mieux de pratiquer une politique de mutuelle tolérance. Que notre devise soit celle du grand roi Pausole : « Ne nuis pas à ton voisin ». C'est la seule façon de traverser la vie sans ennuis.

Il ferma la porte. Pongo poussa un profond soupir.

— Oncle Fred, dit-il, il y a des moments dans la vie, je le reconnais, où je vous ai regardé avec inquiétude.

— Tu veux parler de Valley Field ?

— Je pensais plutôt à notre journée aux Courses de Lévriers.

— Ah oui ! Il y a eu une fausse manœuvre cette fois-là.

— Mais aujourd'hui vous m'avez sauvé la vie.

— Mon cher enfant, tu me rends confus. Ce n'est rien du tout. C'est le but de ma vie d'essayer de répandre autour de moi la lumière et la douceur.

— Je n'hésite pas à déclarer hautement que ce type-là a été possédé de la belle manière.

— Possédé comme peu de secrétaires l'ont jamais été. Nous pouvons, j'imagine, le considérer comme neutralisé, mais maintenant, mon garçon, excuse-moi. Il faut que je te laisse. J'ai promis au duc d'aller bavarder avec lui vers dix heures.

CHAPITRE XII

En estimant que cette petite conversation à cœur ouvert amènerait Rupert Buxter à abandonner son projet de dénonciation publique, Lord Ickenham avait eu raison. Pourtant en supposant qu'elle neutraliserait l'homme aux lunettes de métal, il se trompait. Baxter restait toujours en ligne. A Blandings Castle il avait une alliée fidèle et sur laquelle il pouvait toujours compter ; c'est dans son boudoir qu'il se réfugia après avoir quitté le billard.

— Puis-je vous parler un instant, Lady Constance ?

— Certainement, M. Baxter.

— Je vous remercie, dit le secrétaire en s'asseyant.

Il trouvait Lady Constance dans d'excellentes dispositions d'esprit. Tout en prenant le café au salon, elle avait eu une conversation avec Sir Roderick Glossop et avait constaté avec plaisir que les impressions de l'éminent psychiâtre concernant le duc concordaient absolument avec les siennes. Il était d'avis qu'il fallait agir immédiatement, mais l'avait assurée qu'il suffirait d'un traitement bénin pour rendre à Sa Grâce un équilibre parfait.

Au point qu'ensuite, affirmait-il, si l'on mettait un œuf entre ses mains, il ne saurait pas quoi en faire.

Elle se souvenait de quelques-unes de ses affirmations les plus rassurantes et se répétait combien cet homme de science était charmant quand Baxter entra.

En quelques minutes celui-ci, qui n'était pas homme à s'embarrasser de circonlocutions, détruisit la paix de son âme, tout comme si celle-ci avait été un salon et lui, un vieil ami armé d'un tisonnier dévastateur.

— M. Baxter ! s'écria-t-elle.

Quiconque, lui aurait raconté cette histoire invraisemblable, n'aurait trouvé en face de lui que des sourcils froncés et un regard glacial, mais elle avait dans le secrétaire du duc une foi d'enfant. La puissance de son caractère, bien qu'elle eût elle-même une très forte personnalité, la dominait entièrement.

— M. Bax...ter !

Le secrétaire s'attendait à cette réaction de la part de son interlocutrice. Elle correspondait à ce que que l'on appelle dans le monde du cinéma « le cri du cœur », et il pensait qu'en l'occurence, il était inévitable. Il attendait en silence qu'il se fût exprimé.

— Etes-vous sûr ?

Un éclair derrière les lunettes cerclées de métal lui rappela que Rupert Baxter n'était pas homme à avancer des informations non contrôlées.

— Il a tout avoué.

— Mais c'est un homme tellement charmant.

— Naturellement. Le charme est la qualité essentielle des gens de cette espèce.

L'esprit de Lady Constance commençait à s'adapter à la situation. Après tout, réfléchit-elle, ce n'était pas la première fois que des imposteurs s'introduisaient à Blandings Castle. La danseuse de son neveu Ronald, entre autres, était arrivée déguisée en héritière américaine. Et ce n'était pas un fait unique. En vérité dans un moment de dépression elle aurait pu se laisser aller à énoncer l'opinion pessimiste que la majorité de ses hôtes étaient des imposteurs. Quelque chose à Blandings Castle paraissait attirer les imposteurs comme le sucre attire les mouches.

— Vous dites qu'il a avoué ?

— Il n'avait pas le choix.

— Alors je pense qu'il a quitté la maison ?

Il y eut dans l'attitude de Rupert Baxter une nuance d'embarras. Ses lunettes semblèrent vaciller.

— Eh bien non ! reconnut-il.

— Non ? s'écria Lady Constance suffoquée. Les imposteurs étaient d'une essence plus ferme qu'elle n'aurait supposé.

— Une difficulté a surgi.

Il n'est jamais agréable pour un homme fier de confesser que des escrocs l'ont mis dans leur poche et rien dans l'attitude de Rupert Baxter ne décelait la satisfaction tandis qu'il relatait les événements. Pourtant, si dur que cela fût pour lui, il ne laissa rien dans l'ombre.

— Agir ouvertement est impossible. Cela me ferait perdre ma situation, et celle-ci est capitale pour moi. J'espère devenir l'homme de confiance du duc. Je crois que je puis compter sur vous pour ne rien faire qui brise ma carrière.

— Mais naturellement, se hâta d'assurer Lady Constance, qui pour un empire n'aurait pas voulu retarder fût-ce d'un instant, la montée de cet astre brillant. Elle n'en était pas moins hors d'elle-même.

— N'y a-t-il rien à faire ? Allons-nous laisser cet homme-là piller la maison tranquillement ?

Sur ce point, Rupert Baxter se crut en mesure de la rassurer.

— Il n'est pas venu pour voler. Il est venu pour faire épouser cette fille à Horace Davenport.

— Quoi ?

— C'est ce qu'il m'a dit implicitement. Quand je lui ai dit que je savais qu'il était un imposteur, il a déclaré qu'il ne venait pas pour les petites cuillères mais « pour aider deux âmes sœurs ». Je n'ai pas compris sur le moment, mais je me suis souvenu par la suite de quelque chose qui était resté dans mon subconscient depuis que j'ai rencontré ces gens à Paddington, j'avais vaguement dans l'idée que j'avais déjà vu cette jeune fille quelque part. Cela me revient maintenant. Elle était au bal avec Horace Davenport. Tout s'éclaire dans ce jeu. A Londres elle n'a probablement pas pu le déterminer à s'engager à fond aussi l'a-t-elle suivi ici dans l'espoir de créer une situation qui l'oblige à l'épouser.

Le caractère machiavélique du projet bouleversa Lady Constance.

— Mais que pouvons-nous faire ?

— Comme je vous l'ai expliqué, je ne peux rien moi-même. Mais si vous pouviez insinuer au duc que son neveu est en danger d'être poussé à un mariage désastreux certainement que...

— Mais il ne sait pas que c'est un mariage désastreux.

— Vous voulez dire qu'il la croit la fille de Sir Roderick Glossop, le psychiâtre ? Même dans ce cas le duc qui est très à cheval sur les distinctions entre les classes sociales pourrait ne pas voir favorablement la fille d'un aliéniste devenir la femme de son neveu ?

— Oh, certes ! s'écria Lady Constance avec enthousiasme. Je vois ce que vous voulez dire. Alaric est, et a toujours été, un parfait snob.

— Exactement ! reconnut Baxter, heureux de trouver cette compréhension. Je suis sûr que cela ne vous serait pas difficile de l'influencer, aussi vous laisserai-je ce soin.

La première impression de Lady Constance, une fois seule, fut celle d'un grand soulagement, que rien n'atténua pendant un instant. Comme toujours, Rupert Baxter semblait avoir tout aplani et trouvé, avec l'autorité de son esprit limpide, la solution du problème. Il n'avait pas son pareil, songea-t-elle une fois de plus.

Mais peu à peu, maintenant que le magnétisme de sa puissante personnalité n'était plus là pour s'exercer sur son esprit, elle commençait à se sentir envahie par une inquiétude de plus en plus aiguë.

La théorie de Rupert Baxter, selon laquelle les imposteurs installés à Blandings Castle n'avaient pas de mauvais desseins à l'égard des meubles et bibelots de prix du château, mais voulaient simplement faire revêtir à Horace Davenport une jaquette et un pantalon rayé pour le conduire à la sacristie, lui paraissait spécieuse et elle se trouvait de moins en moins disposée à y croire.

Lady Constance ne se figurait pas ainsi des imposteurs. Plus pratiques que romanesques ils devaient préférer le tintement cristallin des pierres précieuses aux carillons joyeux d'une cérémonie nuptiale. Peut-être ne tenaient-ils pas la marche nuptiale de Saint-Saëns dans un absolu mépris, mais, dans leur échelle des valeurs, elle devait faire piètre figure à côté d'une rivière de diamants.

Elle se dressa de sa chaise en proie à la plus vive agitation. Elle comprenait qu'il fallait agir, et agir vite. Même dans son angoisse, elle ne retint pas le projet d'aller retrouver Rupert Baxter et d'essayer de le convaincre. On ne discutait pas avec Rupert Baxter. Ce qu'il disait était dit, et il fallait s'en contenter. Son désir était d'attraper par un bouton quelqu'un dont la sérénité apaisante la soulagerait de ses inquiétudes ou lui suggérait quelque moyen de parer au désastre. Il se trouvait que Blandings Castle abritait en ce moment l'être le plus calme qui ait jamais crié « Taïaut » à une meute.

Dans l'espoir qu'il se révélât également apaisant, elle se précipita hors de la pièce à la recherche de son neveu Lord Bosham.

Rupert Baxter, pendant ce temps, éprouvant le besoin de respirer un peu d'air frais après l'effort cérébral auquel il avait été soumis, était allé se promener à la lueur des étoiles. Ses pieds vagabonds le menèrent à la porte de l'appartement donnant sur le jardin. Là, marchant de long en large, les sourcils froncés et les mains derrière le dos, il se laissa aller à rêver.

Rupert Baxter avait été peiné et blessé de devoir admettre devant Lady Constance que dans une situation qui réclamait si impérieusement une action décisive, il était dans l'impossibilité d'agir lui-même. De plus, la remarque de Pongo sur « échec et mat » était restée fichée dans son sein comme une flèche empoisonnée. Il n'avait pas l'habitude d'être fait « échec et mat » par la lie des bas-fonds. N'existait-il pas, se demandait-il, un moyen d'imposer la puissance de sa personnalité, quelle que soit la voie détournée qu'il dût employer ? Il se pencha attentivement sur le problème en utilisant au maximum la puissance de son cerveau.

Il arrive fréquemment que les grands cerveaux, quand

on les utilise au maximum, trouvent un soutien dans un accompagnement musical, ou, pour tout dire, il est fréquent que les grands penseurs sifflent tout en pensant. C'est ce que fit Rupert Baxter, qui choisit pour cela sa mélodie préférée : « Bonny, bonny banks of Loch Lomond ».

S'il avait été moins préoccupé il se serait aperçu que, vers la quatrième mesure, une certaine activité avait commencé à se manifester derrière la porte-fenêtre lorsqu'il passait. Elle s'ouvrit doucement et une tête à moustaches blanches se glissa furtivement dehors. Mais, absorbé dans ses pensées, il ne la remarqua pas. Il atteignit l'extrémité de la pelouse, enfonça un talon dans l'antique gazon et exécuta un demi-tour complet. Reprenant sa marche mesurée dans l'autre sens, il s'approcha de nouveau de la fenêtre.

Cette fois, il chantait. Il avait une jolie voix de ténor.

You take the high road
And I'll take the low road
And I'll be in Scotland afore ye
For I and my true love
Will never meet again ! (1)

La lueur des étoiles brilla sur une figure à moustaches blanches.

On the bonny, bonny banks of Loch Lo...

---

(1) Vous prenez la route du haut
et moi la route du bas
et je serai en Ecosse avant vous
car mon grand amour et moi
nous ne nous rencontrerons plus jamais.

Quelque chose siffla dans l'air nocturne, s'écrasa sur la joue de Rupert Baxter et s'étala en masse gluante... En même temps un cri soudain et aigu, arraché par la souffrance à un homme fort, s'échappa de la chambre donnant sur le jardin.

***

Il s'était peut être écoulé une demi-heure depuis son départ lorsque Lord Ickenham revint dans la salle de billard. Il y retrouva Pongo, mais ce dernier n'était plus seul. Il avait été rejoint par Lord Bosham qui avait suggéré de faire cent points et Lord Ickenham arriva vers la fin de la partie tandis que Pongo, réconforté par les récents événements, accomplissait des prodiges, usant de la queue de billard avec une virtuosité exceptionnelle. Il prit un siège et, par respect pour la compétition sportive en cours, il attendit en silence la fin des hostilités.

Lord Bosham remit sa veste.

— Vous jouez joliment bien, Monsieur, reconnut-il, en bon joueur. Une belle partie. J'ai passé un bien agréable moment. Il s'arrêta et regarda Lord Ickenham d'un œil interrogateur. Ce dernier faisait claquer sa langue et secouait la tête d'un air désapprobateur.

— Eh ? interrogea Bosham.

— C'est simplement l'ironie des choses qui m'a frappé, expliqua Lord Ickenham. Une tragédie se déroule dans la maison. On a appelé des médecins au téléphone, préparé des chambres de malades et des compresses fraîches, et vous deux, jeunes gens, jouez au billard avec insouciance. Il n'y a qu'un exemple semblable dans l'histoire, celui de Néron jouant du luth pendant l'incendie de Rome.

— Eh ? répéta Lord Bosham, ajoutant cette fois un « quoi ? » interrogateur pour donner plus de poids à sa question. Il le trouvait sybillin.

— Il y a quelqu'un de malade ? demanda Pongo. Pas Baxter par hasard ? poursuivit-il avec une nuance d'espoir dans la voix.

— Je n'oserais pas affirmer que Baxter soit malade pour l'instant, dit Lord Ickenham, bien que très certainement il soit meurtri jusqu'au fond de l'âme. Il a reçu un œuf sur la pommette gauche. L'eau et le savon ont dû arranger cela. Le cas du duc est beaucoup plus sérieux. C'est lui qui a lancé l'œuf et surestimant la souplesse de ce qui est connu en Amérique sous le nom d' « os à soupe », il s'est démis l'épaule. Je l'ai laissé en train de boire de l'eau de mélisse, le bras en écharpe.

— Eh bien ! s'écria Lord Bosham, c'est bien ennuyeux pour ce pauvre duc.

— Oui, il ne semblait pas trop content.

— Cependant, rétorqua Pongo, faisant ressortir le bon côté de la situation, il n'a pas manqué Baxter ?

— Oh ! il a fait mouche. Je dois reconnaître que mon respect pour le duc s'est considérablement accru après cette démonstration d'adresse. Il y a vraiment quelque chose d'incomparable dans notre vieille aristocratie.

Un détail éveillait la curiosité de Lord Bosham. Il avait l'esprit plutôt lent mais il avait aussi le don de dégager l'essentiel d'une question.

— Pourquoi le vieux Dunstable a-t-il lancé un œuf à Baxter ?

— J'avais deviné que cela vous intéresserait. Les événements ont marché jusqu'au dénoûment avec l'inexorabilité d'une tragédie grecque. Il semble qu'un des jardiniers de Blandings Castle ait eu une prédilection pour « Bonny, bonny banks of Loch Lomond » et l'ait sifflé et chanté aux fenêtres du duc, au point que ce dernier l'ait guetté depuis quelque temps avec un panier d'œufs. Ce soir, pour des raisons que j'ignore, Baxter prit sa succession. Le duc et moi nous trouvions dans sa chambre, parlant de choses et d'autres, quand brusquement le pauvre secrétaire entonna cet air, et le duc, plongeant dans une commode avec la promptitude d'un phoque, en émergea les mains pleines et commença à exprimer son indignation avec des œufs. J'aurais dû dire qu'il détestait particulièrement cette chanson. Je crois que la délicatesse de son oreille est blessée par la rime un peu osée de « Loch Lomond » et d' « afore ye ». Cependant, si j'avais réfléchi, je l'aurais mis en garde. On ne peut pas lancer des œufs à cet âge, sans... !

Ces remarques furent interrompues par l'ouverture de la porte qui laissa passer Lady Constance. Le soupir de soulagement qu'elle poussa en voyant Lord Bosham fut coupé net quand elle vit en quelle triste compagnie il se trouvait.

— Oh ! dit-elle, en jetant sur ses immondes interlocuteurs un regard de dégoût à peine voilé.

Pongo, qui avait essuyé le choc direct de ses yeux, frissonna comme un œuf en gelée et s'écroula contre le billard.

Lord Ickenham, comme d'habitude, resta suave et jovial :

— Eh, Lady Constance. Je viens juste de raconter à ces jeunes gens le malheureux accident du duc.

— Oui, dit Lord Bosham, il paraît que le vieux singe s'est démoli une nageoire.

— Il s'est luxé douloureusement l'épaule, confirma Lady Constance avec un choix plus heureux dans les termes. As-tu fini ta partie, Bosham ? Je voudrais te parler.

Elle emmena son neveu, et Lord Ickenham la suivit d'un regard pensif.

— Etrange, dit-il. Il est certain que ses manières étaient froides. As-tu remarqué la froideur de ses manières, Pongo ?

— Je ne sais pas si ses manières étaient froides, mais ses yeux étaient plutôt chauds, dit Pongo encore tout frissonnant.

— L'œil brûlant, les manières glaciales... Cela doit signifier quelque chose. Baxter aurait-il vendu la mèche en définitive ? Mais non, il n'oserait pas. Je pense qu'il s'agit de la réaction naturelle d'une hôtesse qui voit un de ses invités se disloquer. Chassons-la de nos pensées car nous avons mille autres sujets de conversation. D'abord, ce plan de rapt du cochon est abandonné.

— Hein ?

— Tu te rappelles que je te l'ai expliqué ? Pour commencer tu conduisais le cochon d'Emsworth à Eckenham et pour finir Emsworth te pressait avec gratitude des bourses d'or dans la main, mais j'ai peur que tout cela n'arrive pas. Le moyen de pression du duc sur Emsworth, tu te souviens, reposait sur le fait que si ce dernier n'obéissait pas à son plus léger désir, il saccagerait la maison avec un tisonnier. Cet accident, naturellement, l'a rendu incapable pour quelque temps d'utiliser dangereusement un tisonnier et Emsworth, saisissant l'occasion par les cheveux en grand stratège, lui a notifié qu'il n'aurait pas le cochon, de sorte qu'il ne désire plus le faire enlever.

Pongo avait écouté cet exposé avec des sentiments mêlés. Dans l'ensemble le soulagement dominait. Une bourse d'or aurait indiscutablement été la bienvenue, mais plutôt y renoncer, pensait-il, que passer une seule abominable minute en voiture, avec un cochon.

— Eh bien ! dit-il, après réflexion, une bourse n'aurait pas été malvenue mais je ne sais pas si je la regrette.

— Tu le pourrais.

— Que voulez-vous dire ?

— Une nouvelle difficulté est survenue, qui va compliquer un peu notre tâche et nous laisser peu de loisirs pour trouver des fonds.

— Oh mon Dieu ! Qu'est-ce qui accroche encore ?

— Je ne dis pas à proprement parler que quelque chose accroche. Il s'agit simplement d'un obstacle supplémentaire et les obstacles sont les bienvenus. Ils stimulent et permettent de faire apparaître le meilleur de soi-même.

Pongo sautilla d'un pied sur l'autre.

— Ne pouvez-vous me dire ce qui est arrivé ?

— Je vais te le dire en un mot. Tu connais le ménestrel de Polly, le poète aux coups de poings ?

— Qu'est-ce qu'il a fait, celui-là ?

— Il sera prochainement parmi nous.

— Quoi ?

— Oui, il entre en scène. Quand nous avons été seuls tous les deux, après que le tumulte et les cris se fussent apaisés et que les capitaines et les rois (Je fais allusion à Emsworth, à Connie et au docteur) se furent retirés, le duc m'a confié qu'il allait montrer à Emsworth de quel bois il se chauffait. Ce cochon, dit-il, lui a bel et bien été promis et si Emsworth croit qu'il peut le traiter ainsi il se trompe joliment. Il veut enlever le cochon et il a mandé Ricky Gilpin pour qu'il le fasse. En ma présence il a dicté un long télégramme au jeune homme, réclamant sa présence immédiate.

— Mais si Ricky vient ici et rencontre Miss Pott nous serons faits. On ne peut rouler comme Horace un type aussi têtu.

— Non. C'est ce que j'appelle un obstacle. Cependant il ne viendra pas habiter le château. Les instructions du duc lui enjoignant de prendre une chambre aux « Armes d'Emsworth » il se peut qu'il ne rencontre pas Polly.

— Chance bien maigre !

— Squelettique, je l'admets. Cependant, il faut faire contre mauvaise fortune bon cœur. Prends ton courage à deux mains, mon cher Pongo. Carre les épaules et bombe le torse. Chante comme les petits oiseaux « touit-touit, touit-touit ».

— Si cela vous intéresse, je ne vous cacherai pas que mon intention est d'aller me coucher.

— Vas-y et dors bien.

— Dormir !

— Tu crois que tu auras quelques difficultés à trouver le sommeil ? Compte des moutons.

— Compter les moutons ! Peuh ! Je compterai plutôt des dizaines de Baxter, de Lady Constances et d'oncles piqués ! s'écria Pongo en sortant.

Lord Ickenham saisit une queue et donna à la boule blanche une poussée songeuse. Il était un peu perplexe. Il comprenait l'allusion à Baxter et à Lady Constance, c'était celle aux oncles piqués qui le surprenait.

***

Lady Constance avait un don de conteuse. Elle avait une manière de raconter une histoire qui laissait son auditoire pleinement conscient de ce qu'elle avait dit, même si celui-ci se composait d'un neveu à qui il aurait fallu expliquer l'almanach Vermot. Après un premier mouvement de surprise, Lord Bosham la suivait comme un chien de chasse. Longtemps avant qu'elle eût fini de parler, il avait deviné que Blandings Castle était infesté d'imposteurs, non de souris.

Ses premiers mots en firent foi.

— Oh ! Oh ! dit-il, des imposteurs !

— Des imposteurs ! souligna Lady Constance, mettant les points sur les i.

— Eh bien ! Eh bien ! ponctua Lord Bosham, prouvant ainsi, une fois de plus, qu'il était conscient de la gravité de la situation.

Un silence suivit. Son front plissé et son regard fixe dans son visage rose montraient clairement que Lord Bosham pensait.

— Alors, nom d'un chien ! dit-il, ce type est le type après tout. J'ai pensé un moment, expliqua-t-il, que ce ne pouvait pas être le type, mais d'après ce que vous me dites, il est clair que ce doit être le type. Le type en chair et en os, saperlipopette, maintenant j'en suis sûr !

Il était rare que Lady Constance fût disposée à supporter des propos de ce genre et ce soir, après la tension nerveuse à laquelle elle avait été soumise, elle était moins bien disposée que jamais.

— Qu'est-ce que tu racontes, George ?

— Ce type, dit Lord Bosham, voyant qu'il ne s'était pas bien fait comprendre, il apparaît qu'après tout, c'est bien le type.

— Oh George ! Lady Constance s'arrêta un instant. Ce qu'elle allait dire était dur mais elle sentit qu'elle le devait. Vraiment, il y a des moments où tu es exactement comme ton père !

— Mais le type du vol à l'esbroufe, voyons ! s'écria Lord Bosham, agacé par la lenteur de compréhension de sa tante. Sapristi, vous ne pouvez pas avoir oublié ce que je vous ai dit à propos de cet aimable vieillard qui a filé avec ma valise à Park Lane ?

Les beaux yeux de Lady Constance s'agrandirent.

— Tu ne veux pas dire... ?

— Mais bien sûr ! C'est exactement ce que je veux dire. Absolument. Quand je l'ai vu à la gare mon premier mouvement a été de me dire « Oh c'est le type ! » Puis je me suis dit « Non ! oh non ! ce n'est pas le type » parce que vous m'aviez dit que c'était un pontife dans le monde médical, mais maintenant que vous me dites que ce n'est pas un pontife dans le monde médical...

Lady Constance étreignit brusquement le bras du fauteuil.

— Ceci règle la question ! M. Baxter avait tort !

— Hein ?

— M. Baxter pense que ces gens sont venus pour essayer de pousser Horace Davenport à épouser cette fille. Je n'y crois pas, ils en ont à ma rivière de diamants. George, il faut agir immédiatement !

— Comment ? demanda Lord Bosham et pour la deuxième fois depuis le début de cette conférence, lady Constance fut frappée par l'identité entre le niveau mental du jeune homme et celui d'un frère qu'elle avait souvent eu envie de frapper avec un instrument contondant.

— Il n'y a qu'une chose à faire. Il faut...

— Mais sapristi, ne perdez-vous pas la boule ? Si

vous savez que ces types-là sont des bandits, pourquoi ne pas simplement appeler la police ?

— C'est impossible. Tu ne supposes pas un instant que je n'y aie pas pensé ? Cela ferait perdre à M. Baxter sa position chez Alaric.

— Hein ! Quoi ? Que ? Qui ? Pourquoi Rupert Baxter perdrait-il sa place ?

Expliquer la situation obligeait Lady Constance à gaspiller un temps précieux, mais elle s'exécuta.

— Oh ! Ah ! dit Lord Bosham éclairé. Oui, je vois, mais est-ce qu'il ne peut pas trouver une autre place ?

— Bien sûr qu'il le peut. Mais il a exprimé très énergiquement son désir de conserver sa situation, de sorte que ce que tu proposes est hors de question. Il faut...

— Je vais vous dire une bonne chose. Je n'ai pas l'intention d'être loin de mon fusil les jours prochains. C'est officiel.

Lady Constance frappa du pied. Ce n'est pas facile de le faire avec force pour une femme assise, mais elle réduisit pourtant au silence un neveu qui, dans son enfance avait été fréquemment fouetté par elle avec le dos d'une brosse. Lord Bosham qui aurait voulu parler davantage de son fusil qu'il aimait beaucoup, y renonça.

— Veux-tu, s'il te plaît, cesser de m'interrompre, George : Je dis qu'il n'y a qu'une seule chose à faire. Il faut un détective pour surveiller ces gens.

— Eh bien, évidemment ! Comme son frère cadet, Frédéric Threepwood, qui vendait en Amérique les biscuits de chien fabriqués par le père de sa charmante femme, Lord Bosham était un lecteur assidu de romans policiers, et tout ce qui concernait les détectives chez lui pinçait une corde sensible. Voilà la solution ! Et vous avez sous la main l'homme qu'il nous faut, n'est-ce pas ?

— Moi !

— N'y avait-il pas un détective ici l'été dernier ?

Lady Constance frissonna. Le visage de l'homme auquel il faisait allusion ne lui était pas sorti de l'esprit. Parfois elle pensait qu'il n'en sortirait jamais. De temps à autre, à la chute du jour, à l'heure où l'on se sent déprimé et disposé à devenir la proie de rêves étranges et morbides, elle avait l'impression qu'elle voyait encore sa moustache cirée.

— Tu veux dire Pilbeam ! s'écria-t-elle, je préférerais être ce soir assassinée dans mon lit que de revoir ce Pilbeam dans la maison. Ne connais-tu aucun détective ?

— Moi ? Non ! Pourquoi en connaitrais-je ? Nom d'un chien j'en connais un tout de même, s'écria Lord Bosham inspiré. Maintenant que j'y pense, naturellement que si. C'est le type d'Horace.

— Quel type d'Horace ?

Lord Bosham battit en retraite. Il s'apercevait tout à coup qu'il était sur le point de trahir une confidence. Horace, il s'en souvenait, en soulageant son âme au cours de leur voyage depuis Londres, en auto, l'avait adjuré de conserver le secret le plus strict au sujet de ses activités en tant qu'employeur de détectives privés.

— Enfin quand je dis que c'est le type d'Horace, naturellement, je ne sais pas ce que je dis. C'est un garçon dont Horace m'a parlé et qu'un de ses amis avait engagé pour faire une chose ou une autre.

— Est-ce qu'il l'a faite ?

— Oh ! oui il l'a faite.

— Il est compétent alors ?

— Oh, très compétent.

— Quel est son nom ?

— Pott, Claude Pott.

— Connais-tu son adresse ?

— Je pense qu'elle est dans l'annuaire du téléphone.

— Alors demande-lui de venir immédiatement.

— Parfait ! dit Lord Bosham.

CHAPITRE XIII

La décision du duc de mobiliser son neveu Ricky et d'ouvrir les hostilités aussitôt qu'il eût pris connaissance de l'ultimatum d'Emsworth au sujet de l'Impératrice de Blandings, n'était pas de celles susceptibles de surprendre quiconque connaissait les traditions militaires de son orgueilleuse famille.

C'était son propre père qui avait coupé deux fois le fil de fer barbelé séparant du terrain du golf le jardin de sa villa, dans le midi de la France.

Son grand-père, un jour qu'il déjeunait à son club, avait frotté le nez d'un des membres du comité avec une omelette jugée détestable. Les ducs de Dunstable avaient toujours été des hommes fiers et ombrageux, aussi prompts à ressentir des affronts qu'à en tirer une vengeance éclatante. Bref, ils étaient les derniers au monde à qui l'on pût retirer impunément un cochon.

Son épaule, grâce aux soins qui lui avaient été prodigués immédiatement, avait bientôt cessé de le faire souffrir. Le lendemain matin, au réveil, il ne ressentait rien de plus qu'une raideur désagréable. Mais son état moral ne correspondait pas à sa santé physique. Fort avant dans la nuit, il avait rêvé à l'esprit chicanier d'Emsworth, et cette nouvelle journée ne lui apportait aucun réconfort. Son amertume persistait, et, avec elle, la détermination farouche de combattre pour ses droits.

A l'heure du déjeuner, il reçut un télégramme de son neveu l'informant que ce dernier prenait le train de cinq heures ; le jour suivant, à dix heures du matin, après une nouvelle nuit blanche, il manda son secrétaire, Rupert Baxter, et lui ordonna de faire avancer une voiture du garage du château pour le conduire aux « Armes d'Emsworth ».

Il y arriva à dix heures trente exactement et un jeune homme trapu au visage couvert de tâches de rousseur et surmonté d'abondants cheveux rouges se rua au-devant de lui pour lui souhaiter la bienvenue.

Il n'y avait pas le moindre air de famille entre Horace Davenport et son cousin Alaric Gilpin. Tous deux tenaient leur apparence physique de leurs pères respectifs et celui de Ricky Gilpin avait été un homme de carrure peu commune, avec une poitrine de lutteur de foire. Il avait transmis cette poitrine à son fils avec suffisamment de muscles pour en faire deux fils. En voyant Ricky, on pouvait trouver surprenant qu'il écrivît des poèmes et on admettait facilement qu'il fût capable de chasser les marchands de Covent Garden.

Mais, tout en ayant conservé les apparences extérieures d'un jeune homme avec qui on ne saurait sans témérité s'aventurer dans un chemin sombre, Ricky Gilpin, en ce matin d'Avril, se sentait d'une grande mansuétude à l'égard de la création tout entière. Un enfant aurait pu jouer avec lui. Sous une apparence de cactus, il cachait un cœur d'artichaut.

Lorsque certains événements ont porté un jeune

homme à supposer que le cœur de la jeune fille de ses rêves s'était refroidi, rien ne lui inspire tant d'amour que d'apprendre des lèvres mêmes de celle-ci qu'il est l'homme de sa vie et que si elle a dansé avec un guerrier zoulou, celui-ci n'était que le bouche-trou d'une heure creuse. Polly Pott lui ayant affirmé, après la scène du bal costumé, qu'Horace Davenport était un facteur négligeable pour son cœur, Ricky avait été profondément ému. Et voilà que sur ces entrefaites il recevait un télégramme de son oncle.

Ce télégramme, estimait-il, ne pouvait signifier qu'une chose. Il allait avoir l'occasion d'obliger le duc, bref de le mettre dans une situation où il lui serait délicat de persister à refuser son assistance. Le soutien et la sympathie de son oncle à l'égard de ses projets de soupe à l'oignon évolueraient considérablement, sans aucun doute, quand il l'aurait tiré du mauvais pas qui avait motivé cet S.O.S.

C'était un Ricky Gilpin actif et optimiste qui avait pris la veille le train de 17 heures et c'était un Ricky Gilpin gai et animé qui se précipitait maintenant en tendant une main large et colorée comme un jambon de Bayonne. C'est alors seulement qu'il s'aperçut que le bras droit de son parent était en écharpe.

— Mon dieu, Oncle Alaric ! s'écria-t-il d'une voix tremblante d'émotion et d'inquiétude. Vous êtes-vous blessé ? Je suis désolé. Quel malheur ! Quel contretemps ! Comment cela est-il arrivé ?

Le duc aboya :

— Je me suis démis l'épaule en jetant un œuf à mon secrétaire.

Beaucoup de jeunes gens, à l'énoncé d'une telle information, auraient pu faire une gaffe. La diplomatie de

Ricky fut irréprochable. Il sut immédiatement démasquer le coupable.

— Que diable avait-il fait pour vous obliger à lui jeter un œuf ? demanda-t-il avec indignation. Cet homme doit être un âne. Vous devriez le mettre à la porte.

— C'est ce que je vais faire aussitôt après notre conversation. Je n'ai découvert que c'était lui le coupable que ce matin. Depuis que je suis ici, expliqua le duc, il y a un homme mystérieux qui, jour et nuit, siffle le « Bonny, bonny banks of Loch Lomond » sur la pelouse devant ma porte. Cette sale chanson me tape sur les nerfs.

— Elle est idiote.

— Je ne pouvais pas la supporter.

— Vous aviez tout à fait raison.

— J'ai demandé des œufs.

— Excellente idée !

— Pour les lui jeter.

— Naturellement.

— Avant-hier soir il est encore revenu avec « You take the high road » et la suite. Je me suis laissé aller. Et ce matin Connie vient me dire que je devrais avoir honte pour m'être ainsi conduit avec ce pauvre M. Baxter.

— Quelle idiotie ! Qui est cette imbécile ?

— La sœur d'Emsworth, de Lord Emsworth, le propriétaire de Blandings Castle où je me trouve actuellement. Elle est piquée, bien sûr !

— Elle doit l'être. Toute femme saine d'esprit aurait senti tout de suite que vous ne pouviez faire autrement. Il me semble, Oncle Alaric, dit Bicky avec chaleur, que vous êtes victime d'une campagne de persécution systématique et délibérée. Je ne suis pas surpris que vous m'ayez appelé. Qu'attendez-vous de moi ? Que je lance d'autres œufs sur ce Baxter ? Dites un mot et je commence immédiatement.

Si son bras n'avait pas été en écharpe, le duc aurait tapoté le dos de son neveu. Il se sentait bourrelé de remords pour l'avoir si mal jugé depuis des années. Ricky Gilpin pouvait avoir des défauts — on pouvait critiquer sa fâcheuse habitude d'écrire des poèmes — mais son cœur était pur.

— Non, dit-il, à partir de ce soir il n'y aura plus de Baxter à qui jeter des œufs. Je l'avais renvoyé il y a deux jours puis repris avec une stupide faiblesse, mais cette fois c'est fini. Je suis venu te parler de ce cochon.

— De quel cochon ?

— Celui d'Emsworth. Il s'agit encore d'un outrage !

Ricky suivait difficilement le fil du discours de son oncle.

— On a lancé le cochon sur vous ? demanda-t-il avec stupéfaction.

— Emsworth avait promis de me le donner.

— Oh, je vois !

— Rien d'écrit, évidemment, mais une parole de gentihomme, bien comprise de part et d'autre. Et maintenant, voilà qu'il ne veut plus.

— Quoi ! Ricky n'eût pas pensé que la nature humaine pût atteindre à tant de perfidie. Vous voulez dire qu'il veut revenir sur la parole donnée ? Cet homme doit être un gredin de la plus belle eau.

Le duc était maintenant sûr de s'être complètement trompé sur ce magnifique jeune homme.

— C'est ce que tu trouves, hein ?

— C'est ce que trouverait n'importe quel honnête homme.

— Exactement.

— En sorte que si je comprends bien, vous voulez que j'enlève ce cochon pour vous ? demanda Ricky.

Le duc resta bouche bée. Son admiration pour son neveu frisait maintenant la vénération. Il s'était attendu à de longues minutes d'explication. Ce n'est pas souvent, pensait-il, que l'on rencontre chez ces jeunes gens d'aujourd'hui une aussi vive intelligence jointe à une telle rectitude de sentiments.

— Précisément, dit-il, quand on a affaire à des hommes comme Emsworth, on ne peut être trop difficile sur le choix des méthodes à employer.

— Vraiment on ne le peut pas. Tous les moyens sont bons. Mais comment vais-je m'y prendre ? Il me faudra quelques directives, vous savez.

— Bien sûr, bien sûr, bien sûr ! On te les donnera. J'ai beaucoup pensé à tout ça. J'ai veillé presque toute la nuit dernière...

— Mon pauvre oncle !

— Et avant de m'endormir, j'avais établi mon plan de campagne dans les moindres détails. Je l'ai examiné ce matin, et il me semble impeccable. As-tu un crayon et un bout de papier ?

— Voilà. Je vais arracher la première page. Il y a dessus quelques notes de premier jet pour une ballade.

— Merci. Maintenant, dit le duc en soufflant sur ses moustaches dans l'ardeur de la création artistique, je vais te dessiner un plan. Voici le château. Là, il y a ma chambre. Devant celle-ci : une pelouse. La pelouse, annonça-t-il après avoir dessiné quelque chose qui ressemblait à un œuf sur le plat.

— La pelouse, acquiesça Ricky en regardant par dessus son épaule, je vois.

— Maintenant ici, au bout de la pelouse, l'avenue fait un détour. Elle tourne autour d'un épais bosquet, puis longe un pré qui borde le potager. Dans ce pré, dit le duc en marquant l'endroit d'une croix, se trouve le toit du cochon. Vois-tu les conclusions stratégiques que l'on peut tirer de tout cela.

— Non, dit Ricky.

— Je ne les ai pas vues non plus, reconnut élégamment le duc, jusqu'au moment où je me suis brossé les dents ce matin. Elles me sont alors apparues brusquement.

— Vous avez une intelligence extrêmement subtile, oncle Alaric. Je me dis parfois que vous auriez pu faire un grand général.

— Regarde bien. Quiconque extrairait le cochon de son toit pourrait plonger avec lui dans le bosquet, s'assurant ainsi un excellent couvert ; le seul instant où il pourrait être repéré serait celui où il traverserait la pelouse pour aller dans ma chambre. Je propose donc de choisir pour l'opération le moment où il n'y aura pas de témoin.

Ricky écarquilla les yeux.

— Là je ne vous suis pas, Oncle Alaric. Vous ne prétendez pas garder cette bête dans votre chambre ?

— C'est pourtant exactement ce que je vais faire. Ma chambre est au rez-de-chaussée, et ses portes-fenêtres sont des plus pratiques. Qu'y a-t-il de plus simple que de faire entrer le cochon par ces fenêtres et de le mettre dans la salle de bain ?

— Quoi ! et le garder là toute la nuit ?

— Qui parle de la nuit ? Il pénètre dans la salle de

bain à deux heures de l'après-midi. Tâche de comprendre. A deux heures tout le monde est occupé pour le déjeuner. Maître d'hôtel et valets de chambre sont dans la salle à manger, les bonnes de toutes sortes, le ménage étant achevé dans les chambres, sont à la cuisine, à l'office, enfin à l'endroit où elles doivent être. Le porcher, je l'ai appris, est parti déjeuner. La route est libre. Mille hommes pourraient voler mille cochons dans les porcheries de Blandings Castle, à deux heures de l'après midi, sans risque d'être aperçu.

Ricky était impressionné. C'était incontestablement de la haute stratégie.

— Au cours de l'après-midi, poursuivit le duc, le cochon reste dans la salle de bain, il y reste même jusqu'au soir. Alors...

— Mais, oncle Alaric, quelqu'un ira certainement dans la salle de bain avant le soir. Des femmes de chambre avec des serviettes propres...

Le duc se redressa d'un air martial.

— J'aimerais voir quelqu'un s'aventurer dans ma salle de bain après que j'eusse donné l'ordre de n'y point aller. Je resterai dans ma chambre toute la journée, j'en refuserai l'accès à quiconque. Je m'y ferai servir mes repas sur un plateau. Et si une pécore de femme de chambre pense qu'elle va s'introduire avec des serviettes propres, elle ne tardera pas à faire demi-tour avec les oreilles bourdonnantes. Pendant le dîner tu reviendras. Une voiture t'attendra ici — (il désignait de son gros pouce un point sur le croquis) à l'endroit où la route longe les buissons au bout de la pelouse. Tu prendras le cochon, le mettras dans la voiture et le conduiras chez moi à Wiltshire. Voici le plan que j'ai élaboré. Y-a-t-il quelque chose que tu ne comprennes pas ?

— Rien, Oncle Alaric !

— Et tu crois que tu peux l'exécuter ?

— Sur mon âme, Oncle Alaric, l'affaire est dans le sac. Et puis j'ajoute, oncle Alaric, que je ne crois pas qu'il y ait en Angleterre quelqu'un d'autre que vous qui eût été capable d'imaginer ce plan de campagne. C'est génial.

— Tu le penses vraiment ?

— Certainement !

— Tu as peut-être raison !

— Je suis sûr d'avoir raison. C'est la plus extraordinaire expression de travail intellectuel que j'aie jamais vue. Que faisiez-vous pendant la première guerre mondiale, oncle Alaric ?

— Oh ! Des choses et d'autres. Des travaux d'importance nationale, tu sais.

— Je veux dire, on ne vous a pas employé à l'Etat-Major ?

— Oh non ! rien de semblable.

— Quelle erreur ! Quelle erreur criminelle ! Heureusement nous avions la flotte.

L'atmosphère la plus merveilleuse baignait maintenant le parloir des « Armes d'Emsworth ». Le duc dit qu'il était extrêmement aimable à Ricky d'être si flatteur. Ricky dit que « flatteur » n'était pas le mot, car il avait simplement donné une opinion franche qui aurait été celle de quiconque salue le génie quand il le rencontre. Le duc demanda à Ricky s'il voulait boire quelque chose. Ricky remercia chaleureusement mais dit qu'il était un peu trop tôt. Le duc demanda à Ricky s'il avait écrit quelque chose récemment. Ricky répondit qu'il n'avait rien fait ces derniers temps mais qu'un de ses sonnets paraîtrait le mois suivant dans la *Poetry Review*.

Une chose passionnante que les sonnets, affirma le duc et il demanda à Ricky s'il avait coutume de s'asseoir à son bureau à heures régulières, ou s'il attendait l'inspiration. Ricky répondit que la méthode qui lui réussissait le mieux jusqu'alors était d'attendre tranquillement qu'une idée lui vînt et de sauter dessus à pieds joints. Le duc dit que même pour un million de livres sterling il serait incapable d'écrire un sonnet. Ricky se récria et dit que ce n'était pas comparable à des travaux intellectuels nécessitant un cerveau puissant et bien organisé, comme par exemple la préparation d'un rapt de cochons. Pour cela, affirmait-il, il fallait être particulièrement doué.

Il n'y avait réellement qu'un mot pour dépeindre l'atmosphère qui régnait dans cet aimable parloir, c'est celui de « béatitude ». Et ce fut infiniment regrettable que Ricky, en agissant comme il le fit, en vint à détruire cette splendide harmonie.

Les poètes en tant qu'espèce sont hommes d'affaires. Shakespeare prétend que l'œil du poète roule, dans un rêve, de la terre aux cieux et des cieux à la terre, donnant un nom et un foyer à des abstractions impalpables, mais pratiquement vous constaterez qu'un coin de cet œil reste attaché sur les droits d'auteur. Ricky ne faisait pas exception. Comme tous les poètes il avait ses heures de rêve, mais si un éditeur lui envoyait un chèque d'une livre au lieu de la guinée convenue pour son dernier ouvrage, il n'avait pas le temps de beaucoup vieillir avant de trouver une lettre fort sèche sur son bureau ou d'avoir le tympan crevé par une conversation téléphonique. Maintenant qu'il avait accepté cette mission et l'avait discutée dans ses grandes lignes, il désirait en voir régler les conditions.

— Au fait, oncle Alaric, dit-il.

— Quoi ? dit le duc, interrompu dans ce qui promettait d'être une longue histoire à propos d'un homme qu'il avait connu en Afrique du Sud et qui avait, une fois, écrit une strophe.

Bien qu'il sentît que cette sorte de négociation eût été mieux placée entre les mains de son agent littéraire. Ricky fut net.

— Il ne reste qu'un petit détail, dit-il. Aimez-vous mieux me donner le chèque avant ou après que j'aie accompli cette mission ?

La sensation de bien-être qui baignait le duc, jusqu'alors, fut glacée par un brusque coup de froid. Ce n'eut pas été pire si, pendant qu'il s'ébrouait sous une bonne douche chaude, quelque main mystérieuse avait soudain ouvert le robinet d'eau froide.

— Mon chèque ?

— Deux cent cinquante livres.

Le duc s'écroula sur sa chaise, et sa moustache se hérissant comme si elle était soulevée par une tempête se brisa comme une lame sur la côte rébarbative et rocheuse du nez des Dunstable.

Une moustache moins bien accrochée, sous la poussée de ce puissant soupir d'agonie, aurait rompu ses amarres.

La toute récente opinion favorable que le duc avait de son neveu fut soumise à une seconde lecture.

Bien que sur de nombreux points l'âme du duc n'aurait pu trouver d'atomes crochus avec celle de M. Pott, sur un point pourtant elle se serait trouvée en parfaite communion avec elle : son insurmontable répugnance à lâcher de l'argent. Seul un homme d'un charme exceptionnel aurait pu conserver l'estime de Sa Grâce après lui avoir demandé deux cent cinquante livres.

— De quoi diable parles-tu ? s'écria-t-il.

Ricky parut aussi inquiet que s'il s'était trouvé face à face avec un tigre sans être sûr de pouvoir compter sur les barreaux de la cage, mais il s'obstina.

— Je suis persuadé que vous me prêterez maintenant l'argent nécessaire pour acheter cet onion-soup-bar. Vous vous souvenez que nous en avons parlé à Londres il y a quelques jours. A ce moment-là le prix était de cinq cents livres, mais le propriétaire l'a ramené à deux cent cinquante livres, à condition d'avoir l'argent comptant pour la fin de la semaine. Ce qui serait le plus pratique pour moi serait que vous fassiez le chèque maintenant. Je pourrais le lui envoyer ce matin et il l'aurait demain de bonne heure. Cependant cela n'a pas d'importance, pourvu que j'aie l'argent vendredi...

— Je n'ai jamais rien entendu d'aussi absurde de ma vie !

— Vous voulez dire que vous refusez de me donner deux cent cinquante livres ?

— Oui. Je veux dire que je refuse de te donner deux cent cinquante livres, dit le duc en récupérant ses moustaches et en commençant à les mâcher. Ouf, conclut-il, excédé.

L'atmosphère de béatitude avait disparu. Un silence lourd tomba sur le parloir des « Armes d'Emsworth ».

— Je croyais avoir entendu le dernier mot à propos de cette idiotie. Que diable veux-tu faire d'un onion-soup-bar ?

C'est peut-être le souvenir de l'intimité dans laquelle ils baignaient encore quelques minutes auparavant — deux bons garçons se lançant la balle à propos du sonnet — qui décida Ricky à être franc avec son oncle. Il ne se dissimulait pas, tout en parlant, que la franchise est une qualité dont il ne faut pas abuser et qui, en l'occurence, pourrait avoir de désagréables conséquences, mais seul un puissant argument pourrait amener son interlocuteur à changer d'attitude. Et s'il y avait une chance — monsieur Pott l'eût, lorsqu'il était bookmaker, estimée à cent contre huit — elle consistait à toucher le cœur de cet homme. Après tout, les individus les plus endurcis sont quelquefois attendris par le récit d'un amour fidèle.

— Je veux me marier, dit-il.

Si le cœur du duc fut touché, rien n'en transpira dans son apparence renfrognée. Ses yeux s'exhorbitèrent comme ceux d'une crevette, et ses moustaches déferlèrent une fois de plus sur les brisants de son nez.

— Te marier ? s'écria-t-il. Qu'est-ce que tu racontes ? Tu veux te marier ? Ne sois pas un âne.

Ricky en commençant la journée avait nourri un sentiment de tendresse envers l'humanité tout entière, et espéré conserver cet état d'âme. Mais il ne pouvait s'empêcher de trouver que la Providence, en créant son oncle Alaric, l'avait soumis à une rude épreuve.

— Je n'ai jamais entendu une telle stupidité de ma vie. Comment aurais-tu les moyens de te marier ? Tu as à peu près deux sous par an que t'a laissés ta mère et je ne pense pas que tu gagnes assez avec tes sonnets pour t'entretenir en cigarettes.

— C'est pourquoi je veux acheter cet onion soup bar.

— Et tu auras l'air malin en vendant de la soupe à l'oignon.

En prenant sur lui, Ricky parvint à ne pas relever cette remarque. Il lui sembla qu'il valait mieux se taire. Car, si enrageant que ce soit de laisser son interlocuteur marquer des points dans la discussion, il valait mieux ne pas fermer la porte à un arrangement par une répartie mordante. D'ailleurs, il ne trouvait pas, sur l'heure, de répartie mordante.

La moustache du duc montait et descendait comme une algue sur la marée.

— Et j'aurais l'air malin, en essayant d'expliquer que mon neveu joue de la soupière. C'est déjà assez d'avoir à annoncer à mes amis qu'il écrit des poèmes. Que devient votre neveu poursuivit le duc, imitant un ami voulant s'informer et le dotant, pour une raison inconnue, d'une voix de fausset. Est-il dans la garde, la diplomatie, inscrit au barreau ? — Non, dois-je répondre, il écrit des poèmes, et il y a un silence embarrassé. Maintenant tu veux que je leur dise que tu es devenu marchand de soupe ? Brr...

Le rouge monta à la figure de Ricky. Son tempérament, toujours un peu incliné à s'enflammer, avait commencé à faire jouer ses muscles, comme un acrobate sur le point d'exécuter un numéro.

— Et quant à ton idée de te marier... pourquoi veux-tu te marier ? Hein ? Pourquoi ?

— Oh ! juste pour éprouver la jeune fille. Je la déteste.

— Quoi !

— Pourquoi voulez-vous que je veuille me marier ? Pourquoi les gens veulent-ils généralement se marier ? Je veux me marier parce que j'ai trouvé la plus merveilleuse jeune fille du monde et que je l'adore.

— Tu as dit que tu la détestais.

— J'essayais simplement d'être drôle.

Le duc prit une bouchée de moustache, la mâcha un moment, sembla déçu par le goût et la cracha d'une puissante expiration.

— Qui est-ce ?

— Vous ne la connaissez pas.

— Bon, qui est son père ?

— Personne de spécial.

Un calme sinistre et soudain s'abattit sur le duc, le faisant ressembler à un volcan qui se retient à force de volonté.

— Tu n'as pas besoin de m'en dire plus. Je comprends. Cette fille est une soubrette quelconque.

— C'est faux !

— Ne discute pas. Cela résoud la question. Tu ne tireras par un sou de moi.

— Et vous ne tirerez pas un cochon de moi.

— Hein !

Le duc fut suffoqué. Il était rare qu'il eût à réprimer une mutinerie ouverte dans le rang. En réalité, cela ne lui était encore jamais arrivé et pendant un instant il fut pris de court. Puis il se reprit, et le vieux regard dominateur réapparut dans ses yeux proéminents.

— Ne me parlez pas sur ce ton, jeune homme.

— Vous ne mettrez pas la main sur le moindre porcelet, poursuivit Ricky. Mon prix est de deux cent cinquante livres par tête de cochon et si vous ne voulez pas y mettre ce prix-là, il n'y a rien à faire. D'autre part, si vous acceptez de payer ces honoraires, modérés jusqu'à l'absurde pour ce travail difficile et épuisant, je veux bien oublier les paroles offensantes que vous avez prononcées à l'égard d'une jeune fille que vous devriez vous estimer honoré d'avoir la chance de recevoir dans la famille.

— Cesse de parler comme un idiot. Elle appartient de toute évidence à la lie de la population. La façon dont vos neveux se font entortiller par le rebut de l'espèce humaine serait capable de vous causer une apoplexie. Je t'interdis formellement d'épouser cette laveuse de vaisselle.

Ricky poussa un long soupir. Sa figure ressemblait à un ciel d'orage, et ses yeux plongèrent dans ceux de son oncle comme deux poinçons.

— Oncle Alaric, vos cheveux blancs vous protègent. Vous êtes un vieillard au bord de la tombe.

Le duc sursauta.

— Que veux-tu dire ? Au bord de la tombe ?

— Au bord de la tombe, répéta Ricky avec fermeté, et je ne vais pas vous y précipiter en vous donnant le direct dans la mâchoire que mérite chaque parole que vous avez prononcée. Mais je vous dirai seulement ceci : Vous êtes indiscutablement le plus sale capitaliste dont le cœur ait été desséché par cinquante ans d'excès de viande et de vins capiteux arrachés aux lèvres d'un prolétariat affamé. Vous me dégoûtez. Vous empoisonnez l'air. Adieu oncle Alaric, dit Ricky en s'éloignant avec ostentation, je crois qu'il vaut mieux nous séparer, car j'en viendrais à vous dire des choses désagréables !

Sur un coup d'œil comme jamais neveu n'en adressa à oncle, Ricky Gilpin passa la porte et sortit. Le duc resta assis. Il se sentait pour le moment incapable de se lever.

C'est déjà beaucoup pour un homme à l'âme altière d'être défié par un garçon imberbe, et la détermination de son neveu de passer outre à son opposition et de rester attaché à cette danseuse, ou dieu sait qui de cette espèce, qui l'avait entortillé, eût été suffisante pour le plonger dans un coma passager. Mais bien plus déprimante était pour lui la pensée qu'en s'aliénant Ricky Gilpin il s'était aliéné le seul homme capable de s'assurer pour son compte de la personne de l'Impératrice. Les kidnappers de cochons ne se trouvent guère sous le pas d'un cheval.

L'esprit du duc de Dunstable était de ceux qui tombent facilement dans l'obsession, et bien que sa raison luttât pour le convaincre qu'il y avait dans la vie d'autres choses qui valent la peine d'être obtenues, en dehors de l'acquisition d'un cochon, il croyait toujours que cela seul pouvait le mener au bonheur et à la satisfaction. C'était un homme qui voulait ce qu'il voulait quand il le voulait et ce qu'il voulait pour l'heure était l'Impératrice de Blandings.

Le murmure d'une voix sans chaleur, à ses côtés l'éveilla de sa rêverie.

— Que votre Grâce m'excuse.

— Hein ? Qu'est-ce qu'il y a ?

Rupert Baxter continua de parler avec froideur. Il ressentait toujours une sourde hostilité pour cette vieille figure. Il détestait les gens qui lui jetaient des œufs. Il n'était pas non plus homme à oublier ses rancunes dans l'enthousiasme sportif pour un tir qui avait indiscutablement été honorable et montrait une grande précision dans des conditions difficiles.

— Un agent de police vient de me dire que je ne devais pas laisser la voiture devant la porte de l'auberge.

— Ah oui ! Bon ! dites-lui qu'il est un sale flic prétentieux.

— Avec la permission de votre Grâce, je suggérerais plutôt de conduire la voiture dans la rue voisine.

Le duc ne répondit pas. Une inspiration fulgurante l'avait saisi.

— Asseyez-vous donc, dit-il.

Rupert Baxter s'assit. Le duc l'examina attentivement et trouva que son inspiration avait été heureuse. Le secrétaire, remarqua-t-il, était bien découplé, admirablement construit pour accomplir des exploits du type vol de cochons.

Un instant plus tôt, il se voyait cherchant en vain un assistant pour accomplir le travail matériel. Maintenant, pensait-il, il l'avait trouvé. De ce côté il n'attendait aucune déception. Il savait parfaitement le prix que Rupert Baxter attachait à sa situation.

— Avez-vous jamais volé des cochons ? demanda-t-il.

— Jamais, répondit Rupert Baxter d'un ton glacial.

— Parfait, premier vol aujourd'hui, dit le duc.

CHAPITRE XIV

Il était environ trois heures de l'après-midi quand le taxi de la gare de Market Blandings (Ed. Robinson propriétaire), passa les grilles de Blandings Castle et monta bruyamment le long de l'avenue. M. Pott, assis à l'intérieur de la voiture malodorante, contempla pour la première fois la demeure historique des comtes d'Emsworth.

Ses impressions, à cet instant, différaient sensiblement de celles des visiteurs ordinaires dans les mêmes circonstances. Claude Pott était un réaliste et cela tendait à modifier son point de vue. D'autres, au premier coup d'œil à cette forteresse d'un autre âge, auraient été saisis d'admiration devant la vaste étendue verdoyante du parc et la noblesse des chênes séculaires, à moins qu'ils n'eussent été secoués d'un frisson romanesque en pensant à ce qu'avaient dû voir ces murs gris au temps où les chevaliers étaient des hommes durs et cruels. M. Pott éprouvait simplement la conviction que le propriétaire d'un semblable domaine devait avoir de quoi jouer aux « Rois mages ».

M. Pott, tout comme Ricky, était arrivé à Market Blandings dans de bonnes dispositions. Le coup de téléphone de Lord Bosham parvenant juste au moment où il était sur le point de s'endormir l'avait d'abord rendu maussade. Mais quand il s'était aperçu qu'il parlait à un client, et non seulement à un client, mais à un client qui l'invitait à Blandings Castle, son humeur s'était épanouie, et cet épanouissement durait encore.

Depuis qu'il avait fait la connaissance de Lord Emsworth, Claude Pott avait désiré entrer en relations plus étroites avec cet homme en qui son œil exercé avait discerné le roi des pigeons. Il s'agissait là, pensait-il, de quelqu'un désigné par la Providence pour jouer aux « Rois mages » avec un gentleman, et la pensée que leurs routes s'étaient rapprochées pour diverger ensuite comme celles de deux navires qui se croisent dans la nuit, lui avait été amère. Maintenant, on le priait de venir chez Lord Emsworth, et qui plus est, on le payait pour venir. Ce n'était donc pas surprenant si Claude Pott voyait la vie en rose. Il était encore animé d'un incarnat d'optimisme quand le taxi s'arrêta à la porte d'entrée d'où il fut conduit au fumoir par Beach, le maître d'hôtel ; un gros garçon rose y chauffait un solide fond de pantalon à un feu réconfortant.

— M. Pott, M'Lord, annonça Beach, et il sortit avec juste cette nuance de dégoût que montrent les maîtres d'hôtel quand ils préfèrent ne pas être tenus pour responsables de certains visiteurs.

Le jeune homme, au contraire, fut la cordialité même.

— Hello Pott ! Alors vous voilà, Pott, Hein ! Bravo, magnifique, épatant, sensationnel ! Asseyez-vous, cher vieux collectionneur de fils d'Ariane. Mon nom est Bosham. Cela vient de ce que je suis le fils de Lord Emsworth. Pour vous rafraîchir la mémoire, je suis le type qui vous a téléphoné.

M. Pott se sentit incapable de dire un mot. La vue de son client l'avait remué jusqu'aux entrailles.

Jusqu'alors il avait considéré Lord Emsworth comme le meilleur filon qu'aucun chercheur d'or pût espérer découvrir, mais un simple regard au fils de celui-ci le convainquit de son erreur. C'était ce dernier, sans aucun doute, qui représentait le pigeon idéal pour un gentleman.

Un long moment, il regarda Lord Bosham en silence avec le même intérêt non déguisé qu'avait montré le vaillant Cortez en contemplant le Pacifique. On aurait presque pu dire sans exagération que M. Pott avait l'impression qu'une nouvelle planète glissait dans son orbite.

Lord Bosham, de son côté, après son discours de bienvenue, était tombé dans un silence méditatif. Comme beaucoup de gens qui ont fait une commande par téléphone, il réfléchissait maintenant, devant le paquet ouvert, qu'il aurait été plus prudent d'examiner la marchandise avant de l'acheter.

— Etes-vous le véritable Pott ? demanda-t-il.

M. Pott parut avoir quelques difficultés à lui donner ce renseignement. En matière de vrais ou de faux Pott, il se sentait incapable de se considérer comme une autorité.

— Je veux dire le détective privé, le type - qui - regarde - les - taches - de - sang - avec - une - loupe.

— Voici ma carte, dit Pott qui s'était déjà trouvé dans une situation analogue.

Lord Bosham examina la carte et fut convaincu.

— Ah ! dit-il, parfait ! Pour en revenir à ce que je disais vous voilà, hein !

— Oui, monsieur.

— Je vous attendais hier.

— Je regrette, Lord B., je serais venu si j'avais pu, mais les types du Yard n'ont pas voulu me laisser partir.

— De quel Yard s'agit-il ?

— Scotland Yard.

— Oh naturellement ! Vous travaillez pour eux ? s'enquit Lord Bosham, à qui cela paraissait plus normal.

— Quand ils sont embarrassés, ils m'appellent généralement dit Pott nonchalamment. C'était une affaire particulièrement difficile.

— De quelle sorte ?

— Je ne puis pas vous le dire, répondit M. Pott, j'ai les lèvres cousues par la Loi sur les Secrets d'Etat dont vous avez sans doute entendu parler.

Lord Bosham comprit que ses appréhensions étaient sans fondement. Il se souvenait maintenant qu'un certain nombre des détectives les plus habiles de sa bibliothèque avaient été handicapés — ou parfois servis — par une apparence trompeuse. Buxton Black dans « Les trois morts de Mistlight Court » et Drake Denver dans les « Meurtres du ruban bleu » étaient les exemples qui lui venaient à la mémoire. Le premier ressemblait à un avoué opulent, le second à un jeune noceur. A qui ressemblait après tout, M. Pott, il n'aurait pu le dire sur l'heure, mais après tout cela n'avait pas d'importance.

— Bon ! Allons au fait, voulez-vous ?

— Je serais heureux d'avoir un bref résumé de la situation ?

— Bref ! Je ne peux promettre d'être bref, dit Lord Bosham perplexe. En réalité, mon cher limier, c'est une histoire plutôt longue et compliquée. Mais je vais la résumer autant que je pourrai. Savez-vous ce que c'est que des imposteurs ?

— Oui, monsieur.

— Eh bien, nous en avons trois ici. C'est le plus clair de l'histoire. Trois ! Vous vous rendez compte ? Trois. Tous faux comme des jetons !

— Hum !

— Vous pouvez bien dire « Hum ». C'est la chose la plus exaspérante du monde, et il n'est pas surprenant que ma tante soit inquiète. Ce n'est pas agréable pour une femme, chaque fois qu'elle va chercher un mouchoir dans sa chambre, de risquer de tomber sur des crapules en train de voler son coffre à bijoux.

— Est-ce que ces imposteurs sont des mâles ?

— Deux d'entre eux. Le troisième, tout au contraire, est une femme. Et à propos d'elle vous aimerez peut-être connaître la théorie de Baxter. Retenez-vous les choses de mémoire ou utilisez-vous un memento ?

— Est-ce que Baxter est un imposteur ?

— Non, reconnut Lord Bosham avec équité. C'est un abominable pédant à lunettes, mais ce n'est pas un imposteur. C'est le secrétaire du duc et d'après lui ces fripouilles ne sont pas là pour chaparder mais pour pousser le duc à approuver le mariage de son neveu avec cette fille. C'est ingénieux, évidemment, mais, à mon avis, cela ne tient pas debout, et vous pouvez n'en pas tenir compte. Ils en ont au sac. Bon, quand je vous aurai dit que l'un d'entre eux m'a fait le coup du vol à l'esbroufe, il y a deux jours, vous serez à même de juger de quelle sorte de crapules il s'agit. Ecrivez dans votre carnet, si vous utilisez un carnet, qu'il s'agit d'individus capables de tout.

M. Pott commençait à être un peu troublé. Si quelque chose ressortait clairement dans cette histoire, c'était le fait que tout le monde était au courant du caractère véritable de ces bandits. Cependant on leur confiait apparemment la direction de la maison et on les encourageait à se sentir chez eux.

— Mais si vous savez que ces individus sont là dans des intentions criminelles...

— Pourquoi ne les flanque-t-on pas à la porte à coups de pied dans le derrière ? Mon cher vieil inspecteur de bouts de cigares, je donnerais un bras pour le faire, mais on ne le peut pas. Vous ne pourriez pas comprendre quand je vous l'expliquerais pendant une heure, aussi tenez-vous juste pour dit qu'aucune action... Quel est le mot qui commence par un « o » ?

— Quel est le mot qui commence par « o » ?

— C'est ce que je vous demande. O... ? O... ? Ha ! j'ai trouvé ! ostensible. Vous devez vous tenir pour dit qu'aucune action ostensible ne peut être entreprise, parce qu'elle entraînerait des conséquences que nous ne voulons pas. Je parle surtout pour ma tante. Personnellement je me fiche pas mal que Baxter perde sa place aujourd'hui même.

M. Pott renonça à comprendre.

— Je ne vous suis pas, Lord B.

— Je m'en doute bien. Pourtant vous avez saisi le point principal, à savoir que la maison est bondée d'imposteurs.

M. Pott le reconnut : cela, il l'avait compris.

— Alors ça suffit. C'est tout ce dont vous avez besoin. Votre travail est de les surveiller. Vous voyez ce que je veux dire ? Vous les suivez en les observant attentivement et si vous les voyez filer avec la caisse, vous criez « hep » et ils la lâchent. C'est simple ? Bien ! dit Lord Bosham. Capital ! Magnifique ! Splendide ! Vous pouvez commencer tout de suite. Et au fait, aimeriez-vous toucher une provision, Hein ?

M. Pott dit qu'il ne demandait pas mieux et aussitôt les billets de banque se mirent à jaillir comme une fontaine des poches de son client. C'était la prudente habitude de Lord Bosham, quand il se rendait aux courses en province comme tel était son projet pour le lendemain, d'avoir sur lui une grosse somme d'argent liquide.

— Disons dix livres ?

— Merci, Lord B.

— Voilà !

Les yeux de M. Pott papillotaient un peu tandis qu'il enfouissait les billets dans sa poche.

— Vous avez une grosse somme sur vous, Lord B.

— Je peux en avoir besoin demain avant le coucher du soleil. C'est le premier jour des courses de Bridgeford où je me fais généralement plumer. C'est très difficile d'avoir un bon tuyau dans ces courses de province. Vous vous intéressez aux courses ?

— J'ai été bookmaker autrefois.

— Mon dieu ! Vraiment ? Mon frère cadet Freddie a été associé avec un book' il y a quelques années. Son beau-père lui a fait lâcher le book' et l'a emmené en Amérique où il vend des biscuits de chien. C'est un travail absorbant.

— Très !

— Je pense que vous devez parfois regretter ce temps-là ?

— Parfois, Lord B.

— Quelle est votre distraction favorite maintenant ?

— J'aime bien une bonne petite partie de cartes.

— Moi aussi. Lord Bosham jeta un coup d'œil attendri à cette âme sœur. Un cœur battait près d'un autre cœur.

Le malheur est que c'est rudement difficile pour un homme marié. Vous êtes marié ?

— Je suis veuf, Lord B.

— Je vous serais obligé de ne pas m'appeler tout le temps Lord B. On croit que vous allez dire quelque chose de saugrenu puis que vous changez d'avis. Où en étais-je ? Ah oui ! Quand je suis à la maison, je n'ai pas la moindre chance de faire une petite partie de cartes. Ma femme s'y oppose.

— Il y a des femmes comme cela.

— Toutes les femmes sont comme cela. On débute dans la vie comme un bon sportif sérieux, prêt à jouer n'importe quoi à n'importe qui, puis on rencontre une jeune fille et on devient amoureux, puis, quand on redescend de la Lune, non seulement on découvre que l'on est marié, mais encore on s'aperçoit qu'on a signé un contrat à vie pour le bridge au centime le point.

— Ce n'est que trop vrai, reconnut M. Pott.

— Finis les petits jeux amicaux où tout est permis sauf de mordre et de casser les bouteilles.

— Ah là là ! dit M. Pott.

— On pourrait plus mal employer son temps que de faire une petite partie maintenant, en attendant que les imposteurs ouvrent le bal, proposa Lord Bosham.

— Comme Votre Seigneurie voudra.

Lord Bosham fit la grimace.

— Je vous serais obligé de ne pas employer cette expression. Quand j'ai eu un procès, pour rupture de promesse de mariage, c'est ce que disait l'avocat de la défense, chaque fois que le juge le remettait à sa place parce qu'il parlait avant son tour.

— Très bien Votre Seigneurie.

— Et ne m'appelez pas Votre Seigneurie non plus,

j'ai horreur du formalisme. J'aime votre tête... enfin c'est peut-être un peu exagéré... disons que vous m'êtes sympathique, mon cher limier, et je sens que nous allons faire une paire d'amis. Appelez-moi Bosham.

— Tope là, Bosham.

— Je vais sonner pour avoir des cartes, hein ?

— Ne vous donnez pas la peine, Bosham, j'en ai.

L'apparition soudaine d'un paquet bien culotté, hors des profondeurs du vêtement de M. Pott, sembla éveiller l'intérêt de Lord Bosham.

— Avez-vous toujours un paquet de cartes sur vous ?

— Quand je voyage. J'aime faire des réussites dans le train.

— Vous jouez à quelque chose d'autre ?

— J'aime bien le « Glouton »...

— Le « Glouton » est un bon jeu.

— Et la « Bête au piège » ?

— Ce n'est pas mal non plus, mais j'en connais un mieux que ça.

— Avez... dit M. Pott.

— Avez-vous... dit Lord Bosham.

— Avez-vous jamais... dit M. Pott.

—Avez-vous jamais, conclut Lord Bosham, entendu parler d'un jeu appelé les « Rois Mages » ?

M. Pott leva les yeux au ciel, et pendant un instant fut incapable de prononcer une parole. Ses lèvres remuaient sans bruit comme s'il faisait sa prière.

— Non, dit-il enfin, en quoi consiste-t-il ?

— C'est un jeu auquel je jouais souvent autrefois, dit Lord Bosham. J'ai peut-être un peu perdu la main ces dernières années. Comme je vous l'ai dit, un bon mari obéit à sa femme, si elle est là, évidemment. Mais pour l'instant elle n'est pas là, et il serait amusant de voir si je suis toujours en forme.

— C'est un joli nom, dit M. Pott, encore un peu enroué, est-ce difficile à apprendre ?

— Je pense vous l'apprendre en une minute. Dans les grandes lignes ce n'est pas très différent de la « Bataille ». Voici comment on joue. Vous coupez une carte, vous voyez ce que je veux dire ? Et l'adversaire en coupe une aussi. Vous me suivez bien. Alors si la carte que vous coupez est plus forte que celle de l'autre, vous gagnez. Tandis qu'au contraire, si l'autre coupe une carte plus forte que la vôtre, c'est lui qui gagne.

Il regarda M. Pott avec anxiété, craignant de n'avoir pas été assez explicite. Mais M. Pott semblait avoir très bien compris.

— Je crois que je saisis le principe, dit-il. En tout cas je comprendrai en jouant. Allons-y mon noble sportif. Suis ton inspiration et ne crains rien. Roule, tangue, vogue. Les femmelettes et les dégonflés ne sont pas acceptés. Qui ne risque rien n'a rien.

— Vous avez une curieuse façon de vous exprimer, dit Lord Bosham, mais certainement vous êtes un homme de cœur. Ça va Pott.

— Ça va, Bosham.

⁂

Le crépuscule avait commencé à tomber, le crépuscule doux et plein de mystère d'un printemps anglais, quand une silhouette épaisse se découpa sur la porte principale de Blandings Castle et commença à descendre l'avenue.

Claude Pott, détective privé, se rendait aux « Armes d'Emsworth » pour prendre un demi. Il savait que la bière y était excellente. Et s'il peut sembler étrange que quelqu'un arrivé la veille à Market Blandings, fût au courant de cette question locale, il faut dire que la première chose qu'il avait faite en montant dans le taxi de la gare avait été de s'informer des vues d'Ed. Robinson sur les possibilités locales. Tel un explorateur prudent dans le désert, M. Pott, en arrivant dans un lieu sauvage, s'assurait toujours, avant toute autre chose, qu'il ne souffrirait pas de la soif.

Ed. Robinson, une véritable encyclopédie sur le sujet, s'était montré prolixe et bien informé. Mais tandis qu'il avait parlé avec une chaleur généreuse de la « Gerbe d'Or », du « Repos du Cocher » de la « Cognée et du Coin », du « Point dans l'Espace », de la « Vache bleue », du « Sanglier bleu », du « Dragon bleu » et des « Grillons joyeux », car il était homme à rendre à César ce qui est à César, il avait montré clairement où était son cœur, et c'est vers cet endroit que M. Pott se dirigeait maintenant.

Il marchait lentement, la tête penchée, car il comptait des billets de dix livres. Et c'est parce qu'il penchait la tête qu'il ne vit pas immédiatement s'approcher son vieil ami, Lord Ickenham, qui venait à sa rencontre d'un pas leste. C'est seulement quand il entendit une voix prononcer son nom avec une exclamation de surprise qu'il releva les yeux.

De tous les spectacles champêtres qui avaient excité l'intérêt de Lord Ickenham au cours de la promenade à laquelle il avait consacré son après-midi, le plus inattendu était celui de Claude Pott.

Il le considéra sans plaisir, car l'entrée en scène de celui-ci ne pouvait qu'aggraver la situation, déjà fort compliquée. Or, même quand un homme considère les complications comme le piment indispensable de la vie, il est en droit de trouver qu'il y a des limites.

— Moutarde !

— Ho ! Lord I.

— Que Diable fabriquez-vous en plein milieu du Shropshire, Moutarde ?

M. Pott hésita, estimant que le secret professionnel l'obligeait à répondre évasivement. Puis il décida qu'un aussi vieux camarade que son interlocuteur méritait plus de confiance.

— Bon ! Et bien, c'est un secret, Lord I., mais je sais que vous le garderez pour vous. On m'a appelé.

— Appelé ? Qui ? Polly ?

— Polly ? Elle est ici ?

— Oui.

— Je croyais qu'elle était dans votre propriété.

— Non. Elle est dans cette propriété. Qui vous a appelé ?

— Un membre de l'aristocratie habitant Blandings Castle. Il se nomme Bosham. Il m'a téléphoné avant-hier dans la nuit pour me demander mes services. Il semble qu'il y ait des imposteurs ici et il veut que je les surveille discrètement.

Pour la première fois depuis que George, vicomte Bosham, était entré dans sa vie, Lord Ickenham commença à éprouver, malgré lui, du respect pour l'intelligence de ce jeune homme. Il était clair qu'il avait sous-estimé cet adversaire. En endormant ses soupçons, avec son teint rose et sa bouche ouverte, comme il l'avait fait sur le quai de la gare, Lord Ickenham devait reconnaître que Bosham avait agi avec une adresse touchant au machiavélisme.

— Grand Dieu ! Vraiment ? demanda-t-il, en lissant pensivement ses moustaches.

— Oui, je dois m'installer comme un invité ordinaire et ne pas les quitter des yeux de peur qu'ils ne fauchent les objets d'art.

— Je vois. Qu'est-ce qu'il vous a dit à propos de ces imposteurs. A-t-il fourni des détails ?

— Pas exactement des détails, mais il m'a dit qu'il y avait deux mâles et une femelle.

— Moi-même, mon neveu Pongo et votre fille Polly.

— Hein !

— Les imposteurs dont parle Bosham sont — en lisant de droite à gauche — votre fille Polly, mon neveu Pongo, et moi-même.

— Vous vous fichez de moi, Lord !

— Pas le moins du monde.

— Eh bien, j'en suis soufflé !

— Je n'en suis pas surpris. Peut-être vaudrait-il mieux que je m'explique.

Avant, toutefois, d'entrer dans cette voie, Lord Ickenham réfléchit un moment. Il se souvenait que M. Pott n'était pas un admirateur de Ricky Gilpin et n'éprouvait pas le penchant de sa fille pour cet indésirable jeune homme. Il se souvenait également avoir entendu Polly dire que son père caressait l'espoir de la voir succomber sous les charmes d'Horace Davenport. Il lui semblait en conséquence, que pour s'assurer la sympathie et l'appui de M. Pott dans leur petite entreprise, il serait nécessaire d'altérer légèrement les faits. Il les altéra donc. Il était homme à toujours altérer les faits quand la cause était honne.

— Polly, commença-t-il, est amoureuse d'Horace Davenport.

Les yeux de M. Pott devinrent ronds comme des soucoupes, et son émotion fut telle qu'il laissa choir un billet de dix livres. Lord Ickenham le ramassa et l'examina avec intérêt.

— Hé ! Vous avez hérité, Moutarde ?

M. Pott sourit avec affectation.

— Quelque chose comme cela, Lord. Le jeune Bosham — c'est un gentil garçon — m'a appris à jouer aux « Rois Mages ».

— Vous semblez l'avoir nettoyé.

— J'ai eu la veine du débutant, reconnut modestement M. Pott.

— Combien avez-vous gagné ?

— Deux cent cinquante livres. Il avait un système consistant à jouer quitte ou double.

— Une jolie petite dot pour Polly, cela va l'aider à acheter son trousseau.

— Hein !

— Mais je reviendrai là-dessus plus tard. Pour l'instant, je vais vous mettre au courant de la situation à Blandings Castle. Le nœud du problème, ce que vous devez retenir comme la clef de voûte de l'histoire, c'est l'amour de Polly pour Horace Davenport.

— Vous m'en bouchez un coin. Je croyais que celui qu'elle aimait était le jeune Gilpin.

— Oh, celui-là ! Un simple flirt, et même si son sentiment avait été plus profond, la conduite de Gilpin au bal aurait étouffé la flamme de l'amour.

— La quoi de l'amour ?

— La flamme.

— Oh, la flamme ! Oui, c'est vrai, admit M. Pott en commençant à considérer la chose dans son ensemble. Les injures et insultes dont il l'a abreuvée, tout cela parce qu'elle était allée danser avec quelqu'un, comme cela arrive tous les jours dans notre monde. Il paraît qu'il lui avait défendu d'y aller ! Une jolie façon de se conduire avec une fille d'esprit. De quel droit dit-il à ma chère fille ce qu'elle doit faire ou ne pas faire? Pour qui se prend-il ? Pour Ben Bolt ?

— Ben qui ?

— Bolt. Le type de la jeune fille appelée : la douce Alice aux cheveux châtains. Elle riait d'aise quand il souriait et tremblait d'effroi quand il fronçait les sourcils. Est-ce qu'il attend cela de ma fille ? Pff ! Je n'ai jamais vu ça ? Sommes-nous en Grèce ?

Lord Ickenham pesa la question.

— Je ne crois pas, assura-t-il, pourquoi ?

— Je n'ai pas voulu dire la Grèce, dit M. Pott, se reprenant avec un peu d'embarras. J'ai voulu dire la Turquie où les femmes sont tenues en esclaves et n'osent même pas dire que leurs âmes sont bien à elles. Si Polly n'avait pas un caractère aussi doux, elle lui aurait cassé une bouteille sur la tête. Mais elle est la fille de sa mère.

— De qui voudriez-vous qu'elle soit la fille ?

— Vous ne comprenez pas ce que je veux dire, Lord I., reprit patiemment M. Pott, j'ai voulu dire qu'elle a hérité la douceur de caractère de sa mère. Sa chère maman avait la bonté et la douceur d'un ange, et Polly lui ressemble. C'est ce que j'ai voulu dire. Sa chère maman n'aurait pas voulu faire de mal à une mouche. J'ai vu une fois sa pauvre maman prendre tendrement une mouche dans sa main...

Lord Ickenham l'interrompit à regret. Il eût aimé entendre l'histoire de feu madame Pott et du royaume des insectes, mais le temps pressait.

— Si nous renoncions momentanément aux mouches, Moutarde ? Revenons à Horace Davenport. Comme je vous le disais, c'est l'homme sur qui s'est fixé le choix de Polly, et il l'aime d'un amour réciproque. Il est venu ici le lendemain du bal, et nous l'avons suivi le jour suivant.

— Pourquoi ?

— C'est très simple. Vous savez qui est Horace, Moutarde. Le neveu et héritier du duc de Dunstable.

— Ah, dit Pott, et il sembla sur le point de retirer son chapeau.

— Nous sommes venus ici en l'humble qualité d'imposteurs parce qu'il est indispensable à une heureuse conclusion que Polly séduise le duc et lui donne à penser qu'elle sera l'épouse idéale de son neveu et héritier. Le duc est dur, Moutarde. Il cloue son col sur le dos de son cou pour ne pas avoir à acheter de bouton. Horace a de lui une peur bleue depuis l'enfance et n'oserait jamais se marier sans sa bénédiction. Avant que Polly puisse se rendre à la sacristie au bras d'Horace, il faut travailler le duc patiemment, doucement. Et je ne puis insister avec trop d'énergie pour que vous vous teniez à l'écart, Moutarde. Polly passe pour ma fille.

En quelques mots bien sentis, Lord Ickenham avait décrit la situation. M. Pott, quand il eut terminé, sembla enclin à la critique.

— Cela semble une manière bien tortueuse d'agir, se plaignit-il. Pourquoi ne serait-elle pas venue ici comme ma fille ?

— Eh bien ! Cela s'est trouvé ainsi, dit Lord Ickenham avec tact. Il est trop tard pour changer maintenant. Mais vous saisissez ?

— Oh ! je comprends !

— Je savais bien que vous comprendriez. Personne n'a jamais douté de votre intelligence, bien que j'aie connu des gens un peu susceptibles à propos de votre habitude de toujours retourner le roi. Et ceci me ramène à ce que je disais tout à l'heure. Cet argent que vous avez pris à Bosham, dites-lui adieu, Moutarde.

— Je ne vous suis pas très bien, Lord I.

— Il faut que vous me donniez cet argent, mon cher vieil ami.

— Quoi !

— Et je le remettrai à Polly en dot. Je sais, je sais, dit Lord Ickenham compréhensif. Ce n'est pas la peine de me dire que c'est pénible, je puis lire ce sentiment dans votre cœur. Mais il arrive un moment dans la vie d'un homme où il faut choisir. Etre grand et généreux ou agir comme une brute sans âme. Mettez-vous à la place de Polly. Cette enfant doit avoir quelque chose à elle pour ne pas avoir l'impression d'aller les mains vides vers celui qu'elle aime, la fierté l'exige.

— Oui, mais...

— Rappelez-vous comme vous l'avez toujours entourée de votre tendresse paternelle. A-t-elle eu la rougeole étant enfant ?

— Oui, elle a eu la rougeole, mais ce n'est pas la question...

— C'est la question, Moutarde. Souvenez-vous d'elle étendue, rouge et fiévreuse. Vous auriez donné tout ce que vous aviez pour la sauver. Je vois que vos yeux sont humides.

— Certainement pas.

— Eh bien ! Ils devraient l'être.

— Je n'admets pas qu'une jeune fille ait beaucoup d'argent. Je lui donnerais bien dix livres.

— Pff !

— Oui, mais deux cent cinquante...

— Une bagatelle en comparaison de la paix de votre conscience. Si vous ne l'aidez pas maintenant vous n'aurez plus un instant de repos. Ce serait criminel de laisser une jeune fille sensible comme Polly se marier sans un sou dans sa poche. Vous êtes un homme du monde, Moutarde. Vous savez ce que signifie l'achat d'un trousseau. Elle aura besoin d'une paire de chaque chose. Voudriez-vous la soumettre à l'humiliation de demander à son fiancé l'argent nécessaire à l'achat de son linge ? De vêtements dont une jeune fille bien élevée rougit de parler en présence d'un homme ? Obligez-la à une chose pareille et vous laisserez dans son âme candide une blessure que le temps peut apaiser mais non effacer.

M. Pott se gratta l'oreille.

— Elle n'est pas obligée de lui dire pourquoi elle a besoin d'argent.

— Pour l'amour du ciel, Moutarde, n'ergotez pas. Bien sûr qu'elle sera obligée de lui dire. Une jeune fille ne peut pas murmurer des mots tendres au crépuscule, à l'homme qu'elle aime, et lui demander deux cent cinquante livres en matière de conclusion. Elle devra entrer dans les détails et parler de combinaisons et de culottes. C'est à cela que vous voulez la contraindre ? Ce ne serait pas très agréable à lire dans votre biographie, mon cher. Vous êtes à la croisée des chemins, Moutarde, ajouta Lord Ickenham gravement. D'un côté : le bonheur de Polly et la paix de votre âme... De l'autre : votre honte et son malheur. Quelle route choisissez-vous ? J'imagine votre défunte épouse se posant la même question. Je puis la voir là-haut maintenant, nous observant, attendant, anxieuse, se demandant si vous allez ou non faire votre devoir. Ne la décevez pas, Moutarde.

M. Pott continua à se gratter l'oreille. Il était clair qu'il était touché, mais moins certain qu'il allait se laisser taper.

— Que diriez-vous de vingt bonnes livres ?

— Tout ou rien, Moutarde, tout ou rien. Nom d'un chien, ce n'est pas comme si l'argent allait être perdu, vous pouvez toujours le reprendre à Horace aux « Rois Mages », après la lune de miel.

La figure de M. Pott s'éclaira brusquement d'une flamme qui la rendait presque belle.

— Au fait ! Il y a du vrai là-dedans.

— Il me semble que cela résoud la question.

— Naturellement. Voilà, Lord I.

— Merci, Moutarde. Je savais que je pouvais compter sur vous. Et maintenant, si vous voulez bien m'excuser, je vais aller prendre un bain. Depuis ma promenade, il me semble que j'ai sur moi une grande partie du Shropshire. Aussitôt que je m'en serai débarrassé, j'irai trouver Polly et lui annoncerai la bonne nouvelle. Vous ne le regretterez jamais, mon vieux.

Cette prédiction de Lord Ickenham était erronée. M. Pott le regrettait amèrement. Il n'était pas homme à voir deux cent cinquante livres le quitter sans douleur et déjà le scepticisme l'envahissait quant à l'assurance donnée si chaleureusement par son interlocuteur que cette transaction n'était qu'un prêt à court terme. Bien avant d'atteindre Market Blandings, il avait commencé à se demander s'il pouvait réellement compter sur Horace Davenport. Il faut être deux pour jouer aux « Rois Mages », et il se pouvait qu'Horace se révélât un de ces hommes étranges et antipathiques qui n'aiment pas ce jeu. Il en avait quelquefois rencontré en allant aux courses.

Cependant il y a toujours quelque chose de consolant à accomplir une bonne action, et Claude Pott, en entrant dans le bar des « Armes d'Ensworth », pouvait être considéré, dans l'ensemble, comme un homme relativement heureux. Il était en tout cas suffisamment réconforté pour être en humeur de causer, et ce fut avec l'intention d'épancher son âme et d'élever son esprit qu'il s'adressa à l'autre occupant du bar, un jeune homme trapu, assis dans un coin obscur.

— Il fait beau, dit-il.

Le client se retourna et se révéla être Ricky Gilpin.

CHAPITRE XV

Ricky était entré dans le bar en quête d'un refuge pour son âme blessée, et il n'aurait pu mieux tomber. Rien au monde n'est capable de faire paraître agréable à un jeune homme l'effondrement de ses espoirs et la ruine de ses châteaux en Espagne, mais la bière servie par G. Ovens, tenancier des « Armes d'Emsworth », fit de son mieux. La bière « pression » d'Ovens est un liquide magique qui fait toujours ressortir le bon côté des choses et les enlumine de couleurs éclatantes. Elle glisse sa petite main dans la vôtre et chuchote « courage ! » Si le roi Lear en avait eu une bouteille à portée de la main, nous aurions eu beaucoup moins de ces « Soufflez vents, jusqu'à ce que vos joues en crèvent ! »

Sur Ricky, elle eut un effet surnaturel. Les heures mélancoliques passées à revivre son entrevue avec son oncle Alaric, l'avaient désemparé et c'est un homme à la dérive qui était entré dans le bar. Quand M. Pott y entra à son tour, le jeune poète regardait l'avenir avec quelque chose qui ressemblait à de la force d'âme.

L'argent, lui avait fait remarquer la bière, n'est pas tout. « Considère les choses sous cet angle, avait-elle proposé, il est absurde de prétendre qu'il n'existe pas cent moyens pour un jeune homme courageux et entreprenant de gagner assez d'argent pour se marier. L'essentiel dans cette affaire du mariage n'est pas l'argent, mais la fille. Si la fille est bien, tout va bien. Il est exact que tu es en ce moment fauché comme les blés mûrs, et puis après ? Polly est toujours là et t'aime toujours autant. Il va sûrement arriver quelque chose ».

Et c'était M. Pott qui était arrivé. A sa vue, les écailles tombèrent des yeux de Ricky Gilpin.

Jusqu'à ce jour, l'idée d'essayer d'emprunter à Claude Pott le prix d'achat de l'onion-soup-bar ne lui était pas venue à l'esprit, mais en regardant les choses de plus près, c'était la solution idéale. M. Pott était le père de Polly. Il avait arraché M. Pott à une foule furieuse. Que M. Pott fournisse l'argent nécessaire à assurer le bonheur de Polly et à s'acquitter ainsi de cette vieille dette, c'était une chose que l'on ne pouvait considérer que comme très normale.

— Eh, bonjour, M. Pott ! s'écria-t-il. Le ton affectueux de sa voix n'était empreint d'aucune surprise. Une explication de la présence de son interlucuteur s'était présentée d'elle-même. Il était persuadé que celui-ci était venu pour les courses de Bridgefort, dont il avait tant entendu parler depuis son arrivée à Market Blandings. Mais s'il n'éprouvait aucune surprise à rencontrer M. Pott, M. Pott, lui, en éprouvait une très vive à se trouver en face du jeune homme.

— Le jeune Gilpin ! Qu'est-ce que vous faites là ?

— Mon oncle m'a fait demander. Il est l'hôte de Blandings Castle, à deux milles environ sur la route. Il voulait me voir pour affaire.

M. Pott était consterné.

— Vous voulez dire que vous allez au château ?

— Non. Mon oncle est venu ce matin pour discuter de cette affaire, mais cela n'a pas marché. Je rentre à Londres ce soir.

M. Pott respira. La pensée de ce garçon impétueux venant s'épater dans le délicat tissu d'intrigues de Blandings Castle lui avait donné le frisson.

— Vous êtes ici pour les courses, naturellement ?

— C'est cela, répondit M. Pott, reconnaissant de cette suggestion.

— Où êtes-vous descendu ?

— Dans le voisinage.

— Un peu de cette bière ? Elle est bonne.

— Volontiers, dit M. Pott. Merci.

Ricky se tut jusqu'à ce que son invité fût servi. Toute sa vie il avait été fier et indépendant, et cela l'embarrassait d'avoir à demander de l'argent à quelqu'un qui, en somme, ne lui était rien. Avec effort, il surmonta cette timidité. Etranger ou non, se souvenait-il, Claude Pott aurait passé plusieurs semaines à l'hôpital, n'eussent été les prouesses d'Alaric Gilpin.

— M. Pott.

— Monsieur ?

— Il y a quelque chose dont j'aimerais vous dire un mot, M. Pott.

— Ah !

— Aimez-vous la soupe à l'oignon ?

— Non.

— Eh bien, il y a des tas de gens qui l'aiment. C'est pour cette raison que je veux vous faire une proposition commerciale.

— Ah !

Ricky but une gorgée de la bière « pression » de G.

Ovens. Il ne lui avait pas échappé que les façons de son compagnon étaient réservées. Les yeux de M. Pott paraissaient toujours couverts par un voile protecteur. Pourtant il semblait qu'un voile supplémentaire s'y fût ajouté.

— Je ne sais pas si Polly vous a parlé, M. Pott, de l'occasion que j'ai d'acheter un de ces onion-soup-bar ? Vous les avez probablement remarqués autour de Picadilly Circus ?

— Il me semble l'en avoir entendu parler.

— Avec enthousiasme, je pense. C'est une valeur en coffre. Des mines d'or, tous autant qu'ils sont. Celui dont je parle appartient à un de mes amis américains. Il me l'a offert pour deux cent cinquante livres.

La mention du montant exact de cette somme fit frémir M. Pott, comme si on lui avait touché un nerf particulièrement sensible. Il ne pouvait encore se décider à se représenter Horace comme un sportif ayant du goût pour les « Rois Mages ». Quelquefois, il l'imaginait en train de battre les cartes, quelquefois il n'y arrivait pas. Le futur était voilé de brume.

— C'est une grosse somme, dit-il.

Ricky resta stupéfait.

— Une grosse somme ? Pour un établissement au cœur même de la Cité de l'onion-soup à Londres ?... C'est simplement donné. Mais il a le mal du pays et s'embarquerait pour New-York demain s'il le pouvait. Enfin voici où en sont les choses. Il m'offre cet établissement pour deux cent cinquante livres, à condition que je lui donne la somme pour la fin de la semaine. Permettez-moi de vous dire, M. Pott, que les possibilités de ce bar sont extraordinaires. Je suis resté là, nuit après nuit, à épier les buveurs qui s'y ruaient la langue pendante. On aurait dit une troupe de bisons se précipitant vers un point d'eau.

— Alors, vous feriez mieux de lui donner ses deux cent cinquante livres.

— C'est ce que je ferais si je les avais. C'est exactement le point où je voulais en venir. Pouvez-vous me prêter la somme ?

— Non.

— Vous pourrez avoir les intérêts que vous désirez.

— Non, monsieur, ne comptez pas sur moi.

— Mais vous ne pouvez pas prétendre que vous n'avez pas cette somme ?

— Je l'ai et même davantage. Je l'ai en espèces dans ma poche en ce moment, à la suite du tournoi des habits que j'ai fait disputer au Drones Club.

— Alors pourquoi ?...

M. Pott but le reste de son demi, mais le noble breuvage n'eut pas plus d'effet adoucissant qu'un verre de limonade.

— Je vais vous dire pourquoi. Parce que si je vous la donne vous irez demander à ma chère fille de vous épouser. Polly est influençable. Elle est comme sa mère. Elle ferait n'importe quoi pour rendre les gens heureux. Vous lui ferez du boniment, et elle agira contre son propre jugement. Et alors, conclut M. Pott, le réveil serait amer.

— Qu'est-ce que vous voulez dire avec votre « réveil amer » ? Polly m'aime.

— Qu'est-ce qui vous permet de supposer cela ?

— Elle me l'a dit.

— C'était uniquement par politesse. Vous aimer ? Peuh ! Pourquoi voulez-vous qu'elle vous aime ? Si j'étais une jeune fille, je ne vous donnerais même pas une petite rose de mes cheveux.

— Vous n'avez pas de cheveux.

— Il n'y a aucune raison de faire des personnalités, dit sèchement M. Pott, et permettez-moi de vous dire que la chevelure n'est pas tout. Il y a un tas de gens qui auraient préféré me ressembler à cet égard. Absalom, par exemple. Vous négligez intentionnellement l'élément principal de ma remarque, à savoir que si j'étais une jeune fille, si j'avais une chevelure et si j'avais une rose dedans, et que vous me demandiez cette rose, je ne vous la donnerais pas. Parce que après tout, jeune Gilpin, qui êtes-vous ? Juste un poète. Un simple écrivaillon, voilà ce que vous êtes. Polly peut prétendre à mieux.

— Je regrette que vous ne m'aimiez pas.

— Ce n'est pas que je ne vous aime pas. C'est que je ne vous crois pas digne de la main de ma fille. Il n'y a rien de fondamentalement mauvais en vous, jeune Gilpin. J'admets que vous avez un bon gauche. Mais vous n'êtes pas un « om serioo », une expression française, expliqua M. Pott, pour décrire un type capable d'entretenir une jeune fille délicieuse comme une jeune fille délicieuse doit être entretenue. Si vous étiez un « om serioo », vous ne perdriez pas votre temps à écrire des poésies.

Ricky se répétait qu'il devait conserver son calme. Mais le calme était une chose qu'il lui était difficile de conserver quand on le mettait rudement à l'épreuve.

— Ma chère fille doit épouser un homme qui ait du bien. Cet Horace Davenport...

— Horace !

— C'est facile de dire « Horace » sur ce ton. C'est le neveu d'un duc, dit respectueusement M. Pott.

— Bon, si c'est une question de snobisme, moi aussi je suis le neveu d'un duc.

— Ah oui ! mais votre maman n'avait pas le sou et le papa d'Horace avait de quoi. C'est là toute la différence. D'après ce que je sais de l'histoire, votre maman s'est mariée au-dessous d'elle. C'est trop tard pour le regretter maintenant.

— Ce que je regrette, c'est que vous ne veuillez pas entendre raison.

— Je n'ai encore rien entendu de raisonnable.

Il y eut un froid. M. Pott aurait aimé avoir un autre demi de bière « pression », mais, au train dont allaient les choses, il apparaissait probable qu'il lui faudrait le payer lui-même.

— M. Pott, dit Ricky, je vous ai sauvé la vie.

— Et en cet effroyable jour où nous devrons tous rendre des comptes, cela vous sera bel et bien compté à votre crédit. Bien qu'en réalité, dit M. Pott, négligemment, je suis persuadé que j'aurais pu régler seul le sort de ces types-là.

Les muscles que Ricky avait hérités de son robuste père jaillirent sous ses pommettes.

— J'espère que l'occasion se représentera, déclara-t-il.

M. Pott sembla blessé.

— C'est une bien méchante chose à souhaiter.

— Je l'ai dite exprès. Parce que, dit Ricky découvrant le fond de son cœur, s'il fut jamais petite crapule qui ait mérité d'avoir l'estomac défoncé et d'être piétiné par des costauds en bottes à clous, c'est bien vous, M. Pott. La prochaine fois que je verrai des gens en train de vous malmener, dans la rue, je leur offrirai de tenir leurs vestes et resterai à côté pour applaudir.

M. Pott se leva.

— Hé ! si vous avez aussi mauvais cœur, cela ne m'étonne pas qu'elle vous préfère Horace !

— Puis-je vous demander où vous avez pêché qu'elle me préfère Horace ?

— Je m'en suis aperçu le soir où elle l'a emmené au bal. Il y avait dans ses yeux une lueur qui me fit penser aussitôt qu'elle le considérait comme son Prince Charmant. Et ceci m'a été confirmé par une information digne de confiance.

Ricky se mit à rire.

— Cela vous intéresserait-il de savoir que Polly m'a promis de ne plus jamais voir Horace ?

— Cela ne m'intéresse pas le moins du monde, répondit M. Pott, parce que je sais qu'elle le fréquente toujours.

La question est posée de savoir si Ricky était excusable, dans ces circonstances, de dire à M. Pott qu'il était un abominable menteur et que seul le fait d'être une informe petite déjection qu'aucun homme soucieux de sa dignité ne voudrait toucher avec une perche, lui évitait d'avoir le cou tordu. M. Pott, qui trouvait que Ricky était sans excuse, se leva avec humeur.

— Jeune Gilpin, dit-il, je vous souhaite le bonsoir. Après cette sortie, je me vois dans l'obligation de décliner toute association avec vous. Il arrive que l'on aille trop loin, et c'est ce que vous avez fait. Je vais aller prendre un demi ailleurs.

Il alla aux « Grillons Joyeux » dans ce dessein, et, pendant quelque temps, Ricky resta assis devant son verre. Maintenant que son premier mouvement d'indignation était passé, il éprouvait plus d'amusement que de haine. Le mensonge avait été si maladroit, si facile à percer à jour. Il se reprocha d'avoir pu même en être irrité.

S'il y avait quelque chose de sûr dans ce monde instable, c'est que Polly était droite comme un I. Comment pouvait-elle être ainsi avec un tel père ? Cela faisait partie des mystères insondables, mais c'était ainsi. Un mensonge de Polly était absolument inconcevable.

Le cœur brûlant d'amour, Ricky se leva et se dirigea vers le couloir qui conduisait à la porte de derrière de l'auberge. Il sentait le besoin d'un peu d'air. Après avoir abrité M. Pott le bar sentait un peu le renfermé.

Le jardin des « Armes d'Emsworth » descend jusqu'à la rivière, et c'est un endroit agréable et parfumé par un soir de printemps. Ricky aurait aimé rester là, mais il avait l'intention de prendre l'express du soir pour Londres et il avait encore sa valise à faire. Il tourna mélancoliquement les talons. Comme il atteignait l'auberge, une voix sans visage lui parvint de l'intérieur.

— Allo, disait cette voix. Allo...o. !

Ricky s'arrêta stupéfait. Il n'existait qu'un homme au monde pour prononcer « allo » avec un pareil bêlement.

— Allo... Polly ?...

Le cœur de Ricky sembla sauter dans les airs en faisant tournoyer ses pieds à la façon d'un danseur russe. Il s'était souvent demandé ce que ressentaient les condamnés sur la chaise électrique quand les autorités branchaient le courant. Maintenant il le savait.

— Allo, Polly ? Polly, mon chou, c'est moi Horace. Oui, je sais... Cela n'a pas d'importance... Il faut que je vous voie immédiatement. Evidemment que c'est important... Question de vie ou de mort. Laissez tout tomber tel un ange que vous êtes, et venez. Venez au devant de moi à la grille du château, dehors, sur la route. Il faut que personne ne nous voie. Hein ?... Quoi ?... Oui. Très bien ! J'ai ma voiture. J'y serai avant vous.

Une comète à chevelure rouge fit irruption dans le parloir des « Armes d'Emsworth ». Là, dans le coin, près de la fenêtre, se trouvait le téléphone, mais l'orateur avait disparu. Dehors, dans la rue, on entendait le bruit d'un moteur.

Ricky Gilpin bondit à la porte. Une Bentley grand luxe démarrait dans la rue, avec une silhouette mince, longue et familière au volant.

Une seconde, il pensa à crier. Puis se rendant compte qu'il y avait mieux à faire, il se précipita et sauta sur le pare-chocs et s'aggripa à la malle arrière de la voiture.

Horace Davenport, inconscient du fret arrimé à son bord, appuya sur l'accélérateur et la Bentley prit de la vitesse.

***

Lord Ickenham, délassé par son bain, avait quitté sa chambre, et commençait à chercher Polly partout à l'intérieur de Blandings Castle. Devant l'impossibilité de la trouver, il s'informa auprès de Pongo qu'il découvrit au fumoir, le regard perdu dans le vague. Pour le moment Pongo Twistleton courbait le front très bas sous le joug de la vie.

— Oh, mon garçon ! As-tu vu Polly quelque part ?

Pongo s'arracha à ses pensées.

— Oui, je l'ai vue...

Il s'arrêta brusquement. Ses yeux sortaient de leurs orbites. Il venait de remarquer ce que l'autre tenait à la main.

— Mon Dieu ! De l'argent ?

— Oui.

— Combien ?

— Deux cent cinquante livres.

— Dieu tout puissant ! D'où le tenez-vous ?

— Tu me croiras difficilement. De Moutarde Pott !

— De qui !

— Oui, Moutarde, mandé par Bosham pour épier nos mouvements, vient d'arriver au château dans l'exercice de ses fonctions. Je crois avoir négligé Bosham en tant qu'adversaire, avec un peu de légèreté. Il semble avoir percé à jour mes efforts pour le convaincre que je n'étais pas celui qui avait emporté sa valise et s'être décidé à demander du secours. Un jeune homme bougrement énigmatique. Il m'a eu complètement. Ce qui lui a fait choisir Moutarde parmi les myriades de roussins londoniens, je ne puis le dire. Je suppose qu'il a entendu parler de lui par Horace. En tout cas, il est là, et il n'a pas chômé. Moins d'une demi-heure après son arrivée, il avait soutiré cette somme rondelette à Bosham aux « Rois Mages ». Quant à moi, après avoir lutté avec lui comme l'ange lutta avec Jacob, je la lui ai prise.

Pongo tremblait de tous ses membres.

— Mais c'est merveilleux ! Tout est bien qui finit bien. L'ouvrage porte la marque de son artisan à chaque mètre. J'ai toujours pensé que vous réussiriez tôt ou tard. Cher vieil oncle Fred ! Vous êtes unique. Il n'y en a pas deux comme vous, non.

Lord Ickenham se rendit compte que son neveu s'engageait sur la voie d'un malentendu. A contre-cœur, il le remit sur la ligne droite.

— Hélas, mon garçon. Ce n'est pas pour toi !

— Que voulez-vous dire ?

— Cet argent est réservé à Polly. C'est le prix d'achat de cet onion-soup-bar qui lui permettra d'épouser celui qu'elle aime. Je suis désolé. Je me rends compte du coup que cela doit être pour toi. Tout ce que je puis dire pour m'excuser, c'est qu'elle en a plus besoin que toi.

C'est la meilleure façon de trouver l'oreille de Pongo Twistleton. Il lui avait semblé un moment que le monde s'écroulait autour de lui dans un chaos déchirant, mais déjà le meilleur de lui-même, avait repris le contrôle de ses actes. Oui, comprit-il, oui c'était mieux ainsi. Aussi tragique que ce soit de ne pouvoir mettre le grappin sur la somme, ce n'était pas une agonie sans mélange. Son grand amour réclamait un semblable sacrifice.

— Je vois ce que vous voulez dire, dit-il, oui, il y a du vrai.

— Où est-elle ?

— Je pense qu'elle est allée à Market Blandings.

— Que diable aurait-elle été faire à Market Blandings ?

— Là, vous me prenez au dépourvu. Moi je fumais une cigarette sur la terrasse, il y a un instant, quand je l'ai vue sortir chapeautée et bottée, elle m'a donné l'impression, quand je le lui ai demandé, que c'est vers cet endroit qu'elle se dirigeait.

— Bon, cours après elle et répand le soleil dans son cœur.

Pongo n'apprécia pas particulièrement la suggestion.

— Cela fait quatre milles, aller et retour, vous savez.

— Eh bien, tu es jeune et fort.

— Pourquoi n'y allez-vous pas vous-même ?

— L'âge a ses privilèges, mon garçon. Ma promenade m'a un peu fatigué. Je me propose d'aller faire un petit somme dans ma chambre. J'ai souvent pensé qu'il n'y avait rien de plus agréable à la campagne qu'un bon somme devant un feu pétillant. File.

Pongo ne partit pas avec enthousiasme, mais il partit et Lord Ickenham retourna dans sa chambre. Il y avait un bon feu, le fauteuil était doux et la pensée de son neveu parcourant quatre milles sur la grand'route, étrangement apaisante.

Mais les choses agréables sont éphémères. Un petit somme, un petit rêve, les poings qui se ferment et quelqu'un arrive et vous secoue l'épaule.

Lord Ickenham se redressant, s'aperçut que la personne qui lui secouait l'épaule n'était autre qu'Horace Davenport.

CHAPITRE XVI

Il se leva avec courtoisie. Dire que cette apparition insolite ne l'avait pas légèrement troublé serait une façon tendancieuse de présenter les faits. Pendant un instant ses sentiments furent analogues à ceux d'une héroïne de pantomime quand le Démon jaillit brusquement d'une trappe à ses côtés, dans une gerbe de flammes. Mais il avait une merveilleuse maîtrise de son système nerveux et rien dans son apparence extérieure ne révéla l'intensité de son émotion.

— Ah ! Bonsoir, bonsoir, dit-il. C'est M. Davenport, n'est-ce pas ? Enchanté de vous voir. Mais que faites-vous donc ici ? Je croyais que nous avions décidé d'aller faire une cure de repos à Bournemouth. Est-il arrivé quelque chose qui vous a fait changer d'avis ?

— Hé ! dit Horace.

Il avait fait un geste de protestation. Ses yeux étaient ceux de quelqu'un qui a traversé une fournaise et il vibrait doucement comme s'il avait avalé un petit moteur auxiliaire.

— Pardon ?

— Ce « nous », laissez-le tomber. Je ne suis pas d'humeur à l'entendre.

Quelque chose semblait indiquer à Lord Ickenham qu'il ne se trouvait plus en face de cet Horace Davenport, idéalement crédule, de leur dernière entrevue, mais il s'obstina.

— Mais naturellement, mon cher. Je suis désolé que cela vous ait contrarié. Ce n'est qu'une de ces manies professionnelles auxquelles on se laisse aller. La plupart de mes malades la trouve apaisante.

— Vraiment ? Oh, vous et vos damnés malades !

L'amertume non déguisée avec laquelle le jeune homme dit ces mots confirma Lord Ickenham dans l'opinion qu'il y avait quelque anicroche. Il tenta toutefois de faire de son mieux.

— Je vous demande pardon ?

— Ne passez pas votre temps à implorer mon pardon. Bien que, nom d'un chien, dit Horace d'une voix perçante, vous le puissiez bien. Se ficher de moi comme ça. Vous intéresserait-il vraiment d'apprendre que je sais tout.

— Vraiment ?

— Oui. Vous n'êtes pas Sir Roderick Glossop.

Lord Ickenham fronça les sourcils.

— Voilà une étrange affirmation. J'avoue que je n'aime pas ça. Elle décèle un état d'agitation fébrile. Dites-moi, faisons-nous...

— Allez-vous cesser ce jeu ? Ecoutez ! Vous êtes l'oncle Fred de Valérie. J'ai rencontré quelqu'un qui connaît Glossop et on m'en a fait la description sans m'épargner le moindre détail.

Lord Ickenham était un homme qui acceptait l'inévitable. Parfois c'était son plaisir, mais il faisait contre mauvaise fortune bon cœur.

— Dans ce cas, comme vous le souligniez si justement, il est peut-être inutile d'essayer de continuer à jouer cette innocente comédie. Oui, mon cher ami, vous avez parfaitement raison. Je suis l'oncle de Valérie.

— Et c'est Pongo Twistleton et Polly Pott que j'ai rencontrés dans le hall. Ce n'était pas une hallu... comment dit-on ? Un joli tour que vous m'avez joué tous les trois de me faire croire que j'avais perdu la boule. Je me rends compte maintenant que je n'avais absolument rien d'anormal.

— Sans doute, ressentez-vous une grande impression de soulagement ?

— Mon impression, si vous désirez la connaître, est celle d'un homme qui a été roulé comme un imbécile et qui est absolument furieux.

— Certes, je comprends votre émotion et je ne puis que vous prier de m'excuser. Cela m'a fendu le cœur d'agir ainsi mais c'était une nécessité stratégique. Vous étiez en travers de nos projets. Il fallait vous écarter coûte que coûte. Laissez-moi vous expliquer ce que nous faisons incognito à Blandings Castle. Croyez-moi, ce n'est pas une simple fantaisie qui nous a amenés ici. Nous espérons que Polly réussira à attendrir le cœur du duc, sans qu'il sache qui elle est, pour ouvrir la voie à son mariage avec votre cousin Ricky. Vous connaissez les préjugés de ce vieux fossile en matière de hiérarchie sociale. Si Ricky lui dit qu'il veut épouser une fille d'origine douteuse — et je défie quiconque d'imaginer une origine plus douteuse que ce cher vieux Moutarde — il mettra son veto à la publication des bans sans la moindre hésitation. Nous essayons de faire les choses en catimini et nous ne pouvions compter qu'avec votre nature franche et ouverte.

La juste colère d'Horace fit momentanément place à la stupéfaction.

— Mais je croyais que Ricky et Polly avaient rompu.

— Loin de là. Il est exact qu'après l'affaire du bal il y a eu une petite querelle, mais le tact féminin de Polly a arrangé les choses. Il est de nouveau l'amoureux transi cent pour cent.

— Alors, pourquoi veut-il me tuer ?

— Mais il ne le veut pas.

— Mais je vous dis que si.

— Vous confondez avec quelqu'un d'autre.

— Je ne confonds pas avec quelqu'un d'autre. Je viens de le trouver dans le fond de ma voiture à la minute, et il m'a déclaré expressément qu'il allait me déchiqueter en tout petits morceaux et les semer au travers des prés.

— Dans le fond de votre voiture, avez-vous dit ?

— Exactement ! Tandis que je sortais de l'avant, il a bondi de l'arrière et s'est jeté sur moi.

— Il semble que je ne sois pas au courant des événements de dernière heure, dit Lord Ickenham. Vous feriez mieux de me raconter votre histoire qui promet d'être pleine d'intérêt.

Pour la première fois, le visage d'Horace s'éclaira. Il était évident que quelque pensée agréable lui traversait l'esprit.

— Pour vous intéresser, elle vous intéressera ! Par les cornes du diable, vous allez écouter et en faire votre profit, croyez-moi ! Vous vous êtes mis dans de jolis draps. L'heure du châtiment a sonné, comme dit la Dame de Shalott. Hein, hein !

Lord Ickenham le trouva hermétique.

— Vous parlez par paraboles, mon garçon. Laissez là l'oracle de Delphes et appelez un chat un chat.

— Parfait ! Si vous voulez que l'on vous mette les points sur les i. Valérie est au courant de vos faits et gestes et sera ici demain au plus tard.

Lord Ickenham ne s'attendait pas à cette nouvelle. Et bien qu'il eût coutume d'opposer un front serein à tous les coups du sort, il tressaillit légèrement tandis qu'un instant sa moustache conquérante semblait perdre sa superbe.

— Valérie ? Elle vient *ici ?*

— Je pensais bien que ce serait un coup dur pour vous.

— Pas le moins du monde. J'ai toujours plaisir à voir ma chère nièce, toujours. Vous êtes raccommodé avec elle, alors ?

Les manières d'Horace devinrent plus amicales. Il gardait toujours rancune du tour qu'on lui avait joué et n'acceptait en aucune façon l'excuse de nécessités stratégiques, mais il ne pouvait s'empêcher d'admirer cet homme de fer.

— Je l'ai rencontrée la nuit dernière au restaurant. J'y étais allé pour suivre vos prescriptions et prendre la cuite de ma vie avant de filer sur Bournemouth. Vous vous souvenez avoir été d'accord avec moi sur l'utilité de cette cuite ?

— Oui, je me souviens.

— Vous m'aviez recommandé de m'adonner à une boisson nommée « Reine de Mai ».

— C'est exact. La meilleure amie de celui qui veut se cuiter. Avez-vous aimé cela ?

— Eh bien, oui et non. C'est assez spécial. Pendant un certain temps vous avez l'impression que le monde vous appartient. Mais si vous continuez une grande détresse vous saisit. Le premier verre est merveilleux. La joie règne en maîtresse et les petits oiseaux bleus chantent de tout leur cœur. Quand vous avez absorbé le second verre, la situation change du tout au tout. Vous vous prenez à rêver que ce monde est pourri et que vous y perdez votre temps. L'avenir devient sombre. Les sanglots vous montent à la gorge. Tout semble mélancolique et désespéré.

— C'est extrêmement intéressant. De mon temps, je n'ai jamais poussé l'expérience aussi loin que vous ne semblez l'avoir fait. On m'avait surnommé « Bois qu'un coup Ickenham ».

— Je venais d'arriver au deuxième stade quand Valérie est entrée accompagnée d'une vieille dame qui ressemblait à un Pékinois de pure race. Elles s'installèrent et je me souviens ensuite de m'être glissé entre elles en racontant à Valérie combien j'étais malheureux.

— Cela a dû toucher son amie.

— Oh oui ! Elle semblait très intéressée. C'était une bonne vieille. Je lui dis tout. Aussitôt qu'elle eût compris la situation, elle se mit à plaider ma cause de la façon la plus chaleureuse. Valérie, je dois l'avouer, ne se révéla pas très compréhensive au début. Son attitude était froide et réservée, et elle me disait tout le temps de ne pas mettre mes coudes sur ses genoux. Mais cette bonne vieille toupie a rapidement changé tout ça. Il semblait qu'il y ait eu dans sa vie une tragédie analogue et elle nous l'a racontée.

— Vous aviez révélé les circonstances de la rupture de vos fiançailles au Pékinois, alors ?

— Oh oui. Tout de suite. Il y a dans votre « Reine de Mai » quelque chose qui semble faire perdre toute pudeur, si vous voyez ce que je veux dire. Et quand je lui en eût confié mon histoire sans détour, elle alla de son morceau. Il était question d'un type qu'elle aimait à la folie, avec qui elle s'était querellée, à la suite de quoi le type en question avait tourné les talons et était parti pour la Malaisie où il avait épousé la veuve d'un planteur de caoutchouc, simplement parce qu'elle avait été trop orgueilleuse pour prononcer le petit mot qui aurait tout arrangé. Des années plus tard, elle avait reçu un simple bouquet de violettes blanches enveloppé d'un papier portant ces mots « Cela aurait pu être ».

— Marrant.

— Très. J'ai pleuré comme une madeleine. Alors, elle s'est penchée sur moi et a dit à Valérie qu'un pardon ne devait pas être arraché mais devait être répandu sur quelque chose comme quelque chose que je n'ai pas compris. Je n'ai pas très bien suivi, mais les résultats furent excellents. J'ai vu les yeux de Valérie s'adoucir et une larme s'en échapper. L'instant d'après nous étions dans les bras l'un de l'autre.

— Et ensuite ?

— Eh bien la soirée s'est prolongée pour ainsi dire. Le Pékinois femelle nous a parlé davantage de son planteur de Malaisie, et j'ai continué à pleurer. Valérie a commencé à pleurer aussi et le Pékinois pleurait à chaudes larmes quand le maître d'hôtel est arrivé et a suggéré que nous allions pleurer ailleurs. Nous sommes alors allés chez moi prendre des œufs au jambon. C'est en servant le souper que je me suis souvenu brusquement que j'étais atteint d'une maladie mentale et que je n'avais pas le droit d'épouser une jeune fille bien. Je l'ai dit à Valérie et toute l'histoire suivit.

— Je vois.

— Le Pékinois, paraît-il, connaissait bien Sir Roderick Glossop, qui avait soigné son cousin Lionel d'une certaine forme de folie, et d'après la description de cet homme, il était clair que vous ne pouviez pas être lui. De sorte qu'il paraissait évident que vous deviez être vous.

— Un raisonnement inattaquable.

— Et quand je me suis demandé pour quel motif vous m'aviez emmené en bateau, Valérie a ricané et dit qu'il était évident que vous étiez en train de faire quelque sale tour dans cette vieille baraque et que vous aviez voulu m'éloigner. Ce qui, vous l'avouerez, était exactement le cas. C'est une fille remarquablement intelligente.

— Remarquablement. J'ai parfois pensé que ce serait une chose admirable si elle s'étranglait.

— Et la conclusion de toute cette histoire fut qu'elle est allée ce matin à Ickenham, simplement pour s'assurer que vous n'y étiez pas; son intention était, après cette vérification, de rappliquer ici et de vous dénoncer devant tout le monde. J'ai compris que ce qui me restait à faire était de partir de bonne heure et d'être ici avant elle, parce que, voyez-vous, bien que tout soit pardonné et oublié entre nous et que l'amour soit revenu comme autrefois, il reste un petit point noir. Elle semble assez curieuse à propos de Polly.

— Vous voulez dire de vos relations avec elle ?

— Oui. Elle a déclaré d'un ton qui n'augurait rien de bon qu'elle supposait Polly fort jolie et mon affirmation selon laquelle c'était une fille quelconque que j'avais emmenée au bal par pitié, ne fut pas acceptée très facilement. J'ai la nette impression qu'elle veut faire sa petite enquête.

— De sorte que votre désir de la voir arriver ici et de lui présenter Polly en chair et en os est faible ?

— Presque nul, confessa Horace franchement. Aussitôt que j'ai pu je suis venu en voiture dire à Polly de filer tant qu'il en était encore temps.

— Très avisé.

— J'ai téléphoné des « Armes d'Emsworth » pour lui donner rendez-vous à la grille du château. Puis j'ai sauté dans la voiture et suis venu ici. Concevez ma surprise de voir Ricky émerger de la poupe tandis que je sortais de la proue.

— Cela a dû vous donner un coup ?

— En effet. Un rude coup. J'ai filé comme un lapin. Quand j'eus parcouru trois quarts de mille, en ne touchant pas le sol plus de deux fois, je me suis retrouvé aux portes du château, et me suis arrêté pour examiner la situation. Je me suis rendu compte, qu'ayant manqué Polly, ce que je pouvais faire de mieux était de venir vous trouver. Je savais où était votre chambre, naturellement, et je montais avec l'idée d'attendre jusqu'au moment où vous viendriez vous habiller pour le dîner. Que je vous aie trouvé tout de suite est le seul coup de chance que j'ai eu au cours d'une soirée de poisse.

—Vous voulez, je parie, que j'aille trouver Polly et la prie de ne pas être parmi les hôtes du château lors de l'arrivée de Valérie ?

— Exactement.

— Elle sera éloignée. En vérité, je crois bien qu'aucun de vous ne sera là pour souhaiter la bienvenue à la chère petite. Je me souviens d'avoir dit il n'y a pas longtemps, à mon neveu Pongo, que les Twistleton ne fuyaient jamais, mais il y a des exceptions à la règle. Si Valérie était en mesure de rapporter au G.Q.G. qu'elle m'a trouvé à Blandings Castle jouant le rôle d'un psychiâtre, les conséquences seraient capables de faire chanceler l'ordre social, mais si je file avant qu'elle n'arrive ici, il me semble qu'il n'est rien que je ne puisse voiler d'un démenti énergique. Aussi, soyez certain, mon garçon, que je ne perdrai pas de temps à rassembler mes jeunes partenaires et vous nous reconduirez à Londres avec votre voiture. A l'encontre des Arabes qui s'arrêtent pour plier leurs tentes avant de fuir silencieusement, nous ne nous arrêterons même pas pour faire nos paquets.

« Je crois que je serai en mesure de régler votre petit différend avec Ricky. Mon premier acte va être d'aller lui expliquer la situation. Je vous propose de rester ici jusqu'à mon retour. Si vous préférez vous cacher dans la porcherie pour le cas où votre oncle entrerait, ne vous gênez en aucune façon, vous êtes chez vous ».

La soirée était fraîche et embaumée. Une brise légère susurrait à travers les arbres, tandis que Lord Ickenham descendait l'avenue. En dépit des périls qui menaçaient, il était d'humeur sereine. Il regrettait d'avoir à quitter Blandings Castle où il avait trouvé un agréable terrain d'étude, riche en personnalités intéressantes mais il se rendait compte que le moment de déguerpir était venu. Et après tout, réfléchissait-il, sa tâche était accomplie. Polly avait son argent, Pongo avait la promesse de toucher le sien, et l'Impératrice était sauvée des mains avides du duc. Rien, en réalité, ne le retenait plus. Tout ce qui lui restait à faire était de prononcer quelques paroles d'apaisement pour le jeune poète explosif et une aventure agréable pourrait être considérée comme terminée.

Il était à mi-chemin de la grille du château, quand

il entendit un bruit de pas. Une ombre menue s'avançait dans le crépuscule.

— Polly ?

— Oh, bonsoir !

Lord Ickenham crut deviner une fausse note dans la voix généralement musicale de la jeune fille, et quand il s'arrêta à côté d'elle, il fut frappé par l'indifférence affectée de son attitude qui lui sembla étrange.

— Qu'est-ce qu'il y a ?

— Rien.

— Ne me raconte pas d'histoire, mon enfant. La visibilité peut ne pas être bonne, pourtant je peux remarquer que tu as l'air aussi découragée qu'une fleur fanée. Ton cafard est presque Pongoesque. Allons, qu'est-il arrivé ?

— Oh, oncle Fred !

— Allons ! Vas-y ! De quoi s'agit-il ?

Ce fut quelques instants plus tard que Polly éclata en sanglots en se tamponnant les yeux.

— Je regrette. Je me suis conduite comme une sotte.

— Pas du tout. Nous avons tous besoin de pleurer parfois. Je le recommanderai à Pongo. Je crois que je puis deviner ce qui ne va pas. Je devine que tu as eu une conversation avec ton amoureux. Tu es allée à la grille pour rencontrer Horace et tu as trouvé Ricky. A ton attitude, je conclus que c'est le lutteur de foire plutôt que le poète qui dominait chez lui.

— Il a été abominable. Et on ne peut pas le blâmer.

— Bien sûr que non. Dieu le bénisse le pauvre chou.

— Je veux dire que je comprends ce qu'il devait ressentir. J'avais promis de ne plus jamais voir Horace et je me précipitais à sa rencontre.

— Ne sois pas si large d'esprit, mon enfant. Pourquoi

diable ne verrais-tu pas Horace aussi souvent que tu le voudrais ? De quel droit ce gorille siffleur t'indiquerait-il qui tu dois voir et qui tu ne dois pas voir ? Qu'est-ce qui est arrivé ?

— Il s'est emporté et répandu en reproches. Il a dit que tout était rompu.

— C'est ce qu'il a fait il y a deux jours, après le bal. Mais tu l'as calmé.

— Je n'ai pas pu, cette fois-ci.

— As-tu essayé ?

— Non. Je me suis mise en colère et ai commencé à être aussi méchante que lui.

— Brave fille.

— Cela a été affreux. Il m'a détestée.

— Le détestes-tu?

— Bien sûr que non.

— Tu veux dire qu'en dépit de tout, tu l'aimes encore?

— Bien sûr que oui.

— Les femmes sont extraordinaires. Bon, je vais arranger cela. J'allais le trouver.

— Cela ne servira à rien.

— Ne t'inquiète pas, ma chérie. Je peux m'en charger. Je connais mes possibilités et parfois elles me stupéfient moi-même. J'en suis à me demander s'il y a des limites au pouvoir de cet homme extraordinaire ? Je suis néanmoins totalement incapable de comprendre pourquoi tu tiens à cet oiseau, mais si tu y tiens vraiment, ne t'inquiète pas, tu l'auras.

Il poursuivit sa course, et en arrivant à la grille, il vit la Bentley arrêtée sur le bord de la route. Il aperçut un être vigoureux marchant de long en large à côté de la voiture, comme un tigre affamé à l'heure du repas.

— M. Gilpin, je présume ? dit-il.

CHAPITRE XVII

Ricky Gilpin était passé par tant d'aventures exaspérantes en ce jour d'avril, que l'on ne peut guère s'étonner de sa mauvaise humeur. Dans un monde encombré de ducs, de Pott, d'Horace Davenport et de filles infidèles, seul un philosophe aurait pu conserver une sérénité intégrale et Ricky n'avait rien d'un philosophe.

Il jeta à Lord Ickenham un regard sombre. Il ne savait pas qui était cet étranger élégant, mais il lui semblait déjà antipathique.

— Qui êtes-vous ?

— Je m'appelle Ickenham.

— Ah !

— Je vois que vous connaissez mon nom. Sans doute Polly vous a-t-elle parlé de moi.

— Oui.

— Alors, par esprit de réciprocité, je vais maintenant parler de Polly.

Le corps puissant de Ricky Gilpin fut secoué par un frisson.

— Certainement pas. Tout est fini entre nous.

— Ne dites pas cela.

— Je le dis.

Lord Ickenham soupira.

— Jeunesse ! Jeunesse ! Comme elle gâche vite son bonheur, tel un enfant étourdi, dit-il, et il s'arrêta pour réfléchir à ce que pouvaient faire les enfants étourdis... qui font des bulles de savon avec une paille et les dispersent dans l'air ensoleillé. C'est bien, bien triste. Puis-je vous raconter une petite histoire, M. Gilpin ?

— Non.

— Il y a des années — il aurait fallu un homme plus adroit que Ricky pour empêcher Lord Ickenham de raconter des histoires — j'ai aimé une jeune fille.

— Vous n'avez pas vu Horace Davenport, par hasard?

— Je l'ai aimée passionnément.

— Si vous le voyez, dites-lui que ce n'est plus la peine de se cacher. J'ai l'intention d'attendre ici plusieurs semaines, s'il le faut.

— Nous nous sommes disputés pour quelque histoire banale. Des propos amers furent échangés. Et finalement elle sortit de la pièce et alla épouser un planteur de caoutchouc.

— Tôt ou tard, il faudra qu'il vienne ici et que je le déchire en petits morceaux.

— Des années plus tard, je reçus un bouquet de violettes blanches, enveloppé dans une simple feuille de papier portant ces mots « Cela aurait pu être ». Tragique hein ? Si vous voulez permettre à un vieil homme de vous donner un conseil, M. Gilpin — à un vieil homme qui a souffert — à un vieil homme qui a gâché son bonheur simplement parce qu'il était trop fier pour prononcer le petit mot qui...

Il y eut un bruit métallique. Ricky venait, semblait-il, d'envoyer un coup de pied dans le pare-choc de la voiture.

— Ecoutez, dit-il, je puis aussi bien vous dire tout de suite que vous perdez votre temps. Je sais que Polly vous a envoyé pour essayer de m'entortiller.

— M'envoyer vous entortiller? Mon pauvre ami! Vous ne connaissez pas la fierté de cette jeune fille !

Lord Ickenham se tut. Ricky s'était avancé dans le faisceau doré projeté par les phares et pour la première fois, il pouvait le voir autrement que comme une silhouette indistincte dans la pénombre.

— Au fait, dit-il, votre père ne s'appelait-il pas Billy Gilpin. Il appartenait à un régiment irlandais ?

— Il s'appelait William et était dans les « Connaught Rangers ». Pourquoi ?

— C'est bien ce que je pensais. C'est lui tout craché. Maintenant que je sais cela, je ne suis pas surpris que vous vous soyez conduit de cette façon ridicule. J'ai connu votre père, et je voudrais que l'on m'eût donné cinq livres chaque fois que je me suis assis sur sa tête dans les bars et restaurants en m'efforçant douloureusement de lui faire entendre raison. De tous les chasseurs de moulins à vent qui se soient jamais promenés de par le monde avec une paille sur l'épaule, s'offensant à une simple plaisanterie...

— Je ne suis pas disposé à discuter sur mon père. Et si vous trouvez que c'est une simple plaisanterie quand la jeune fille qui est supposée vous aimer va se jeter dans les bras d'Horace Davenport, après avoir promis...

— Mais, mon cher ami, ne comprenez-vous pas que c'est justement parce qu'elle vous aimait qu'elle a flirtaillé avec Horace ?... Laissez-moi vous expliquer et si, quand j'ai fini, vous n'êtes pas criblé de honte, c'est que vous êtes fermé à tout sentiment humain. Tout d'abord, rien, si ce n'est son amour pour vous, n'aurait pu l'amener à ce bal de l'Albert Hall. Vous ne pensez pas qu'une jeune fille se montre de gaîté de cœur avec un garçon portant un costume de guerrier zoulou et des lunettes d'écailles, non ? Polly est allée à ce bal parce qu'elle était prête à endurer les pires tourments physiques et nerveux pour seconder vos intérêts. C'était son intention de profiter d'un moment où Horace serait de bonne humeur et de le déterminer à vous avancer la somme dont vous aviez besoin pour votre « onion-soup-bar ».

— Quoi !

— Pendant des semaines elle a cherché à l'amadouer en lui donnant des leçons de danse, et cette nuit aurait dû être le couronnement de l'entreprise. Elle espérait être en mesure de vous annoncer que cette fastidieuse attente était terminée et que vous pourriez vous marier et vivre heureux, tout en versant de la soupe à l'oignon aux ivrognes assoiffés. Mais votre conduite emportée a tout gâché ce soir-là. Une jeune fille ne peut pas emprunter de l'argent à un garçon que l'on emmène au poste de police de Malborough. Son instinct l'avertit qu'il ne doit pas être dans l'humeur qu'il faut. Aussi a-t-elle dû attendre une autre occasion. Sachant qu'on attendait Horace ici, elle y est venue aussi. Elle l'a recontré. Elle a eu l'argent...

— Elle... quoi ?

— Certainement. Il est en sa possession maintenant. Elle vous l'apportait.

— Mais comment savait-elle que j'étais ici ?

Cette question n'embarrassa Lord Ickenham qu'une fraction de seconde.

— Son intuition féminine ? suggéra-t-il.

— Mais...

— Bon, c'est ainsi, dit Lord Ickenham résolument. Qu'est-ce que cela peut faire la façon dont elle savait que vous étiez là ? Ce qui importe c'est qu'elle le savait, et elle venait vous apporter l'argent en courant comme un enfant qui a trouvé un trésor. Et vous, qu'avez-vous fait ? Vous vous êtes conduit comme une brute et un butor. Aussi comprend-elle enfin, qu'elle l'a échappé belle, et je n'en suis pas surpris.

— Oh, mon Dieu, est-ce vrai ?

— C'est ce qu'elle m'a dit quand je l'ai rencontrée il y a une minute et je ne l'en blâme pas. Il n'y a pas d'amour sans confiance, c'est une belle démonstration de confiance que vous lui avez faite, n'est-ce pas ?

Pour Horace Davenport, s'il avait pu la voir à ce moment, la figure de Ricky Gilpin aurait été une révélation. Il aurait pu difficilement imaginer ces yeux incandescents en train de clignoter comme ceux d'un mouton, ou cette mâchoire d'acier réduite à la consistance gélatineuse et tremblotante d'un blanc-mangé mal moulé. Le futur roi de la soupe à l'oignon présentait tous les symptômes de quelqu'un qui a reçu sur la nuque un sac de sable mouillé lancé à pleine force.

— Je me suis conduit comme un imbécile, avoua-t-il, et sa voix était douce comme le premier gazouillement d'un moineau à demi éveillé.

— C'est exact.

— J'ai fait un beau gâchis.

— Je suis heureux que vous vous en rendiez compte.

— Où est Polly ? Il faut que je la voie.

— Je ne vous le conseille pas. Il me semble que vous ne vous rendez pas très bien compte des conséquences de la conduite que vous venez d'avoir avec une fille intelligente comme Polly. Elle est très mécontente de vous, cela gâcherait tout de la voir. Vous ne pouvez faire qu'une chose. Quand retournez-vous à Londres ?

— J'avais l'intention de prendre le train du soir.

— Faites-le. Polly va bientôt rentrer chez elle. Aussitôt qu'elle sera arrivée, allez lui acheter des bonbons au chocolat, des masses de bonbons au chocolat, et envoyez-les-lui avec un mot où vous vous aplatissez.

— C'est ce que je vais faire.

— Vous pourrez ensuite implorer une entrevue. Et quand je dis implorer, je veux bien dire implorer.

— Naturellement.

— Si vous faites preuve d'esprit d'humiliation et de contrition, je ne vois pas de raison de vous désespérer. Elle vous a aimé autrefois et elle peut se sentir encore attirée vers vous. Je vais lui parler et faire ce que je pourrai pour vous.

— Vous êtes trop bon !

— Pas du tout. C'est un plaisir de rendre service au fils d'un vieil ami. Bonsoir, Gilpin, mon ami, et souvenez-vous... Du chocolat, bien humble et repentant, et en grosse quantité.

Il est peut-être heureux que Pongo Twistleton n'ait pas été là quand son oncle rejoignit Polly et lui fit le récit de son entretien avec Ricky Gilpin, car la scène émouvante qui suivit l'aurait remué jusqu'au plus profond de son être.

— Eh bien, voilà, conclut Lord Ickenham, les choses en sont là, et tout ce qui te reste à faire est de tenir bon et de profiter de ta supériorité stratégique. Je suis content de lui avoir conseillé de t'envoyer du chocolat. Je ne crois pas qu'un porc-épic de cette sorte aurait pensé à t'en envoyer en temps normal. Ce me semble un garçon dénué de ce qui fait le charme de la civilisation.

— Mais pourquoi ne l'avez-vous pas laissé venir me voir ?

— Ma chère enfant, cela aurait gâté tout le bon travail que j'ai accompli. Tu te serais jetée dans ses bras et il aurait pensé une fois de plus qu'il était le patron. Actuellement tu tiens ce jeune homme exactement comme il le faut. Tu accepteras ses chocolats en conservant une réserve distante qui ne t'engagera à rien, et par la suite, quand il aura tourné en rond pendant quelques semaines, en se précipitant chez son tailleur pour commander de temps en temps un costume de bure et qu'il aura maigri de quelques kilos, dans l'angoisse, tu lui pardonneras, sous la seule condition que cet incident ne se reproduise plus. Il ne faut pas laisser croire à ce genre de type autoritaire que tout est trop facile.

Polly fronça les sourcils. Cette histoire lui semblait jeter une fausse note dans un monde imprégné de parfums de fleurs et résonnant de douce musique.

— Je ne vois pas pourquoi cela serait une sorte de combat.

— Eh bien ! c'est comme ça. Le mariage est un champ de bataille, non un lit de roses. Qui a dit cela ? Cela me semble trop bien pour être de moi. Pourtant, il m'arrive d'avoir d'excellentes idées, surtout dans mon bain.

— J'aime Ricky.

— Et c'est très bien ainsi. Mais la seule façon de s'assurer une vie de ménage heureux est de décider clairement dès le début qui portera les culottes. Ma chère femme a réglé cette question pendant la lune de miel et notre union a été idéale.

Polly s'arrêta brusquement.

— C'est ridicule. Je vais le voir.

— Ma chère ne fais pas cela.

— Si.

— Tu le regretteras.

— Non.

— Pense au mal que je me suis donné.

— J'y pense et je ne puis dire combien je vous en suis reconnaissante, oncle Fred. Vous avez été merveilleux. Vous m'avez tirée d'un cauchemar et vous avez changé la face du monde pour moi. Mais je ne peux pas traiter Ricky comme cela. Je ne me le pardonnerais pas. Cela m'est égal qu'il se croie le maître. Il l'est, et j'en suis heureuse.

Lord Ickenham soupira.

— Très bien, si c'est ainsi que tu vois les choses. « Son grand front clair et son œil sublime sont ma loi absolue ». Si c'est cela que tu veux, je pense qu'il est inutile de discuter. Si tu as décidé de repousser une occasion unique envoyée par la Providence de remettre ce jeune homme à sa place, qu'il soit fait selon ton désir mon enfant et Dieu te bénisse. Mais tu ne peux pas le voir maintenant, il est allé prendre son train. Il te faudra attendre jusqu'à demain.

— Mais, c'est si long. Ne puis-je lui envoyer un télégramme ?

— Non, dit fermement Lord Ickenham. Il y a des limites. Conserve au moins un semblant de dignité féminine. Pourquoi ne pas demander à Horace de te ramener en voiture à Londres ce soir ?

— Vous croyez qu'il accepterait ? Il a déjà accompli un long voyage en auto aujourd'hui.

— Il ne demanderait pas mieux que d'en accomplir un autre pourvu que tu sois à ses côtés. Pongo et moi pourrions arriver le matin par ce train de huit heures vingt-cinq dont on dit tant de bien.

— Mais vous partez aussi ?

— Oui. Demande à Horace de te dire pourquoi. Tu le trouveras dans ma chambre. Si tu ne le vois pas, regarde dans le placard. Pendant ce temps, je vais chercher Pongo et lui donner mes dernières instructions. Il sera content des dernières nouvelles, il ne s'est jamais senti très à l'aise à Blandings Castle. Au fait, l'as-tu rencontré ?

— Oui, quand je rentrais, après avoir vu Ricky.

— Bien. Je me demandais simplement si tu avais bien reçu l'argent.

— En effet il m'a offert de l'argent mais je le lui ai rendu.

— Rendu ?

— Oui, je n'en voulais pas.

— Mais, ma chère enfant, c'était le prix d'achat de l'onion-soup-bar. Ta dot !

—Je sais, il me l'a dit. Polly se mit à rire. Mais je venais de me quereller horriblement avec Ricky et nous nous étions quittés pour toujours ! Je pensais à me noyer, de sorte que je ne voulais pas de dot. Dites-lui que j'en veux bien après tout.

Lord Ickenham laissa échapper un grognement sourd :

— Tu ne parlerais pas de cette façon légère et détachée si tu connaissais cette affaire. Dire à Pongo que tu en veux bien n'est pas, après tout, le travail insignifiant que tu imagines. Je crois qu'avec l'aide d'un anesthésique et de forceps, je parviendrai peut-être à extraire l'argent au pauvre diable mais il ne le crachera pas sans douleur. Cependant, tu peux compter sur moi pour veiller sur tes intérêts, à quelque prix que ce soit. Je t'apporterai la somme chez Pott demain après-midi. Maintenant sauve-toi et va trouver Horace. Je sais qu'il sera content de partir de bonne heure.

— Très bien, oncle Fred, vous êtes un ange.

— Merci, ma chérie.

— Sans vous...

Une fois de plus les bras de Lord Ickenham se refermèrent avec beaucoup plus de chaleur qu'il n'eût été nécessaire ni même convenable selon les vues austères de son neveu. Tout à coup il se trouva seul. De Polly il ne restait plus qu'une voix chantant gaiement dans l'obscurité, et qui bientôt se perdit dans la nuit.

Dix minutes plus tard Lord Ickenham, foulant à grandes enjambées la route de Market Blandings, entendit une autre voix qui chantait également gaiement. Il la reconnut avec angoisse. Il n'était pas fréquent que Pongo Twitleton chassa sa mélancolie naturelle pour gazouiller comme une alouette et la pensée qu'il lui était échu de chasser cette mélodie inhabituelle des lèvres d'un jeune homme qu'il aimait beaucoup, ne lui fut pas très agréable.

— Pongo ?

— Bonsoir, oncle Fred, quelle belle soirée !

— Très.

— Quel air limpide ! quel ciel étoilé ! quelle odeur délicieuse de bourgeons !

— Magnifique. Heu... Pongo, mon garçon, à propos de cet argent ?

— L'argent que vous m'avez donné pour Miss Pott ? Ah oui, je voulais vous en parler. Je lui ai offert, mais elle n'en a pas voulu.

— Oui... Mais...

— Elle m'a dit qu'elle avait quitté Ricky en très mauvais termes et qu'elle n'en avait pas besoin.

— Précisément, mais depuis...

— Aussi l'ai-je empoché et ai-je couru à Market Blandings ; j'ai bondi à la poste et ai glissé deux cents livres dans une enveloppe adressée à George Budd et cinquante dans une autre au nom d'Oofy Prosser et les ai envoyées recommandées. Ainsi, tout est arrangé. Je me sens soulagé au delà de toute expression.

Ce ne fut pas immédiatement que Lord Ickenham parla. Pendant quelque temps il tourna sa moustache et regarda son neveu pensivement. Il sentait une certaine rancune contre la Providence qui rendait indiscutablement la vie difficile à un brave homme.

— Ceci, dit-il, est un peu embarrassant.

— Embarrassant ?

— Oui.

— Que voulez-vous dire ? Il me semble...

La voix de Pongo s'éteignit. Une hideuse pensée lui était venue.

— Oh ! mon Dieu ! Ne me dites pas qu'elle a changé d'avis et veut l'argent en définitive ?

— Je crains bien que si.

— Vous voulez dire qu'elle est raccommodée avec Ricky ?

— Oui.

— Et qu'elle a besoin de l'argent pour se marier.

— Exactement.

— Oh, nom d'un chien de nom d'un chien !

— Oui, dit Lord Ickenham, c'est un peu embarrassant. Il n'y a pas à sortir de là. J'ai dit à Ricky qu'elle avait l'argent entre ses mains et il est parti prendre le train avec des divisions de foules, assoiffées de soupe, dansant devant ses yeux. J'ai dit à Polly que je lui apporterais la somme demain et elle est partie en chantant. Ce n'est pas très plaisant d'avoir à révéler la vérité. Une déception semble inévitable.

— Est-ce que cela peut être de quelque utilité de téléphoner à Budd et à Oofy pour leur demander de rendre l'argent ?

— Non.

— Non, je ne crois pas non plus, alors ?

La figure de Lord Ickenham s'éclaira. Il s'apercevait que tout n'était pas perdu. Ce cerveau actif n'était jamais longtemps à court de ressources.

— J'ai trouvé ! Moutarde !

— Hein !

— Moutarde Pott. Il faut qu'il nous tire de là. Ce qu'il nous faut faire, évidemment, est de lâcher Moutarde une fois de plus. Je crois qu'il sera un peu contrarié d'apprendre que son premier cadeau, au lieu d'assurer le bonheur de sa fille, a servi à mettre un terme aux difficultés financières d'un étranger comme toi, mais je ne doute pas qu'en quelques minutes mon éloquence ne le persuade d'oublier son chagrin naturel et de faire une nouvelle tentative.

— Avec Bosham.

— Non, pas avec Bosham. Les gars qui jouent aux Rois Mages avec Moutarde l'après-midi sont rarement dans des dispositions d'esprit telles qu'ils soient disposés à y jouer de nouveau dans la soirée. Emsworth sera notre homme.

— Le vieil Emsworth ? Oh !

Lord Ickenham fit un signe d'assentiment.

— Je vois ce que tu penses. Tu trouves qu'on ne devrait pas aller jusqu'à rouler un hôte aimable dont nous partageons le pain et le sel. Sur le principe je suis d'accord avec toi. Ce sera certainement une tache sur le blason des Ickenham et j'aurais bien voulu ne pas y être obligé. Mais dans une crise comme celle-ci, il faut étouffer ses meilleurs sentiments. Je ne t'ai pas dit, je crois, que l'on attend sous peu, ici, ta sœur Valérie ?

— Quoi ?

— Je tiens cette affirmation d'Horace, que tu peux considérer comme une source autorisée. Il nous faut, en conséquence, avoir filé d'ici demain sans faute, par le train de huit heures vingt-cinq. Nous n'avons donc pas le loisir de flâner ni de tergiverser pour trouver les fonds de Polly. Ce n'est pas le moment de nous demander : « Avons-nous le droit de les soutirer à Emsworth ? » ou « Avons-nous le droit, du point de vue de Sirius, d'escroquer ce bon vieillard ? », mais plutôt « Les possède-t-il ? » et il les a. Emsworth, en conséquence, doit nous donner un peu de son superflu ; j'y vais et je vais mettre les choses en train. Je reviendrai te mettre au courant dans ta chambre.

CHAPITRE XVIII

Ce fut un Pongo Twistleton sombre et préoccupé qui s'habilla pour le dîner ce soir-là, dans la petite chambre qui lui avait été attribuée au dernier étage. D'habitude, la mutation qui l'arrachait à la chrysalide du jour pour l'épanouir en un papillon de nuit éblouissant, était une des occupations quotidiennes qui lui faisaient plaisir.

Rasé de frais, délassé par son bain, il aimait le doux craquement du plastron immaculé de sa chemise et la sensation qu'il allait bientôt paraître à l'admiration du peuple. Mais, ce soir, il était distrait et de mauvaise humeur. Ses lèvres étaient serrées et ses yeux mornes. Même quand il noua sa cravate, il n'y prit pas un réel intérêt.

La nouvelle que sa sœur était en route pour rallier la petite arche de Blandings Castle, l'avait fortement ému. Elle avait développé chez lui cette sensation qu'il éprouvait depuis son arrivée d'être entouré de périls et menacé par de mauvais citoyens.

Mais plus cuisants que l'appréhension, les remords troublaient la paix de sa conscience.

Depuis qu'il avait éprouvé le coup de foudre pour Polly Pott, il avait rêvé d'une occasion qui lui permettrait d'accomplir quelque grand sacrifice pour elle. Il s'était imaginé en train de lui caresser la main tandis qu'elle le remerciait d'une voix entre-coupée, pour cet extraordinaire acte de noblesse. Il s'était représenté, la regardant dans les yeux avec un de ces sourires étranges et contraints où excèle Ronald Colman. Il avait été jusqu'à préparer, à tout hasard, un petit dialogue pour cette scène commençant par « Allons, allons, petite fille, ce n'est rien. Tout ce que je veux c'est votre bonheur », et devenant plus pressant encore par la suite.

Ce qui était arrivé effectivement, c'était que sauf intervention de son joueur de Rois Mages de père, pour sauver la situation à la onzième heure, il avait gâché sa vie. Il faut un nœud de cravate particulièrement bien réussi pour réconforter un esprit chancelant sous de telles pensées et le sien, découvrait-il dans la glace, ne l'était qu'à peu près. En vérité, il lui sembla si éloigné du nœud idéal qu'il était sur le point de le défaire et d'en recommencer un autre, quand la porte s'ouvrit et que Lord Ickenham entra.

— Eh bien ? s'écria Pongo avec anxiété.

Mais à la vue de son oncle, son moral sombra jusqu'à atteindre des profondeurs vertigineuses et insoupçonnées. Un seul coup d'œil permettait de juger que le nouvel arrivant n'avait rien de commun avec le coureur de Marathon. Il évoquait plutôt le brave maréchal Ney après Waterloo...

Il sentit son cœur plus lourd qu'il ne l'aurait cru possible un instant plus tôt.

Dans les manières de Lord Ickenham, il y avait une gravité qui provoquait un frisson involontaire.

— La marine des Etats-Unis nous a trahis, mon garçon. La garnison n'a pas été relevée, la provision d'eau est épuisée et les sauvages hurlent toujours à nos portes. En d'autres termes, Moutarde nous a laissés tomber.

Pongo se dirigea en chancelant vers la chaise la plus proche. Il s'assit lourdement. Si nous ajoutons qu'il oublia de tirer sur ses pantalons aux genoux, on pourra se faire une idée du trouble qui l'envahissait.

— Il n'a pas voulu ?

— Il a bien voulu et il l'a prouvé. Comme je l'avais prévu, il montra d'abord une certaine réticence, mais je l'ai bientôt convaincu ; il a souscrit à mon plan, déclarant avec le plus magnifique esprit sportif que tout ce que j'avais à faire était d'amener Emsworth et qu'il se chargeait du reste. Il tira son jeu de cartes et le caressa amoureusement, comme quelque grand guerrier tâtant le fil de son épée, avant le combat. A ce moment, Emsworth entra.

Pongo inclina lourdement la tête.

— Je vois où vous voulez en venir. Emsworth n'a pas voulu jouer.

— Oh si, il a joué ! C'est une histoire longue et compliquée, mon garçon, et je crois que tu ferais mieux de ne pas trop m'interrompre, ou il sera l'heure du dîner avant que nous puissions en venir à notre programme.

— Quel programme ?

— J'ai un projet, ou plan d'action, que je te soumettrai en temps utile. En attendant, laisse-moi te raconter la suite des événements. Comme je l'ai dit, Emsworth entra et il apparut clairement à son attitude qu'il était sous le coup de quelque forte émotion. Il roulait des yeux exorbités, son pince-nez était de travers et il m'a regardé la bouche ouverte pendant un moment, comme il a coutume de le faire quand il est ému. Il nous apprit que son cochon avait été volé. Il avait voulu le voir après le thé pour se réconforter, et il ne l'avait pas trouvé. L'enclos était vide, et le lit n'était pas défait.

— Oh ?

— J'aurais cru que tu aurais trouvé des termes plus élevés pour commenter une grande tragédie humaine, qu'un simple « oh », dit Lord Ickenham d'un ton réprobateur. La jeunesse est dure. Oui, le cochon a été volé et les soupçons d'Emsworth se sont aussitôt portés sur le duc. Il a été très surpris quand je lui ai fait remarquer que ce dernier pouvait difficilement être le coupable, parce qu'il avait été dans sa chambre toute l'après-midi. Il s'y est retiré aussitôt après déjeuner et on ne l'a plus vu. Il n'a pas pu sortir dans le jardin par la porte-fenêtre de sa chambre. Baxter est resté assis sur le gazon à partir de treize heures trente. Tu te souviens que Baxter n'est pas venu déjeuner. Il semble qu'il ait eu une légère attaque de dyspepsie et ait décidé de sauter le repas. Il certifie que Dunstable n'est pas sorti. La chose, en conséquence, se range parmi les grands mystères historiques, à côté du Masque de Fer et du cas de la Marie-Céleste. On cherche en vain la solution.

Pongo, qui avait écouté ce récit avec une impatience croissante, contesta cette dernière affirmation.

— Moi, je ne cherche pas, je ne pose pas la moindre question. Le diable emporte vos cochons, voilà ce que j'en pense. Vous n'êtes pas venu me parler du cochon, n'est-ce pas ? Qu'est-il arrivé à propos de Pott et du jeu de cartes ?

Lord Ickenham s'excusa.

— Je regrette. Je crains que nous autres vieilles gens, ayons tendance à radoter. J'aurais dû me souvenir que ton intérêt pour le destin du cochon d'Emsworth est tiède. Eh bien, j'ai suggéré à Emsworth que ce qu'il lui fallait pour ne plus y penser était une bonne partie de cartes. Moutarde dit que par une curieuse coïncidence il avait un jeu sous la main et un instant plus tard ils étaient face à face.

Lord Ickenham s'arrêta et soupira respectueusement.

— Ce fut une magnifique exhibition. Les Rois Mages dans toutes leurs splendeurs. Je ne crois pas avoir assisté à une plus belle démonstration de pure science que celle donné par Moutarde. Il jouait pour le bonheur de sa fille et cette pensée semblait l'inspirer. Généralement, je crois, en ces occasions, il a coutume de laisser le pigeon gagner de temps en temps pour faire un geste, mais il était clair que dans des circonstances comme celles-ci, Moutarde trouvait que cette courtoisie d'un autre âge eût été déplacée. Sans se soucier des usages, il gagnait à tout coup, et quand il eût terminé, Emsworth se leva, le remercia de cette bonne partie et ajouta qu'heureusement ils n'avaient pas joué pour de l'argent, car il aurait perdu une somme énorme.

— Oh, mon Dieu !

— Oui, cela a été un peu déconcertant. Moutarde m'a dit avoir été déjà mordu par un cochon, mais je doute que même cette fois-là — si grave qu'ait pu être cet événement dans sa vie — il se soit trouvé aussi ému. Pendant cinq minutes, après le départ d'Emsworth, tout ce qu'il put faire fut de répéter machinalement, à plusieurs reprises, que cela ne lui était jamais arrivé. La vie apporte toujours de nouvelles expériences. Tout à coup, je vis sa figure s'éclairer et il sembla revivre comme une fleur que l'on plonge dans l'eau. Et me retournant, je vis que le duc était entré.

— Ah !

Lord Ickenham secoua la tête.

— Ce n'est pas la peine de dire « Ah ! » mon garçon, je t'ai prévenu que cette histoire finissait mal.

— Le duc n'a pas voulu jouer ?

— Tu passes ton temps à répéter que les gens ne veulent pas jouer. On joue toujours quand Moutarde le veut. Il dégage une sorte de charme. Non, le duc a été ravi de jouer. Il déclara qu'il avait passé une après-midi ennuyeuse, enfermée dans sa chambre et qu'une bonne partie de « Rois Mages » était tout ce dont il avait envie. Il ajouta que dans sa jeunesse, il avait une sorte de don pour ce jeu. Je vis les yeux de Moutarde briller. Ils s'attablèrent.

Lord Ickenham s'interrompit. Il semblait partagé entre le désir naturel de continuer de tirer le maximum d'effet de son histoire et le besoin charitable d'abréger et de ne pas laisser son neveu dans les transes. Ce dernier sentiment l'emporta.

— La prétention de Dunstable se trouva hautement confirmée, résuma-t-il brièvement. En réalité, je crois que Moutarde n'était pas dans sa meilleure forme. L'effort qu'il venait de fournir si peu de temps avant l'avait affaibli et désorienté. Quoi qu'il en soit, Dunstable gagna trois cents livres en moins de dix minutes.

Pongo fut surpris.

— Trois cents livres ?

— Oui, exactement.

— En espèces?

— Versées comptant sur table.

— Mais, s'il les avait sur lui, pourquoi ne les a-t-il pas données à Miss Pott ?

— Oh, je vois ce que tu veux dire. Eh bien, Moutarde est un garçon singulier à certains égards. Il est assez difficile de l'amener à se séparer de ses gains. Même pour sa fille il n'abandonnerait pas son fond de roulement. On comprend difficilement son point de vue.

— Je ne le comprends pas.

— Enfin, c'est ainsi.

— Et maintenant, qu'allons-nous faire ?

— Hein ? Oh, maintenant, il ne nous reste évidemment qu'à nous glisser dans la chambre du duc et à faucher le fric.

L'étrange impression de cauchemar qui était devenu si familière à Pongo, l'envahit de nouveau. Il pensa qu'il avait bien entendu — l'élocution de son oncle était parfaite — mais il semblait incroyable qu'il eût prononcé de tels propos.

— Le faucher.

— Oui, le faucher.

— Mais on ne peut pas faucher de l'argent !

— Ça ne se fait pas évidemment, je le sais. Mais je le regarderai comme un prêt d'honneur, que l'on remboursera par tranche, à intérêts irréguliers, chaque versement accompagné d'un bouquet de violettes blanches.

— Mais, tout de même...

— Je sais ce que tu vas dire. Pour un cerveau comme le tien, doué d'une haute formation juridique, il saute aux yeux que cet acte constitue un préjudice ou un délit, et peut-être même un vol avec effraction. Mais il faut le faire. Les besoins de Polly sont d'une importance capitale. Je me souviens que Moutarde a dit une fois, à propos de mon affection pour Polly, que je semblais la regarder absolument comme ma fille, et il avait raison. Je suppose que mes sentiments à son égard sont, en gros, ceux d'Emsworth pour son cochon, et quand j'ai l'occasion de faire son bonheur, je ne vais pas me laisser arrêter par quelque scrupule tiré par les cheveux. Je suis un homme loyal et respectueux des lois, mais pour rendre cette enfant heureuse, je deviendrais volontairement un de ces hommes de sac et de corde qui semblent passer leur temps à égorger leurs semblables. Voici pourquoi nous fauchons le fric.

— Vous n'avez pas l'intention de me coller dans cette histoire ?

Lord Ickenham s'étonna.

— T'y coller ? Quelle expression curieuse. J'ai évidemment pensé que tu serais heureux d'y jouer ton petit rôle.

— Vous ne me mêlerez pas à ces jeux-là, dit Pongo avec fermeté. Les courses de lévriers, soit. Forcer les portes des châteaux, encore. Un cambriolage, non.

— Mais, mon cher enfant, réfléchis que sans toi Polly aurait tout l'argent dont elle a besoin...

— Oh, c'est vrai, sacrebleu.

Une fois de plus, les remords s'abattirent sur Pongo comme un raz de marée. Dans l'émotion du moment, il avait négligé cet aspect du problème. Il tremblait de honte.

— Tu ne dois pas oublier cela. Dans un sens, tu es moralement obligé d'y participer.

— C'est exact.

— Alors, je puis compter sur toi?

— Naturellement.

— Bien. Je le savais. Tu ne devrais pas te moquer d'un vieillard. Pendant un instant, j'ai cru que tu parlais sérieusement. Je suis rassuré, car ton concours était essentiel au succès du petit plan que j'avais établi. Es-tu en voix, ces temps-ci ? Mais oui, je me souviens. Quand nous nous sommes rencontrés sur la route, tu gazouillais comme un rossignol. Je t'ai pris pour Lily Pons. Magnifique !

— Pourquoi ?

— Parce que ton rôle — un rôle simple et facile, je ferai moi-même le travail difficile — ton rôle consistera à traîner sur la pelouse, sous les fenêtres de Dunstable, en chantant le « Bonny bonny banks of Loch Lomond ».

— Hé ? Pourquoi ?

— Tu passes ton temps à demander pourquoi ? C'est très simple. Dunstable, pour une cause inconnue, ne bouge pas de sa chambre. Notre premier objectif est de le faire sortir. Même un novice en matière de cambriolage, comme moi-même, peut comprendre que si on a l'intention de fouiller la chambre d'un homme pour trouver de l'argent, c'est beaucoup plus agréable de le faire quand il n'est pas là. Ton interprétation de « Loch Lomond » le fera sortir. Tu sais l'effet qu'a sur lui cette bonne vieille chanson. Je vois ton rôle dans cette affaire comme un mélange de celui de la Lorelei et celui d'un feu follet de la lande. Tu attires Dunstable par ton chant, comme une sirène, et le retiens en fuyant devant lui dans l'ombre. Pendant ce temps, je me glisse à l'intérieur et fais le nécessaire. Il n'y a pas de faille là-dedans.

— Non, à condition qu'on ne vous voie pas.

— Tu penses à Baxter ? Tu as raison. Il faut toujours penser à tout. Si Baxter nous voit en train de filer pour faire quelque course mystérieuse, son instinct de détective sera, sans aucun doute, éveillé. Mais j'ai la situation bien en main. Je vais donner à Baxter un petit coup d'inhibition.

— Un petit coup de quoi ?

— Peut-être comprendras-tu mieux si je dis que je vais lui administrer un narcotique.

— Mais où diable allez-vous trouver un narcotique ?

— Chez Moutarde. A moins que son mode d'existence n'ait changé du tout au tout depuis que j'ai fait sa connaissance, il en a certainement sur lui. Autrefois, il ne faisait pas un pas sans en emporter. Quand il dirigeait son club, ce n'était que par un usage judicieux de stupéfiants, qu'il préservait l'ordre et l'harmonie de sa clientèle.

— Mais comment le ferez-vous absorber à Baxter ?

— Je trouverai le moyen. Il doit être dans sa chambre, j'imagine.

— Je crois. Oui.

— Alors, je vais faire un saut chez Moutarde et puis j'irai le voir et prendrai des nouvelles de sa dyspepsie. Tu peux compter absolument sur moi pour cette partie du programme. L'heure H sera exactement vingt et une heures trente aujourd'hui.

Il fut évident pour Lord Ickenham, dès qu'il lui eut imposé son indésirable compagnie, quelques minutes plus tard, que Rupert Baxter, n'était pas le garçon froid et olympien de leurs précédentes entrevues. Le message transmis, peu après midi, par Beach, le maître d'hôtel à Lady Constance, par lequel le secrétaire s'excusait de ne pouvoir assister au déjeuner, n'était pas une simple ruse de la part d'un homme qui veut avoir tout loisir de voler des cochons. Le résultat le plus clair des consignes de son patron avait été de causer un grand désordre à ses organes digestifs. Il y a toujours un point faible chez les grands hommes. Chez Baxter, comme chez Napoléon, ce point était l'estomac.

Il s'était senti un peu nerveux vers la fin de l'après-midi, mais maintenant la pensée d'avoir à exécuter l'ordre affreux d'enlever l'Impératrice de sa retraite provisoire, dans la salle de bain du duc, pour la transférer à sa nouvelle résidence en voiture, avait provoqué une nouvelle attaque encore plus forte. Au moment où Lord Ickenham entra, des chats sauvages au nombre d'environ dix-huit, avaient commencé à exécuter une sarabande dans ses intestins.

On ne pouvait donc attendre de lui qu'il s'inclinât devant son visiteur, et il ne le fit pas. Cessant pour un instant de frotter son gilet, il lui jeta un regard où seule une intelligence très obtuse aurait pu discerner de l'amitié.

— Que voulez-vous ? marmonna-t-il entre ses dents.

Lord Ickenham qui ne s'attendait pas à de la cordialité, ne fut pas le moins du monde déconcerté par cette attitude. Il s'employa immédiatement à montrer, à lui tout seul, de l'amabilité pour deux.

— Je ne viens, expliqua-t-il, que pour prendre de vos nouvelles et vous offrir ma sympathie. Vous pourriez m'accuser de négligence pour n'être pas venu plus tôt, mais vous savez ce que c'est. A la campagne, on est continuellement occupé. Alors, mon cher, comment allez-vous? Un peu de dysenterie si j'ai bien compris. C'est ennuyeux. Vous nous avez manqué à tous au déjeuner, et beaucoup de regrets pour votre absence ont été exprimés, autant par moi bien sûr que par les autres.

— Je peux me passer de votre sympathie.

— Qui peut se passer de sympathie, Baxter; même quand elle vient du plus modeste ? La mienne, de plus, a une forme pratique et constructive. J'ai ici, dit Lord Ickenham, en montrant une pastille blanche, quelque chose qui vous fera oublier le plus opiniâtre des maux d'estomac, je vous le garantis. Cela se prend dans un peu d'eau.

Baxter regardait cette offre avec méfiance. Son expérience des imposteurs lui répétait qu'ils agissaient rarement pour des motifs désintéressés. Examinez de près une bonne action commise par un imposteur et vous voyez bientôt passer le bout de l'oreille. Tout à coup, une pensée réconfortante le frappa, lui faisant momentanément oublier son corps de douleurs.

Rupert ne se faisait pas d'illusions sur son patron. Il ne pensait pas un instant que l'extérieur bourru du duc dissimulait un cœur d'or, sachant partinemment que si l'on présentait au duc un cœur d'or sur un plat, garni de cresson, il ne saurait pas ce que c'était. Cependant, il lui attribuait un sens élémentaire de gratitude et il semblait que lorsque, lui Baxter, aurait mené à bien la tâche difficile de voler un cochon à son profit, le vieux singe pourrait difficilement le mettre à la porte pour s'être rendu sans permission à un bal costumé. En d'autres termes, cet homme qui était en face de lui, cet homme dont le talon d'acier devait l'écraser, n'avait plus aucun moyen de le faire chanter et pouvait être défié avec impunité.

— Je vois que vous avez un gobelet ici. Je mets la pastille dedans..., voilà. Je remplis d'eau... ainsi. Je tourne, je mélange, et voici. Avalez cela et attendons le résultat.

Baxter écarta la coupe avec un ricanement.

— Vous êtes trop aimable, dit-il, mais ce n'est pas la peine de tourner autour du pot. Il est évident que vous venez dans le dessein de m'embobiner...

Lord Ickenham sembla peiné.

— Vous avez une nature bien méfiante, Baxter. Vous

feriez bien d'essayer de dominer ce manque de confiance en votre prochain.

— Vous voulez quelque chose ?

— Simplement vous revoir frais et dispos.

— Vous essayez de m'amadouer, et je sais pourquoi. Vous commencez à vous demander si le moyen de pression que vous croyiez avoir sur moi se révélerait, à l'usage, aussi efficace que vous l'imaginiez.

— Comme c'est bien dit. J'aime beaucoup votre façon de vous exprimer.

— Laissez-moi vous dire qu'il ne l'est pas. Depuis notre conversation dans le billard la situation a changé du tout au tout. J'ai été à même de rendre un grand service à mon patron, de sorte que je ne suis plus exposé à être renvoyé pour avoir été à ce bal. De sorte que je puis vous annoncer dès à présent qu'il est dans mes intentions de vous faire mettre à la porte sans plus tarder. Ouille ! conclut Baxter, gâtant l'effet de son discours hautain et autoritaire, en se prenant soudain le ventre à deux mains.

Lord Ickenham le considéra avec pitié.

— Mon cher ami, quelque chose dans votre attitude me dit que vous souffrez. Vous feriez mieux de boire ce médicament.

— Sortez !

— Cela vous fera tout le bien du monde.

— Sortez !

Lord Ickenham soupira.

— Très bien, puisque vous le voulez, dit-il, et en se retournant il se heurta à Lord Bosham sur le pas de la porte.

— Tiens ! dit Lord Bosham. Tiens, tiens, tiens ! Tiens, tiens, tiens, tiens, tiens !

Il parlait d'un ton plein de sous-entendus. Il y avait, pensait-il, quelque chose de sinistre à trouver le traître de la pièce seul avec Baxter dans la chambre de celui-ci. La lecture de romans policiers, presqu'aussi limpides que ceux de son frère Freddie, l'avait familiarisé avec les conséquences de la présence de ces types-là dans les chambres. Sous prétexte d'une visite de politesse, ils introduisaient des cobras et les laissaient derrière eux faire leur travail.

— Eh bien ! bonsoir, disaient-ils et ils sortaient en saluant.

Mais le bon vieux cobra ne s'en allait pas. Il se glissait dans la pièce, dissimulé dans les rideaux.

— Tiens, ajouta-t-il, en matière de conclusion, vous vouliez quelque chose ?

— Je veux simplement dîner, déclara Lord Ickenham.

— Oh ! dit Lord Bosham, eh bien on sert tout de suite. Que cherchait donc cet oiseau-là ? demanda-t-il avec fougue, quand la porte se fut refermée.

Baxter ne répondit pas pendant un instant. Il était en train de se frapper la poitrine comme le publicain.

— Je l'ai flanqué à la porte, dit-il quand il eut un peu de répit. Son intention était officiellement de m'apporter quelque chose pour mon indigestion, un cachet. Il l'a mis dans ce verre. En réalité il venait me supplier de ne pas le dénoncer.

— Mais vous ne pouvez pas le dénoncer, n'est-ce pas ? Ne perdriez-vous pas votre situation ?

— Il n'y a plus aucun danger à cet égard.

— Vous voulez dire que même si il dit au vieux Dunstable que vous avez été à un travesti ce fameux soir, il ne vous fichera pas dehors ?

— Précisément.

— Alors, je vois enfin où j'en suis. Maintenant que je suis libre de toute entrave, je vais traiter ces imposteurs comme des imposteurs doivent être traités. C'est vraiment officiel, n'est-ce pas ?

— Tout à fait. Ouille, ouille, ouille !

— Vous souffrez ?

— Aïe !

— Si j'étais vous, dit Lord Bosham, je boirais ce que ce misérable vous a donné. Il n'y a aucune raison pour que ce ne soit pas efficace. Le fait que le type est un imposteur n'implique pas nécessairement qu'il ne sache pas soigner un mal d'estomac à l'occasion. Avalez-moi ça, comme un homme, en vous pinçant le nez et en fermant les yeux.

Un autre spasme empêcha Baxter d'hésiter davantage. Il trouva que l'avis était sage. Il l'avala sans fermer les yeux, mais il l'avala. Ce fut alors trop tard pour se pincer le nez, même s'il en avait eu envie.

En bas, dans le hall, comme un limier tirant sur sa laisse, Beach, le valet de chambre, attendait, le bras levé, le moment psychologique de frapper sur le gong. Lady Constance, en descendant, l'aperçut à travers la rampe mais n'eut pas le temps de se délecter de la noblesse du spectacle, car du couloir de gauche quelqu'un arrivait à fond de train. Il l'atteignit, la saisit par la taille et la poussa dans une encognure. Si accoutumée qu'elle fût aux excentricités de ses neveux, elle eut momentanément le souffle coupé.

— Geo... orge ! s'écria-t-elle, retrouvant sa voix.

— Oui, je sais, je sais. Mais écoutez.

— Tu as bu ?

— Bien sûr que non. Quelle idée ridicule. Je suis ému mais sobre comme un chameau. Ecoutez, tante Connie, vous connaissez ces imposteurs ? Imposteurs A, B et C ? Bon, eh bien, cela tourne à l'aigre. L'imposteur A vient d'endormir Baxter avec un stupéfiant.

— Quoi ? Je ne comprends pas.

— Je ne peux pourtant pas parler plus clairement. C'est un fait. L'imposteur A vient de faire absorber un narcotique à Baxter. Ce que je veux dire c'est que si ces oiseaux-là commencent à agir de cette façon, cela doit signifier quelque chose. Cela signifie que cette nuit est la nuit. Cela veut dire que quelle que soit la nature du sale travail qu'ils ont l'intention d'exécuter ici, il sera accompli avant que le soleil se soit levé de nouveau. Ah! dit Lord Bosham avec animation, comme le gong résonnait. Le dîner ! Allons-y. Mais notez cela, tante Connie, et notez-le bien. Aussitôt levé de table, je vais chercher mon bon vieux flingot et je me mets à l'affût ! Je ne sais pas ce qui se prépare, mais on sent d'une lieue qu'il se prépare quelque chose et j'ai l'intention de veiller comme une chouette. Enfin, tout de même, dit Lord Bosham avec indignation, on ne peut pas tolérer des choses pareilles. Si on laissait les imposteurs faire tout ce qu'ils veulent ici, comme s'ils avaient acheté la maison, où irions-nous ?

CHAPITRE XIX

A neuf heures vingt, le duc de Dunstable, qui avait dîné sur un plateau dans sa chambre, s'y tenait toujours, attendant le café et les liqueurs. Il se sentait repu, car c'était une bonne fourchette et il avait bien dîné, mais il ne jouissait d'aucune de ces sensations d'euphorie qui accompagnent normalement une bonne digestion. A chaque instant, il se sentait de plus en plus inquiet et irrité. Le retard de Rupert Baxter à venir aux ordres l'affectait autant que le mutisme de leur Dieu affectait les prêtres de Baal. L'heure s'avançait et il n'avait aucune nouvelle de lui. Le jeune et actif secrétaire qui était maintenant étendu sur son lit, les tempes pressées par ses deux mains dans un vain effort pour empêcher sa tête d'éclater en deux, eût été peiné de connaître les noires pensées que nourrissait le duc à son égard.

L'ouverture de la porte, suivie de l'entrée de Beach, soutenant un plateau portant du café et un verre de cognac, le réconforta un instant, mais son front s'assombrit de nouveau en voyant que le maître d'hôtel n'était pas seul. La dernière chose au monde qu'il souhaitait en ce moment était une visite.

— Bonsoir, mon cher ami. Pourriez-vous m'accorder un instant ?

C'est vers le milieu du dîner que Lord Ickenham avait été frappé par l'idée qu'il y aurait peut-être une méthode plus agréable et plus facile que celle qu'il avait projetée pour obtenir du duc l'argent qu'il détenait — en fait — pour le compte de Polly. L'oncle de Pongo ne s'était laissé amollir par aucun scrupule déplacé sur la façon de l'emprunter selon le plan prévu, mais l'absence presque absolue de conversation à table lui avait donné le temps de réfléchir et le résultat de ces réflexions avait été de lui faire broyer du noir.

Le succès de la campagne qu'il avait envisagée dépendait pour une grande part — il fallait voir les choses en face — de l'accomplissement de la tâche assignée à son neveu Pongo, et il craignait qu'au dernier moment, celui-ci ne restât coi. On dit à un jeune homme de se tenir sur une pelouse et de chanter le « Bonny, bonny banks of Loch Lomond », et la première chose que l'on découvre c'est qu'il a oublié l'air ou que le trac l'a rendu aphone. Un appel direct et franc aux meilleurs sentiments du Duc lui semblait plus indiqué : en cas d'échec, il lui restait la méthode également simple et directe du narcotique.

Le verre de cognac paraissait tout indiqué pour engloutir le soporifique, et il avait pris la précaution, en se fournissant aux magasins de M. Pott, de se munir de deux des cachets magiques dont l'un était toujours dans la poche de son gilet.

— C'est au sujet de cet argent que vous avez gagné à cet homme — un nommé Pott, je crois — ce soir, commença-t-il.

Le duc grogna avec méfiance.

— J'ai causé avec lui et il est désespéré à ce sujet.

Le duc grogna encore, mais avec mépris cette fois, et il sembla à Lord Ickenham qu'une sorte d'écho étrange venait de la salle de bain. Il mit ce phénomène sur le compte de l'acoustique.

— Oui, tout à fait désespéré. Il semble que dans un sens il n'avait pas tout à fait le droit de jouer cet argent.

— Hein ? L'intérêt du duc s'éveilla. Que voulez-vous dire ? Aurait-il commis un abus de confiance ou une histoire de ce genre ?

— Non, non. Rien de cette sorte. C'est un homme de l'honnêteté la plus scrupuleuse. Mais c'est une somme qu'il avait économisée pour la dot de sa fille. Et maintenant il n'a plus rien.

— Qu'est-ce que vous attendez de moi ?

— Vous n'inclineriez pas à la rendre ?

— La rendre ?

— Ce serait une belle action, généreuse et enivrante.

— Ce serait une action joliment stupide et folle, corrigea le duc avec chaleur. La rendre, vraiment ! Je n'ai jamais vu ça !

— Il est désespéré !

— Laissez-le se consoler.

Lord Ickenham commença à comprendre qu'en projetant de faire appel aux meilleurs sentiments du duc il avait omis dans son calcul l'hypothèse que le duc en soit dépourvu totalement. D'un air rêveur, il prit le cachet dans sa poche et le fit rouler pensivement dans la paume de la main.

— Ce serait dommage que sa fille ne puisse se marier, dit-il.

— Pourquoi ? demanda le duc, en célibataire endurci.

— Elle est fiancée à un jeune poète délicieux.

— Alors, dit le duc, tandis que son visage s'empourprait — les Dunstable n'oublient pas facilement — il vaut rudement mieux qu'elle ne se marie pas. Ne me parlez pas des poètes ! La lie du peuple !

— En somme, vous ne voulez pas rendre l'argent ?

— Non.

— Réfléchissez, dit Lord Ickenham. Il est ici dans cette pièce, n'est-ce pas ?

— Qu'est-ce que cela a à voir ?

— Je pensais seulement qu'il était là — à portée de la main — et que tout ce que vous auriez à faire serait d'ouvrir la commode ou le placard.

Il attendit une réponse. Le duc se tint sur une réserve discrète.

— Je voudrais que vous reveniez sur votre décision.

— Certainement pas.

— Le pardon, dit Lord Ickenham, pensant qu'il ne pouvait mieux faire que de suivre les méthodes éprouvées du Pékinois d'Horace, ne doit pas être arraché de force...

— Le quoi ne doit pas être arraché ?

— Le pardon. Il tombe du ciel comme une pluie fine sur celui qui est dessous. Il donne deux fois la grâce...

— Comment cela ?

— Il donne la grâce à celui qui donne et à celui qui reçoit, expliqua Lord Ickenham.

— Je n'ai jamais de ma vie entendu une telle bourde, déclara le duc avec franchise. Je crois que vous êtes piqué. En tout cas, il faut que vous partiez. J'attends mon secrétaire d'un moment à l'autre pour un entretien très important. Vous ne l'avez pas vu, par hasard ?

— J'ai échangé quelques mots avec lui avant le dîner,

mais je ne l'ai pas vu depuis. Il est probablement en train de s'amuser.

— Je vais l'amuser quand je le verrai.

— Sans doute n'a-t-il pu échapper à la séduction du tric-trac ou du jeu de l'oie. Jeunesse !

— Que le diable emporte la jeunesse.

— Ah ! C'est lui sans doute.

— Hein ?

— On a frappé.

— Je n'ai rien entendu.

Le duc alla à la porte et l'entrebâilla. Lord Ickenham étendit la main au-dessus du verre de cognac et l'ouvrit. Le duc revint.

— Il n'y a personne.

— Ah, alors je me suis trompé. Eh bien, si vous voulez que je m'en aille, je vais vous laisser. Si vous ne vous sentez pas disposé au geste magnanime que je vous proposais, il n'y a rien à ajouter. Bonsoir, mon cher ami, conclut Lord Ickenham en sortant.

Une minute peut-être après son départ, M. Pott entra dans le corridor.

De tous les hôtes de Blandings Castle qui avaient pensé profondément pendant le dîner — et ils étaient nombreux — Claude Pott était un de ceux qui avaient pensé le plus profondément. Le résultat de ses réflexions avait été de l'envoyer en hâte vers la chambre du duc. Il espérait pouvoir le déterminer à jouer une partie ou deux d'un jeu nommé le « Joseph patineur ».

Le désastre de la soirée avait non seulement laissé M. Pott fauché et humilié, mais nourrissant les plus graves soupçons.

Comment ce miracle s'était-il accompli ? Il était incapable de le dire, mais plus il réfléchissait au succès du duc, plus il était convaincu qu'il avait été trompé et roulé. Les honnêtes gens, se disait-il, ne le battaient pas aux « Rois Mages », et il se blâmait d'avoir choisi un jeu où il est possible, apparemment, de gagner si l'on est un adversaire peu scrupuleux. Le « Joseph patineur » n'avait pas cet inconvénient. Des années d'expérience lui avaient appris qu'au « Joseph patineur », il pouvait toujours se distribuer un jeu imbattable.

Il était sur le point de doubler le coin du couloir conduisant à l'appartement du jardin, le cœur gonflé d'espérance, quand le duc, arrivant en sens inverse, à toute vitesse, se jeta sur lui.

Pendant quelques instants, après que Lord Ickenham l'eût quitté, le duc de Dunstable était resté à sa place, les sourcils froncés de fureur. Puis il s'était levé. Bien qu'il fût de mauvais goût et dégradant de courir après ses secrétaires, il semblait qu'il n'y eut rien d'autre à faire que de se mettre en quête du Baxter perdu.

Il se précipita hors de la pièce, et la première chose dont il eut conscience fut de heurter violemment ce type infect.

Puis il s'aperçut que ce n'était pas après tout le type infect, mais un autre type également infect — l'homme qui avait une fille à doter et pour lequel il avait conçu une violente aversion en écoutant les propos de Lord Ickenham. Il n'y avait pas beaucoup de gens pour qui il éprouvait de la sympathie, mais ceux pour lesquels il en éprouvait le moins étaient les tapeurs qui voulaient lui soutirer de l'argent.

— Pouah ! dit-il en se dégageant.

M. Pott esquissa un sourire conciliant. Ce n'était qu'une ébauche, car il avait dû faire vite, mais tel qu'il était il l'offrit gracieusement au duc.

— Comment ça va, votre Grâce ? dit-il.

— Allez vous faire foutre, répondit le duc qui reprit sa course et disparut sur cette brève formule de courtoisie.

Au même instant une pensée fleurit sur le front de Pott, comme une rose de mai.

Jusqu'alors, son seul désir avait été de récupérer son argent perdu au moyen d'une partie de « Joseph patineur ». Il en concevait maintenant une plus simple et plus directe pour arriver heureusement à ses fins. Quelque part dans la chambre du duc il y avait trois cents livres qui lui appartenaient moralement et la chambre du duc était déserte. Y aller et se servir lui-même éviterait des quantités de préparatifs fastidieux.

Malgré sa corpulence, il pouvait bien faire preuve d'agilité quand la nécessité s'en faisait sentir.

Il bondit dans le couloir comme une balle de caoutchouc. Ce fut seulement en touchant au but qu'il se rendit compte de la vanité de sa hâte. Si préoccupé qu'il fût, le duc ne l'était pas au point d'oublier de fermer ses portes à clef.

La situation aurait pu déconcerter beaucoup de gens, et pendant un instant d'ailleurs elle déconcerta M. Pott. Puis son intelligence naturelle reprit son essor, et il réfléchit que cette porte n'était pas le seul moyen de pénétrer dans la pièce. Il y avait des portes-fenêtres, et il était possible que par une soirée aussi douce le duc les eût laissées ouvertes. Il atteignit la pelouse en trois bonds, et rouge et essoufflé il eut le regret de constater qu'il n'en était rien.

Cette fois, M. Pott s'avoua vaincu. Il connaissait des gens à Londres qui auraient fait leur affaire de ces portes-fenêtres. Ils auraient tiré de leur poche un bout de fil de fer recourbé et auraient ouvert ces portes, le sourire aux lèvres, comme de vulgaires boîtes de sardines. Mais ce n'était pas son genre. Triste et résigné, avec des sentiments analogues à ceux de Moïse contemplant la terre promise du sommet du Mont Nébo, il regarda par la vitre et jeta un coup d'œil à l'intérieur. Là, accueillante et chaude, se trouvait la bonne vieille chambre, mais pour un résultat pratique, elle aurait aussi bien pu être à cent cinquante kilomètres de là. Alors, il vit la porte s'ouvrir et le duc entrer.

Il s'éloignait avec un soupir, en homme vaincu par le sort, quand à proximité une voix s'éleva dans la nuit et quelqu'un commença à chanter le « Bonny, bonny banks of Loch Lomond ». A peine l'obsédant refrain avait-il cessé d'inquiéter les oiseaux juchés dans les arbres, que la porte-fenêtre s'ouvrit toute grande. Le duc de Dunstable jaillissant comme un projectile vint tournoyer sur la pelouse en criant : « Hé ! ». Ce qui pour M. Pott n'avait été qu'une chanson semblait avoir eu pour le duc une signification profonde.

C'était bien le cas en effet. Le duc avait interprété ce flot soudain d'harmonie comme un gage de la présence de Baxter qui gazouillait ainsi à la porte pour attirer l'attention de son patron. Pourquoi Baxter chantait à la porte au lieu d'entrer directement était un problème que le duc se sentait incapable de résoudre. Il pensait évidemment que le secrétaire devait avoir quelque bonne raison pour observer une ligne de conduite qui, au premier abord, semblait tout simplement ridicule. Peut-être s'était-il élevé quelque difficulté qui rendait nécessaire de communiquer avec le quartier général d'une façon détournée, rappelant les méthodes des carbonaris. Il se souvenait vaguement avoir lu dans sa jeunesse des histoires où, en de semblables circonstances, les gens avaient imité le cri de la chouette.

— Hé ! appela-t-il, essayant d'harmoniser les tâches contradictoires de crier et de parler à mi-voix. Ici ! Oh ! Hé ! Où êtes-vous, sacrebleu ?

Ses efforts pour entrer en contact avec le vocaliste semblaient étrangement inefficaces. Au lieu de rester tranquille et de faire son rapport, l'autre semblait s'éloigner à plaisir. Quand le « Bonny banks » se fit de nouveau entendre, il venait de quelque part au bout de la pelouse. En proférant un juron, le duc bondit dans cette direction comme l'homme du poème qui suivit une lueur, et M. Pott, toujours opportuniste, se glissa par la porte-fenêtre.

Il s'était à peine introduit dans la pièce qu'il entendit des pas. Quelqu'un marchait sur l'herbe et s'approchait si rapidement qu'il n'y avait pas de temps à perdre pour éviter une entrevue embarrassante. Avec une grande présence d'esprit, il plongea dans la salle de bain. Au moment où il fermait la porte, Lord Ickenham entra.

Lord Ickenham était très content. La performance de son neveu l'avait ravi. Il n'avait pas cru que ce garçon ait eu de quoi mener les choses à bien avec un tel sang-froid. Il avait espéré au mieux, qu'il fredonnerait timidement, et ce chant à gorge déployée, à mi-chemin entre les aboiements d'un limier et ceux d'un Ecossais célébrant le nouvel an, avait été aussi inattendu que bienvenu. Pongo avait peut-être commis des fautes techniques dans ses vocalises, mais il avait certainement arraché le duc de sa chambre comme le bouchon d'une bouteille. Lord Ickenham ne se souvenait pas avoir jamais vu un duc se mouvoir aussi rapidement.

Il venait de se mettre à la recherche active et intense

de la dot, quand son activité fut interrompue. Derrière la porte de la salle de bain, le surprenant sur ses arrières, monta le cri perçant et douloureux d'un être humain en détresse. Aussitôt, M. Pott sortit, en claquant la porte derrière lui.

— Moutarde ! s'écria Lord Ickenham, pris complètement au dépourvu.

— Ohhhh ! répondit M. Pott. Au cours de toute une vie ponctuée littéralement de cette interjonction, il ne l'avait jamais prononcée avec autant d'emphase. Normalement, Claude Pott était un homme plutôt réservé. Il vivait dans un monde où l'on ne pouvait pas montrer ses sentiments sans perdre son argent. Mais il existait des circonstances capables de lui faire perdre sa pondération et l'une de celles-ci était de découvrir qu'il était enfermé dans une petite salle de bain avec le plus énorme cochon qu'il eût jamais rencontré.

Pendant un instant, après qu'il eût pénétré dans son antre, l'Impératrice n'avait été qu'un parfum. Si M. Pott avait trouvé que cela sentait un peu le renfermé, c'est tout ce qu'il avait éprouvé. Puis quelque chose de froid et d'humide s'était frotté contre sa main et la réalité s'était fait jour.

— Moutarde, mon cher ami !

— Ooh ! dit M. Pott.

Il tremblait de tous ses membres. Il n'est pas facile pour un homme qui pèse plus de deux cents livres de frissonner comme un tremble, mais il y réussit pourtant. Son cerveau était plein de confusion, d'où émergeait une seule pensée cohérente : il voulait boire. Il fut envahi du désir impérieux d'avaler un cordial et soudain, il aperçut du secours, faible évidemment, mais du secours quand même. Ce verre de cognac sur la table serait de faible ressource pour lui. Ce dont il aurait eu besoin c'est d'un seau rempli à pleins bords. Mais ce serait au moins une étape dans la bonne direction.

— Moutarde... Arrêtez !

Le cri d'alarme de Lord Ickenham venait trop tard. Le courant mortel avait déjà passé la gorge de M. Pott et au moment même où il hochait la tête en connaisseur, le verre tomba par terre et il le suivit. Si vingt cochons avaient mordu Claude Pott simultanément en vingt endroits différents, il n'aurait pas succombé plus complètement.

Ce fut avec un œil compatissant et un claquement de langue que Lord Ickenham se pencha sur le corps. Il n'y avait rien à faire, il le savait. Seul le temps, ce grand guérisseur, pouvait faire une fois de plus de Claude Pott, le Claude Pott des jours heureux. Il se leva, se demandant ce qu'il allait faire du cadavre, quand il entendit une voix derrière lui.

— Oh, oh, oh, oh, oh, oh ! dit la voix; il était impossible de n'y pas deviner une pointe de nette réprobation dans le ton.

Fidèlement et consciencieusement, Lord Bosham avait suivi la politique de viligance, telle qu'il l'avait définie à sa tante Constance avant le dîner. Il se tenait maintenant à la fenêtre, son fusil bien chargé.

— Eh ben, eh ben, eh ben, eh ben, eh ben ! ajouta-t-il, puis il se tut en attendant une réponse que Lord Ickenham ne put fournir. Si énergique qu'il fût, il pouvait être déconcerté. Le fait s'était produit plus tôt dans la soirée, lors de l'apparition soudaine d'Horace Davenport. L'apparition également soudaine de Lord Bosham eut le même résultat. Il se trouva pris au dépourvu et ce fut Lord Bosham qui dut reprendre la conversation.

— Eh bien, j'en suis soufflé, dit-il en parlant toujours d'un ton de reproche. C'est du propre ! Alors vous avez endormi le pauvre Pott maintenant ? C'est un peu fort. Nous louons des détectives un prix fou et ils ne sont pas plutôt entrés que vous les mettez hors d'usage avec vos narcotiques.

Il s'arrêta pour dominer ses sentiments. Il était évident qu'il ne voulait pas se laisser aller à dire tout ce qu'il pensait. Ses yeux fouillèrent la pièce et s'éclairèrent en s'arrêtant sur la porte d'un placard.

— Vous allez entrer là-dedans bien gentiment, dit-il en le désignant du bout de son fusil. Allons, dans le placard, en vitesse et sans rouspéter.

Si Lord Ickenham avait quelque intention de protester, il y renonça. Il entra dans le placard et la clef tourna sur lui.

Lord Bosham appuya sur la sonnette. Une forme imposante s'encadra dans la porte.

— Beach.

— M'Lord ?

— Allez chercher des valets et emportez M. Pott dans sa chambre, s'il vous plaît.

— Très bien, M'Lord.

Le maître d'hôtel n'avait manifesté aucune émotion en apercevant ce qui selon toute apparence était un cadavre étendu sur le plancher de l'appartement. Charles et Henry, les deux valets de chambre qui emportèrent le corps ensuite, n'en montrèrent pas davantage. C'était l'orgueil de Blandings Castle que le personnel fût parfaitement stylé. M. Pott disparut les pieds en avant, comme un gladiateur abattu emporté de l'arène et Lord Bosham fut laissé à ses pensées.

On aurait pu croire qu'elles reflétaient l'enthousiasme, car il avait incontestablement agi avec décision et abouti dans une situation délicate. Mais pourtant elles n'étaient pas sans mélange. Au sentiment exaltant de la victoire, se mêlait le chagrin de l'homme consciencieux qui ne voit sa tâche qu'à demi accomplie.

Qu'il ait proprement mis un frein à l'activité de l'imposteur A était indéniable, mais il avait espéré également en finir avec l'imposteur B. Il se demandait où le type se cachait quand son oreille sensible perçut un grognement, il comprit que ce grognement venait de la salle de bain.

— Hou, s'écria Lord Bosham et s'il n'avait pas été plutôt un homme d'action qu'un rêveur, il aurait ajouté : Taïaut ! Il ne s'arrêta pas à se demander pourquoi des imposteurs grogneraient. Il se précipita simplement dans la salle de bain, ouvrit la porte toute grande et se jeta en arrière, le fusil en joue. Il y eut un temps d'arrêt, puis l'Impératrice sortit, un air d'interrogation muette sur son beau visage.

L'Impératrice de Blandings était un cochon qui prenait les choses comme elles venaient. Sa devise, comme celle d'Horace, était « nihil admirari ». Mais aussi froide et même réservée qu'elle fût en règle générale, elle avait été un peu émue par les événements de la journée. En particulier, elle avait trouvé étrange la salle de bain. C'était le seul endroit où elle s'était jamais trouvée, où semblait régner la famine. Ce qu'il avait de mieux à lui offrir était un tube de savon à barbe qu'elle était en train de goûter avec un froncement de sourcils, quand elle fut rejointe par M. Pott. Quand elle sortit, elle avait encore un peu de mousse sur les joues et ce fut peut-être ce dernier trait qui mit le comble à la stupéfaction de Lord Bosham et qui le détermina non seulement à reculer d'un mètre ou deux, les yeux exorbités, mais aussi à presser la gâchette de son fusil.

Dans la pièce le coup résonna comme l'explosion d'un arsenal, et il eût convaincu l'Impératrice, si elle avait eu besoin d'être convaincue que ce n'était pas la place d'un cochon bien élevé. Jamais, depuis qu'elle avait été un tout petit goret, elle ne s'était déplacée plus rapidement qu'à un pas de sénateur. Mais cette fois Jess Ovens aurait eu de la peine à chronométrer sa performance. Après avoir heurté le lit, la table et le fauteuil dans l'ordre chronologique, elle réussit à atteindre la porte-fenêtre et était sur le point de disparaître quand Lord Emsworth se précipita dans la piece, suivi de Lady Constance.

Les coups de feu dans les chambres à coucher excitent toujours l'intérêt du propriétaire d'une maison de campagne, et la curiosité de Lord Emsworth était fort éveillée quand il entra en scène.

Un « Eh quoi ? » tremblait sur ses lèvres, quand il apparut, mais la vue d'un postérieur en train de disparaître en agitant une queue en tire-bouchon détourna instantanément son attention de l'exercice comparativement banal de l'artillerie en chambre. Avec un cri venu directement du cœur, il ajusta son pince-nez et fila vers le parc. On put entendre des appels tendres proférés dans la nuit.

Lady Constance s'était adossée au mur, une main pressée sur le cœur. Elle palpitait quelque peu et ses yeux avaient une tendance à tournoyer dans leurs orbites. Il y avait longtemps qu'elle avait appris que Blandings Castle n'était pas un endroit où l'on peut se laisser aller à la faiblesse, mais cette dernière manifestation de ce que pouvait être la vie sous son toit, s'était révélée décourageante, même pour son âme endurcie.

— George ! murmura-t-elle faiblement.

Lord Bosham avait repris ses esprits.

— Tout va très bien, tante Connie, ce n'est qu'un accident. Je regrette que vous vous soyez inquiétée.

— Que... qu'est-ce qui est arrivé ?

— J'ai pensé que cela vous intéresserait de le savoir. Eh bien voilà. Je suis venu ici pour découvrir que l'imposteur A avait endormi notre détective avec un de ses stupéfiants. Je l'ai mis en joue avec ma bonne vieille carabine et l'ai enfermé dans le placard. J'ai pensé avoir entendu l'imposteur B grogner dans la salle de bain et ai ouvert grand les portes, pour m'apercevoir simplement que c'était le cochon du paternel. En reculant d'étonnement j'ai pressé la gâchette par inadvertance. Tout est clair et normal.

— J'ai cru que le duc avait été assassiné.

— Nous n'avons pas eu cette veine. Au fait, je me demande où il est. Ah, voici Beach. Il va nous le dire. Savez-vous où est le duc, Beach ?

— Non, M'Lord. Excusez-moi, M'Lady.

— Qu'y a-t-il, Beach ?

— Une certaine Miss Twistleton vient d'arriver, M'Lady.

—Miss Twistleton !

La mémoire de Lord Bosham était excellente.

— C'est la jeune fille qui a laissé tomber Horace, rappela-t-il à sa tante.

— Je sais cela, dit Lady Constance avec quelque impatience. Ce que je me demande c'est ce qu'elle peut venir faire ici à cette heure ?

— J'ai cru deviner, M'Lady, que Miss Twistleton est

arrivée par le train de cinq heures, venant de Londres.

— Mais que veut-elle ?

— Cela, fit remarquer Lord Bosham, nous pourrions le savoir en interrogeant la gosse. Où l'avez-vous fourrée, Beach ?

— J'ai fait entrer cette dame au salon, M'Lord.

— Alors, sus au salon est ce que je propose. Je parierais personnellement qu'elle croit Horace ici et qu'elle est venue pour lui dire qu'elle regrette maintenant ses paroles cruelles. Oh, Beach !

— M'Lord ?

— Savez-vous vous servir d'un fusil ?

— Tout enfant, j'étais habitué à un fusil à air comprimé, M'Lord.

— Bon, prenez celui-ci. Ce n'est pas un fusil à air comprimé, mais le principe est le même. Vous épaulez comme cela et pressez la gâchette comme ceci... Oh, pardon, dit Lord Bosham, tandis que mourait l'écho d'une détonation assourdissante, et que sa tante et son maître d'hôtel ralliaient la terre ferme après un voyage interplanétaire.

— J'ai oublié que cela arriverait. C'est idiot de ma part. Maintenant il faut que je le recharge. Il y a un scélérat dans ce placard, Beach, un diable de type qu'il faut avoir à l'œil et je vous prie de rester ici et de veiller à ce qu'il ne sorte pas. Au premier signe d'insubordination de sa part, comme par exemple, de forcer la porte, épaulez l'arme et tirez comme un grognard. Vous me comprenez, Beach ?

— Oui, M'Lord.

— Alors tirons-nous des pieds, tante Connie, dit Lord Bosham, et en route !

CHAPITRE XX

La poursuite infructueuse de Lorelei ou de feux-follets à travers un jardin sombre, encombré d'un tas de choses toujours prêtes à sauter et à vous taper dans les tibias, ne peut jamais être considérée comme une partie de plaisir par un homme de tempérament chaud et habitué à son confort.

Ce fut un duc de Dunstable essoufflé et exaspéré qui se précipita dans sa chambre quelques minutes après que Beach eût pris sa faction. Sa surprise, en la trouvant occupée par un maître d'hôtel et pas un maître d'hôtel ordinaire et désarmé, mais un maître d'hôtel porteur d'un fusil, fut très marquée. Cette vue n'apaisa pas non plus sa mauvaise humeur. Il resta un moment sans mot dire tandis qu'il brossait sa moustache et la débarrassait des insectes nocturnes qui s'y étaient pris, puis il darda sur l'importun un regard irrité. Enfin il donna de la voix.

— Hein ? Quoi ? Qu'est-ce ? Qu'est-ce que ça veut dire ? Que signifie, s'il vous plaît, cette invasion de mon appartement privé avec ce gros fusil ? De toutes les maisons que j'ai vues, celle-ci est bien la pire. Je suis ici pour me reposer, et avant que j'aie seulement pu détendre un muscle, je trouve ma chambre pleine de damnés maîtres d'hôtel armés jusqu'aux dents. Ne me visez pas avec ce machin-là, monsieur. Posez-le et expliquez-vous.

La situation était délicate. Beach conserva ce sang-froid concentré qui avait fait de lui pendant si longtemps le meilleur maître d'hôtel du Shropshire. Il trouvait les manières du duc éprouvantes, mais ne manifesta que le désir respectueux de contenter son interlocuteur.

— Votre Grâce m'excusera, dit-il doucement, mais Lord Bosham m'a ordonné de rester ici et de le suppléer pendant son absence. Sa Seigneurie m'a informé qu'il avait mis un scélérat dans le placard.

— Un quoi ?

— Un scélérat, votre Grâce. Quelque chose, je pense, de la nature d'un maraudeur. Sa Seigneurie m'a laissé entendre qu'il avait trouvé cet homme dans la pièce et que l'ayant maîtrisé, il l'avait enfermé dans le placard.

— Hein ? Dans quel placard ?

Le maître d'hôtel indiqua le meuble en question et le duc poussa un cri de bête blessée.

— Mon Dieu ! Au milieu de mes complets de printemps ! Sortez-le tout de suite.

— Sa Seigneurie m'a ordonné...

— Le Diable emporte Sa Seigneurie ! Je ne veux pas de scélérats malodorants pour gâter mes complets. De quelle sorte de scélérat s'agit-il ?

— Je n'en sais rien, Votre Grâce.

— Probablement quelque vagabond porteur d'une crasse séculaire, et il faudra porter tous mes vêtements chez le teinturier. Faites-le sortir immédiatement.

— Très bien, Votre Grâce.

— Je vais tourner la clef et ouvrir la porte. Vous vous tiendrez prêt avec votre fusil. Soyez prêt quand je dirai trois. Un... Deux... Trois... Grand Dieu, c'est le type aux cerveaux fêlés.

Lord Ickenham n'avait pas beaucoup aimé son séjour dans le placard, qu'il avait trouvé inconfortable et mal aéré, mais cette épreuve n'avait pas altéré sa bonne humeur.

— Ah ! mon cher duc, dit-il avec jovialité en sortant, bonsoir. Puis-je me servir de votre brosse ? Ma crinière est un peu en désordre.

Le duc le considérait les yeux ahuris.

— C'est vous qui étiez là-dedans ? demanda-t-il. Question oiseuse s'il en fût, mais le cerveau d'un homme est toujours un peu troublé dans des occasions semblables.

Lord Ickenham confirma que c'était bien lui.

— Que diable faisiez-vous là-dedans ?

Lord Ickenham passait la brosse avec amour sur ses boucles grises.

— Je n'y suis entré que parce que j'en ai été requis par l'homme derrière le fusil. J'étais en train de flâner sur la pelouse quand j'ai vu votre porte ouverte. J'ai pensé à venir encore bavarder avec vous. J'étais à peine entré que Bosham apparut, les armes à la main. Je ne sais pas ce que vous en pensez, mon cher, mais mon point de vue est que si un jeune homme impétueux vous dit, la main sur la gâchette d'un fusil, d'entrer dans un placard, il vaut mieux le contenter.

— Mais pourquoi vous a-t-il dit d'entrer dans ce placard ?

— Là vous me prenez au dépourvu. Il ne m'a pas laissé le loisir de m'informer.

— Je veux dire, vous n'êtes pas un maraudeur?

— Non, tout cela est très étrange.

— Il faut que je tire cela au clair. Hé, vous, allez chercher Lord Bosham.

— Très bien, Votre Grâce.

— Il faut reconnaître, dit le duc, tandis que le maître d'hôtel quittait la pièce avec la majesté d'un galion sous toute sa toile, que la cause profonde de tout cela tient au fait que toute la famille est piquée, comme je vous l'ai déjà dit. Je viens de rencontrer Emsworth dans le jardin. Ses manières furent des plus bizarres. Il m'a traité de peste, de voleur de cochons et d'un tas d'autres choses. Je tiens compte évidemment de ce qu'il est fou à lier, mais je vais m'en aller demain et je ne reviendrai plus. On me regrettera mais je n'y puis rien. Est-ce que Bosham vous a tiré dessus ?

— Non !

— Il a tiré sur quelqu'un ?

— Oui, j'ai entendu une fusillade.

— On ne devrait pas laisser ce type-là en liberté. Les vies humaines sont en péril. Ah, le voici. Hé ! Vous !

Par la porte entrait un petit cortège. A sa tête marchait Lady Constance. Derrière elle venait une grande et belle fille en qui Lord Ickenham n'eut aucune difficulté à reconnaître sa nièce Valérie. L'arrière-garde était formée par Lord Bosham. Lady Constance semblait froide et sévère, Valérie Twistleton encore plus froide et plus sévère. Lord Bosham semblait surtout stupéfait. Comme son père et son frère Freddie, il n'avait pas la tête très solide et l'histoire qu'il avait entendue dans le salon ne convenait nullement à un esprit faible. Une jeune fille, prétendant être Miss Twistleton, nièce du comte de Ickenham, était tout à coup tombée du ciel en racontant que l'imposteur A était son oncle et elle avait laissé tout ce que Lord Bosham possédait de facultés dans un grand désordre. Il était impatient d'obtenir quelque lumière supplémentaire sur une situation extravagante.

— Que diable signifie... Le duc s'interrompit. Il regardait la compagne de Lady Constance qu'il n'avait pas remarquée tout de suite. Son regard était rivé sur Lord Bosham. Hein ! Quoi ? dit-il. D'où sortez-vous ?

— C'est Miss Twistleton, Alaric.

— Parbleu ! Bien sûr que c'est Miss Twistleton. Je le vois bien.

— Ah! dit Lord Bosham. C'est bien miss Twistleton? Vous la reconnaissez ?

— Bien sûr que je la reconnais.

— Je me suis trompé, dit Lord Bosham. J'avais pensé qu'elle pouvait être l'imposteur D.

— George, tu es un imbécile.

— Oui, tante Connie.

— Bosham, vous êtes un crétin.

— Oui, duc.

— Une tourte !

— Oui, Miss Twistleton. Il m'était simplement passé par l'esprit que Miss Twistleton, tout en disant être Miss Twistleton, aurait pu ne pas être Miss Twistleton, mais se prétendre simplement Miss Twistleton pour sortir l'importeur A d'un mauvais pas. Mais évidemment si vous êtes sûr que Miss Twistleton est bien Miss Twistleton, toute ma théorie s'effondre. Excusez-moi, Miss Twistleton.

— George, veux-tu cesser de dérailler ?

— Oui, tante Connie. Je disais seulement ce qui m'était passé par la tête...

Maintenant que la question de l'identité de Miss Twistleton — le fait qu'elle était la vraie Miss Twistleton et non une pseudo Miss Twistleton — avait été résolue, le duc en revint aux griefs qu'il avait commencé à énumérer quelques instants plus tôt contre Lord Bosham.

— Peut-être, maintenant, expliquerez-vous, tête de linotte, ce que vous vouliez faire en enfermant les hôtes de votre père dans un placard. Vous rendez-vous compte qu'il aurait pu gâter mes vêtements de printemps et mourir étouffé ?

Lady Constance intervint.

— Nous sommes venus délivrer Lord Ickenham.

— Délivrer qui ?

— Lord Ickenham.

— Qu'est-ce que vous voulez dire avec votre Lord Ickenham ?

— Voici Lord Ickenham.

— Oui, confirma Lord Ickenham. Je suis Lord Ickenham et voici, continua-t-il en couvrant d'un bon regard la glaciale Valérie, ma nièce favorite.

— Je suis votre seule nièce.

— C'est peut-être la raison, avoua Lord Ickenham.

Le cerveau du duc s'amollissait au point d'être presque dans l'état de celui de Bosham.

— Je n'y comprends rien. Si vous êtes Ickenham, pourquoi n'avez-vous pas dit que vous étiez Ickenham ? Pourquoi nous avez-vous raconté que vous étiez Glossop ?

— Précisément, dit Lady Constance, je compte que Lord Ickenham va expliquer...

— Moi aussi, dit Lord Bosham.

— ... sa conduite extraordinaire.

— Extraordinaire est le mot, approuva Lord Bosham. En fait, sa conduite a été extraordinaire d'un bout à l'autre. Absolument extraordinaire. Pour commencer il m'a fait le coup du vol à l'esbroufe à Londres.

— Simplement pour voir si c'était possible, mon cher ami, expliqua Lord Ickenham. Une simple expérience dans l'intérêt de la science. J'ai renvoyé la valise chez vous, d'ailleurs. Vous la trouverez en rentrant.

— Oh vraiment ? dit Lord Bosham un peu adouci. Je suis heureux de l'entendre, je tiens à cette valise.

— Une bien jolie valise.

— Elle est bien, n'est-ce pas ? Ma femme me l'a donnée pour mon anniversaire.

— Vraiment ? Comment va votre femme ?

— Oh, très bien, merci.

— Qui a découvert une bonne épouse a découvert un grand bien.

— Je lui répéterai cela. C'est bien venu. Est-ce de vous ?

— C'est un proverbe de Salomon.

— Oh ! Eh bien, je lui répéterai quand même. Cela fait bien.

Lady Constance avait quelque difficulté à conserver son calme patricien. La conversation de son neveu n'était pas pour atténuer cette difficulté.

— Laisse ta femme tranquille, George. Nous aimons tous beaucoup Cécile, mais ce n'est pas le moment de parler d'elle.

— Non, non bien sûr. Je ne sais plus très bien comment on est venu à en parler. Toutefois, avant de quitter ce sujet, je tiens à déclarer qu'elle est la plus exquise petite femme du monde. Parfait, tante Connie, allez-y. Je vous laisse la parole.

Les manières de Lady Constance laissèrent transparaître une certaine froideur.

— Tu as réellement fini ?

— Oh ! tout à fait.

— Tu es bien sûr ?

— Oh ! absolument.

— Alors, je vais demander à Lord Ickenham d'expliquer pourquoi il est venu à Blandings Castle en se faisant passer pour Sir Roderick Glossop ?

— Oui, qu'il nous fasse un petit diagramme.

— La paix, George.

— Oui, tante Connie.

Lord Ickenham semblait pensif.

— Eh bien ! dit-il, c'est une longue histoire.

L'œil de Valérie, quand il rencontra celui de son oncle, était dur et hostile.

— Vos histoires ne sont jamais trop longues, dit-elle avec un accent métallique dans la voix, et nous avons la nuit devant nous.

— Et pourquoi, demanda Lord Bosham, a-t-il endormi Baxter et notre détective avec des narcotiques ?

— George, s'il te plaît.

— Oui, dit Lord Ickenham avec reproche, nous n'arriverons jamais à rien, si vous nous entraînez tout le temps à côté de la question. C'est, je vous l'ai dit, une longue histoire, mais si vous êtes sûr qu'elle ne vous ennuiera pas...

— Pas du tout, dit Valérie. Nous sommes très intéressés et il en sera de même pour tante Jane quand je la lui répéterai.

Lord Ickenham sembla contrarié.

— Ma chère enfant, il ne faut pas souffler mot à ta tante de ma présence ici.

— Oh non ?

— Certainement pas. Lady Constance sera d'accord

avec moi, je le sais, quand elle aura entendu ce que j'ai à dire.

— Je vous en prie, dites-le.

— Très bien. L'explication est ridiculement simple. Je suis venu ici pour le compte d'Emsworth.

— Je ne comprends pas.

— Je m'explique.

— Je ne vois toujours pas, dit Lord Bosham, qui avait réfléchi les sourcils froncés, pourquoi il a glissé des stupéfiants dans...

— George !

— Oh ! très bien !

Lord Ickenham regarda un moment le jeune homme d'un air réprobateur.

— Emsworth, reprit-il, me raconta une histoire étrange et romanesque...

— Et maintenant, dit Valérie, vous nous en dites une.

— Ma chérie, il semble qu'il ait conçu un attachement pour une certaine jeune femme... ou personne... ou particulière... comme vous voudrez l'appeler...

— Quoi !

Lord Bosham parut suffoqué.

— Zut alors, il a eu cent ans le mois dernier.

— Votre père est un homme à peu près de mon âge.

— Et du mien, dit le duc.

— Je dirais plutôt que c'est un homme dans la fleur de l'âge.

— Exactement, dit le duc.

— J'ai souvent dit que la vie commençait à soixante ans.

— C'était en tout cas ce que pensait Emsworth, poursuivit Lord Ickenham. Il était poussé par le démon de midi et il m'a déclaré qu'il y avait encore de la vie dans le « vieux singe ». Je n'use guère de cette expression de « vieux singe » dans un sens péjoratif. Il avait conçu une passion profonde pour cette petite et m'a persuadé de la présenter ici comme ma fille.

Lady Constance avait renoncé à tout calme praticien. Elle poussa un cri qui, s'il était sorti d'une source moins aristocratique, aurait pu être qualifié de braillement.

— Quoi ! Vous voulez dire que mon frère est amoureux de cette enfant ?

— Où l'a-t-il rencontrée ? demanda Lord Bosham.

— C'était son plus cher désir de l'épouser, dit Lord Ickenham.

— Où l'a-t-il rencontrée ? demanda de nouveau Lord Bosham.

— Il n'est pas rare que des hommes parvenus à la maturité passent par une sorte d'été de la Saint-Martin de l'amour, et quand cela arrive, l'objet de leur passion est généralement très jeune.

— Ce qui m'épate, dit Lord Bosham est qu'il l'ait rencontrée. Je n'ai jamais entendu dire que le paternel ait jamais quitté son vieux terrier.

Il sembla à Lord Ickenham qu'il fallait couper court, dès le début, à ce genre de question.

— Je vous serais obligé de ne pas m'interrompre, dit-il brusquement.

— Ah oui, nom d'un chien, dit le duc, n'interrompez pas tout le temps.

— Ne vois-tu pas, George, s'écria Lady Constance avec désespoir, que nous sommes fous d'inquiétude et d'anxiété et tu interromps tout le temps.

Lord Bosham parut blessé. Ce n'était pas un homme

d'une sensibilité anormale, mais ce concert de sentiments hostiles parut le piquer au vif.

— Bon, si on ne peut pas dire un mot, déclara-t-il d'un air pincé. Peut-être préférez-vous que je m'en aille ?

— Oui, je vous en prie.

— Parfait, dit Lord Bosham, c'est ce que je vais faire. Quiconque aurait besoin de moi me trouverait en train de faire un cent de billard, mais je ne pense pas que mes occupations aient le moindre intérêt pour personnne.

Il sortit horriblement vexé, et il sembla à Lord Ickenham que son départ allégeait l'atmosphère. Il avait rarement vu un jeune homme avoir un pareil don pour poser des questions embarrassantes. Délivré de ce gêneur, il reprit ses explications avec une confiance accrue.

— Eh bien, comme je vous l'ai dit, Emsworth avait conçu une passion pour cette fille qui, tout dans la fleur de l'âge qu'il fût, aurait pu être sa petite-fille, il me demanda de l'aider en qualité de vieil ami. Il prévoyait qu'il y aurait de l'opposition à son projet et son plan, d'ailleurs ingénieux, consistait à ce que je vienne à Blandings Castle en me faisant passer pour ce Sir Roderick Glossop que l'on attendait et que j'amène la jeune personne avec moi comme si elle était ma fille. Il eut l'amabilité de dire que la dignité de mon maintien lui fournirait une base excellente. Son idée — aussi triste que cela puisse être — était que vous, Lady Constance, seriez si attirée par la personnalité de la jeune fille, qu'il serait facile de vous révéler la vérité. Il comptait sur elle — je cite ses propres termes — pour vous fasciner.

Lady Constance laissa échapper un profond soupir, en frissonnant.

— Oh ! vraiment !

Le duc posa une question.

— Qui est cette fille épouvantable ? Une fille de rien naturellement ?

— Oui, elle est d'une humble origine. C'est la fille d'un ancien bookmaker.

— Mon Dieu !

— Oui. Emsworth vint me voir et me proposa ce plan et je vous laisse imaginer ma consternation en l'écoutant. Je puis constater qu'il était inutile de discuter. L'homme était obsédé.

— Vous parlez si bien, dit Valérie après avoir reniflé.

— Merci, ma chérie.

— Avez-vous jamais pensé à écrire des contes de fées?

— Non, vraiment pas.

— Vous devriez.

Le regard que le duc adressa à cette fille sardonique n'aurait pas été plus acide si elle avait été Lord Bosham.

— Tout cela est en dehors de la question, nom d'un chien ! Allons, allons, allons. Oui, oui, oui, oui ?

— Aussi, dit Lord Ickenham, je n'ai pas essayé de discuter. L'impression que j'essayais de donner — et que je pense avoir réussi à donner — était que j'approuvais. Je souscrivis à la monstrueuse proposition de venir ici sous un faux nom et à amener la jeune personne comme si elle était ma fille. Et vous dirais-je pourquoi ?

— Oh oui ! Dites-le-nous ! dit Valérie.

— Parce qu'une pensée m'avait frappé. Etait-ce impossible, me demandais-je, qu'Emsworth, en voyant cette créature à Blandings Castle — dans l'atmosphère de son propre foyer — sous les portraits de ses ancêtres...

— Un joli lot d'horreurs, dit le duc... Pourquoi se sont-ils fait peindre ... Mais ce n'est pas la question. Je vois où vous voulez en venir. Vous avez pensé que cela lui ferait peut-être regarder la créature sous un autre angle et lui ferait comprendre qu'il se rendait grotesque.

— Exactement. Et c'est ce qui est arrivé. Ses yeux s'ouvrirent. Sa passion disparut aussi vite qu'elle était venue. Ce soir, il lui a dit que c'était impossible et elle est rentrée à Londres.

— Alors, nom d'un chien, tout est bien qui finit bien.

— Dieu soit loué ! s'écria Lady Constance.

Lord Ickenham secoua gravement la tête.

— J'ai peur que vous n'oubliez tous les deux quelque chose. C'est un cas de rupture de promesse de mariage.

— Quoi !

— Je le crains. Il m'a dit que la fille avait mal pris la chose. Elle est partie en proférant des menaces.

— Alors, que faut-il faire ?

— Il n'y a qu'une chose à faire, Lady Constance. Il faut régler la question financièrement avec elle.

— L'acheter, expliqua le duc. C'est la meilleure façon. Vous pouvez toujours acheter ces filles-là. Je me souviens quand j'étais à Oxford... C'est une question de prix. Combien ?

Lord Ickenham réfléchit.

— Une fille de cette classe, dit-il enfin, doit avoir des idées assez limitées sur la valeur de l'argent. Trois cents livres lui sembleront une fortune. En fait je pense que je pourrais m'arranger avec deux cent cinquante.

— Bizarre, dit le duc frappé par la coïncidence, c'est la somme exacte que mon loufoque de neveu me demandait cet après-midi.

— Curieux, dit Lord Ickenham.

— Il m'a conté une histoire idiote, prétendant qu'il voulait cet argent pour se marier.

— Voyez-vous ça ! Eh bien, Lady Constance, si vous

voulez me donner trois cents livres — pour être à l'abri de toute surprise — je ferai un saut à Londres demain matin et je verrai ce que je peux faire.

— Je vais vous faire un chèque.

— Non, ne faites pas cela, dit le duc. Ce qu'il faut en ce cas-là, c'est avoir l'argent en bonnes espèces et le faire miroiter devant ces filles. Et par un hasard étrange, j'ai exactement la somme dans cette pièce.

— Bien sûr, dit Lord Ickenham, nous en avons parlé il y a peu de temps, n'est-ce pas ?

Le duc ouvrit un tiroir du bureau.

— Voilà, dit-il, prenez cela et voyez ce que vous pouvez faire. Souvenez-vous qu'il est indispensable de le faire miroiter.

— Et s'il faut davantage, dit Lady Constance...

— Je doute qu'il soit nécessaire de graisser davantage le marteau. Cela suffira largement. Mais il y a autre chose, dit Lord Ickenham, cette malheureuse passion d'Emsworth doit rester absolument secrète.

— Voyons, évidemment, dit le duc en sursautant. Je sais, et Connie sait, qu'Emsworth est fou comme un lièvre de mars, mais nous ne désirons évidemment pas que le monde entier le sache.

— Si les gens connaissaient cette histoire, dit Lady Constance avec un frisson, nous deviendrions les têtes de turc du Comté.

— Exactement, dit Lord Ickenham, mais il y a un danger dont vous ne semblez pas vous être rendu compte. Il est possible, Valérie, ma chérie, que tu aies projeté de dire à ta tante que tu m'avais rencontré ici.

Valérie Twistleton eut un sourire bref et ambigu. Son tempérament était à la fois passionné et rancunier. Elle aimait son Horace et avait l'intention d'infliger à cet oncle déséquilibré un châtiment exemplaire pour les craintes et le désespoir qu'il avait causé à son fiancé. Elle avait envisagé avec une joyeuse cruauté la petite conversation qu'elle aurait avec Jane, comtesse d'Ickenham, quand cette dernière serait revenue du midi de la France.

— Ce n'est, en effet, pas impossible, dit-elle.

Lord Ickenham se montra très énergique.

— Il ne faut pas faire cela, ma chérie. Ce serait lourd de conséquences. Tu ignores probablement que ta tante a expressément souhaité que je reste à Ickenham pendant son absence. Si elle découvrait que j'ai enfreint ses ordres, je serais contraint, pour me disculper, de tout lui raconter. Et ma chère épouse, ajouta Lord Ickenham, en se tournant vers Lady Constance, n'a qu'un défaut. Elle est bavarde. Sans penser à mal, elle répéterait l'histoire. En une semaine toute l'Angleterre serait au courant.

L'autorité de cent chevaliers, ses ancêtres, se manifesta chez Lady Constance.

— Miss Twistleton, dit-elle de la voix que Lord Emsworth aurait reconnue comme celle qui n'admettait pas de réplique, vous ne direz pas un mot à Lady Ickenham de la présence ici de Lord Ickenham.

Pendant un instant, il sembla que Valérie Twistleton était sur le point d'entreprendre la tâche insensée de défier cette femme. Mais leurs yeux se rencontrèrent et elle faiblit.

— Très bien, dit-elle d'un ton maussade.

Les yeux de Lord Ickenham brillèrent de tendresse. Il mit la main sur son épaule et la caressa.

— Merci, ma chérie, ma nièce préférée, dit-il.

Et il alla informer Pongo, qu'ayant été gratifié d'une

manne céleste, il était en mesure, non seulement de régler les affaires embrouillées de Polly Pott, mais aussi de passer avec lui près de trois semaines à Londres, avec, par-dessus le marché, de l'argent en poche, pour le dépenser en quelque occasion qui se présenterait d'elle-même, comme par exemple une autre petite journée aux courses de lévriers.

Il flottait sur son fin visage une expression de tendresse tandis qu'il montait l'escalier. Quel plaisir d'être ainsi capable de répandre douceur et lumière, surtout à Londres et au printemps, époque où, il venait de le remarquer, il était toujours dans sa meilleure forme.

FIN

ACHEVÉ D'IMPRIMER SUR LES PRESSES
DE COX & WYMAN LTD (ANGLETERRE)
LE 25 MAI 1984

N° d'édition : 1507
Dépôt légal : mai 1984